新潮文庫

絹と明察

三島由紀夫著

新潮社版

3923

目次

絹と明察

第一章 駒沢善次郎《こまざわぜんじろう》の風雅

岡野《おかの》が駒沢善次郎にはじめて会ったのは、昭和二十八年九月一日、京都嵐山《あらしやま》の或《あ》る割烹《かっぽう》旅館の朝食の席である。岡野はたまたま骨休めにここに泊っており、前夜来紡績業界の大立者《おおだてもの》の懇親会が催おされていることは知っていたが、翌朝になって、廊下で旧知の桜紡績社長村川にたまたま出会い、無理に誘われて、朝食の席に列《つら》なることになった。岡野の行動はいつも「たまたま」なのである。

広間へ入ってゆくと、駒沢は末座の主人役の席におり、岡野は一見会費制の集まりのようにみえるこの懇親会が、実は駒沢の招待、それも相当無理押しの招待によるものであることを察した。

彼を迎えた駒沢の態度が、かなり様子を繕い、かなり傲慢《ごうまん》、かなり神経質であったことから、つまり彼に対する自然さを欠いていたことから、岡野の神速な目は、この人物の正直さと履歴の浅さ、交際範囲の窄《せま》さ、それからその自己満足と不安とを一時に量った。

そのとき駒沢は満五十五歳であった。

岡野が得た駒沢の第一印象は、のちになって改められたけれども、そんなに明るいものではなかった。かつては高く仰ぎ見ていた大紡績の社長連と、こうして対等の附合《つきあい》をはじめるに当って、駒沢はよほど緊張していたのであろう。

頭も半ば禿《は》げ、血色のよい、どちらかというと平凡な中年の商人タイプであるが、三角の小さな目に昔の警官のようなやや油断ならぬ光りがあり、しかも心持斜視で、これが率直に現われすぎる心の動きを隠蔽《いんぺい》する役目をしていた。鼻梁《びりょう》は高からず、小鼻が甚《はなは》だ怒《いか》って、口はふつうにしていてもへの字に結ばれる傾きがあった。いかにも柔らかい印象を与えるのはその肌《はだ》で、さまざまな辛酸の跡をとどめない滑らかな桃いろをしていた。彼の風貌《ふうぼう》から、彼の仕事の絹を連想させるものは、ただこの肌だけだったと謂《い》ってよい。

村川社長は岡野を隣席に坐《すわ》らせて、きょうの予定を話した。これから修学旅行よろしく、駒沢君に引率されて彦根《ひこね》まで行き、そこで駒沢紡績の工場を見学したのち、何やかやと歓迎のスケジュールがあって、大津へ戻《もど》って夕食を喰《た》べ解散するが、それにぜひ同行しろというのである。岡野は敢《あえ》て駒沢の顔色も伺わずに、承諾した。すでに駒沢その人に、初対面から興味を惹《ひ》かれていたのである。

今でこそこうして政財界にやたらに顔のひろい面妖《めんよう》な人物として通っているが、岡野もかつてはハイデッガーの学風を慕ってドイツに遊び、フライブルグ大学に学んだことがある。そのときハイデッガーは、主著「存在と時間」によって世界的名声を得てから十年を経ており、ナチスへの傾倒の度を深めていた。

帰朝する。「聖戦哲学研究所」という研究所まがいのものをひらく。少壮軍人がここに蝟集《いしゅう》して、軍人を通じて、政治家や実業家や役人に顔が売れる。戦後たちまち、占領軍接待のためのクラブをひらく。ますます政界や財界や官界に顔が売れる。占領がおわる。岡野は金を集めて、東京近郊にゴルフ・クラブを作って成功した。しかしクラブにはほとんど顔を出さず、あちこちの重要人物の集まりに「招かれざる客」になって、いろんな利を得ることのほうが好きである。又、大口の融資の口利《くちき》きをする。村川もそういうことで、一度岡野の世話になったことがあるのである。

昭和二十七年の秋、政府が綿糸生産に対する操短の勧告をし、新規設備の確認打切りを発表する二ヶ月前に、すでに村川の耳にこの情報をもち込んで、桜紡績に早急な設備拡張を決意させ、しかもその困難な融資のためには、いきなり大蔵省の主計局

長室へ飛び込んで、局長自身に市中銀行へ電話をかけさせ、

「いいじゃないか。扱ってやれば国のためになることだから」

と口添えをさせたりするのが、このとき村川の知った岡野の遣口《やりくち》だった。村川は岡野に瞠目《どうもく》し、岡野は又これを機会に紡績産業に徐々に興味を持った。

一方、岡野は、今もハイデッガーの新著を取り寄せて読み、何かと研鑽《けんさん》を怠らなかった。一九五一年に出た「ヘルダアリンの詩の解明」を読んでからは、ハイデッガーを通じて、ヘルダアリンの詩の愛好者になった。酔えばあの難解な「帰郷《ハイムクンフト》」の一節を朗唱して、並居る人を煙《けむ》に巻いたりした。

一行が車をつらねて彦根へむかった午前は、まだ夏の光りが強くて、しかも風にはすがすがしい匂《にお》いがあって、とても二百十日のその日とは思われなかった。

「二百十日を選ぶなんて、いかにも駒沢君らしいね。きっとこういう快晴にしてみせる自信があったんだろうが」

と車中、村川は岡野に言った。それまでは、同車の峯紡《みねぼう》社長を憚《はばか》って、村川はわざと駒沢の噂《うわさ》もせず、英国女帝の戴冠式《たいかんしき》のための皇太子の外遊やら、第五次吉田《よしだ》内閣がいつまで保《も》つかという話やら、当りさわりのない話題を選んでいたのである。

しかしこの一言をきっかけにして、爆発的に、駒沢の話になった。岡野は、当然の

ことは思いながら、この二人の社長の駒沢に対する烈《はげ》しい軽蔑《けいべつ》の表現におどろいた。

工場の見学のあいだ、社長たちは機械設備を熱心に見てまわり、だしぬけに専門的な質問をして、案内の重役の肝《きも》を冷やさせたりして愉《たの》しんでいたが、岡野は主として、この未曾有《みぞう》の高貴な来賓たちの前に、体を固くしている従業員の一人一人の顔を見てまわった。男子工員のうちに二三、よく輝やく目を見た。それは単純な矜《ほこ》りに輝やいているのではなくて、もっと冷たい内的な光りである。

『何といい工場だろう。危険の兆候まで具《そな》わっている』

と岡野は酔うような気持で思った。

見学がすむと中食《ちゅうじき》が出て、それから工場の桟橋《さんばし》へ導かれ、駒沢のもてなしの眼目がそこにあった。すなわち駒沢はこの日のために、百五十噸《トン》の遊覧船湖月丸をチャーターして、客を近江《おうみ》八景へ案内しようとしていたのである。

近江八景は彦根からはるか南下しなければならない逆路で、忙しい客を相手のこんな野暮な田舎くさい接待に今さらおそれをなして、十人の客のうち四人までが、忘れていた約束を口実に、一行と別れて帰った。そこで、駒沢を含む七人と、供勢の十五人と、接待の芸者、板前など廿《にじゅう》数人、あわせて五十人に足らぬ人数が、二百五十人定員の湖月丸に乗り組んだ。船が岸を離れると、駒沢は他の客の手前押し隠している落胆の色を、すでに隠しきれない様子になった。岡野はこれを見て気の毒に思ったが、そう思うのは早かった。駒沢という男が、そういう心境に陥るとそこで却《かえ》って逆転する、その目ざましい実例を見せられたのである。

多少酔いも手つだって、駒沢は途方もなく陽気になった。もう仕事の話をしない。立板に水を流すように、歌川広重《うたがわひろしげ》の話をはじめた。

岡野はそのとき、船が岸を離れる際、千人余りの女子工員が整然と居並び、駒沢紡績の白絹の馬の社旗をふりかざして、

「湖畔にそびゆる絹の城……」

云々《うんぬん》という社歌を合唱して、来賓を見送った異様な光景を思い返していたので、駒沢の大声ははじめ耳に入らなかった。

「どないいうても広重ですわ。風景の心いうものを、ぐっとつかんでるさかい。わしは事業をしとっても、屑繭《くずまゆ》を集めてきて、こないこないしたら絹紡糸が出来よる、こないこないしたらなんぼ儲《もう》かる、いう風に物を考えまへん。こりゃ仕組ですねん。心とちがいます。全体を見てから、ぐっと心をつかむと、それでもう塩梅《あんばい》よう行きますわ。日本《にっぽん》の風雅の道いうたら、みんなここのカンドコロを押えてるさかい、わしは古

美術を見ても、名所を訪れても、それさえ見のがさんかったら、やかましい美術鑑賞やなんや言わんでも、心からじかに心に触れるもんや、と重役たちにも、言うてきかせてますんや。そんなつもりで、今日もわしの事業の、哲学いうたら何やら大袈裟《おおげさ》にきこえるけれど、まあそんな精神を見てもらお、思うて船を仕立てましたんや。早い話が、広重の近江八景も、名所図絵の版画が、みんなよう知ってはるとおり、人口に膾炙《かいしゃ》してますけど、わしの蒐《あつ》めた肉筆にも、八景のうち、瀬田の唐橋と、堅田の落雁《らくがん》だけは、こんな正真正銘のが残ってますさかい、京都大学の松山先生もちゃんとお墨《すみ》附《つき》作ってくれはって……」

これが目的だったのか、と岡野は思った。それにしても手のこんだことをしたものである。

駒沢は一流の実業家と交わるためには、自分の風流心を認めてもらう必要があると考えているらしかったが、今日集った人たちはずっと洗練されていて、風雅と道話を一緒くたにするような趣味からは隔絶していた。

——今日も岡野は、そのときの駒沢が大童《おおわらわ》になればなるほど孤独になり、その宝物の美術品の開陳も、通り一ぺんの嘆賞で報いられるだけだった有様を、思い出すことができる。

村川が岡野の肱《ひじ》を軽くつついた。美術に造詣《ぞうけい》の深い村川が、岡野に見せたかったのはこの場面だったらしい。

村川はすべての事態を悠々《ゆうゆう》と愉しんでいた。彼が一度愉しもうと心に決めたら、俗悪も野卑も愉しみのたねになった。

「あなたにはいい安息日ですな」

とその意を含めて岡野が言った。

「願ってもない休日だよ」

と村川は、ロメオ・イ・フリエタの手巻の上物の葉巻を吹かしながら言った。

美術品の披露《ひろう》がすむと、客は船のあちこちへちりぢりになった。岡野が一人で舷側《げんそく》に凭《もた》れて、湖の眺《なが》めに心をさまよわせていると、この日はじめて、駒沢がむこうから岡野に近づいて来た。岡野と村川の親しさを見て、漸《ようや》く駒沢にも、岡野が大事な客だということが呑《の》み込めて来たらしいのである。

駒沢がこうして近づいて来たから、岡野のほうから口を切った。

「さっきの歓送の光景は感動的でしたね。千人あまりの女子工員が、きれいに整列して、美しい声で社歌をうたって……」

「よう言うてくれはった。わしも船からあれを眺めてましたら、お恥かしい話やが、何やらこう目頭が熱うなりましてな」

　これは、出帆の際思わず正直に見せた落胆の色を、今になってあとから言いくるめようとしているのだ、と岡野は考えた。

「そんなことで社長さんが泣かれては、社員もびっくりするでしょう」

「事業は涙や、岡野はん。わしはほんまに、わしが父親《てておや》で、うちの工場で働らいてるもんは、娘や息子や思うてます。父親の今日の晴れの舞台やいうことを察して、ああまで一心に、まごころこめて、社歌を歌うて、お客様を送り出す気持、これが尊いんですわ。この気持が駒沢紡績を盛り立ててきましたんや」

　こんな見事な常套句《じょうとうく》の羅列《られつ》は、ほとんど韜晦《とうかい》だとしか考えられなかったが、駒沢が問わず語りに言った次のような言葉は、嘘《うそ》とも思えなかった。

「わしは全生活を会社に捧《ささ》げてます。孫子《まご》にのこす財産も一切なし。私有財産は、彦根の親ゆずりの小《ち》っちゃい家と、会社の株式だけで、あとは全部会社名義になってます。わしそのものが事業やさかいに、私人駒沢は、飯を喰《く》うとるとき、風呂《ふろ》に入っとるとき、厠《かわや》に入っとるとき、もう一つ、何やけったいなことしとるとき、この四つだけや。ほんまにこの四つだけどす」

　比良《ひら》の頂きは雲に包まれて、暮雪の趣きなど見るべくもないが、

「ほら、浮御堂《うきみどう》が見えて来ましたやろ」

　と駒沢が指さすところ、湖の両岸が俄《にわ》かに窄《せば》まる端《はな》に、幾多の細身《ほそみ》の床下柱《ゆか》が、丁度かぼそく白い裸の脛《はぎ》を蘆《あし》のしげみに浸したようにみえる、堅田の浮御堂の姿が見えはじめた。

＊

　それは日本が独立後一年たち、朝鮮戦争も終熄《しゅうそく》して、さまざまの昔懐《なつか》しいものがよみがえってきた年であった。浴衣《ゆかた》や、日本髪や、軍艦マーチや、女剣戟《おんなけんげき》が、この年の街頭に再びあらわれた。

　岡野は関西の旅からかえったあくる日、所用のついでに、銀座へ靴《くつ》を誂《あつら》えに行った。町の賑《にぎ》わいに、何となく、一度たしかに味わったことのある匂いを嗅《か》いだ。彼の「聖戦哲学」、はじめはみんな冗談のつもりで持て囃《はや》すあいまいな思想が、いつか厳粛で権威に充《み》ちたものになってゆく道行。

　駒沢との出会が、強い印象を残していて、それが一層そういう感じを深めるらしい。大企業のほとんどにアメリカ流の経営学がしみわたった今になって、ああいう古くさい化物が生き永らえていて、ここまでのして来た実態を如実《にょじつ》に見たあとでは。

岡野は自分を化物だと思っていた。駒沢は明らかにそうではなかった。岡野はいつでも拳銃《けんじゅう》を取り外すように、自分の思想を取り外してわきに置き、各種の金儲けに自由に身を動かしてきたが、戦争中の或《あ》る時期のように、思想と金儲けが仲好《なかよ》く同居していた時代のよさは忘れられなかった。ときどき穴の中から首を出して、外の空気の匂いを嗅ぐ。まだだ、もう少しの辛抱だ、と心で呟《つぶや》く。それでも岡野は、その時機の到来を本当には信じていないのである。

そこへ行くと駒沢は羨《うらや》ましい。あの言説が韜晦でないとすれば、彼くらい幸福な人間はなかろう。駒沢にあっては、思想と金儲けがみごとに一致している。その思想がどんなに浪花節《なにわぶし》調で月並であろうと、それは彼の身についたものであり、その金儲けが日本の産業の帰趨《きすう》にかかわるほどのものでないにはしても、なお羨むに足る成功である。今、岡野の記憶のなかでは、あの日の大紡績の近代的な社長たちよりも、駒沢一人の像のほうが鮮明に見えた。

その靴屋は、まことに開放的な店で、往来の人の顔が飾窓ごしにすっかり読める。岡野は足の寸法を改めて測ってもらい、コードバン一足とキッドの黒靴一足の型をえらび、そうしているうちに窓ごしに女と顔が合った。ひどく踵《かかと》の高い草履を穿《は》いた女二人はつかつかと男物の靴屋へ入ってきて、年嵩《としかさ》のほうがこう言った。

「履物屋でおデート？　足がつくわよ」

「冗談じゃないよ。一人だよ。一匹狼《おおかみ》が後ろ肢《あし》の寸法を測ってるところだ。ちかごろ暇なんでね」

「ついでに尻尾《しっぽ》の寸法も測ってもらったら？」

それから寸法の話になった。菊乃《きくの》と妹芸者の槙子《まきこ》は、この界隈《かいわい》へネグリジェを買いに来たのだそうだ。靴屋の用事がすんだ岡野は、面白《おもしろ》がってお供を買って出た。道すがら、ネグリジェの寸法について冗談を言った。太平洋を包むほどのネグリジェなんてあるかねえ、と言ったのである。

そうすると、菊乃は、

「人ぎきのわるいこと言わないでよ。私はせいぜい琵琶《びわ》湖《こ》ぐらいなんだから」

と言った。岡野は、牛蒡《ごぼう》も筆の誤り、とか何とか品のわるい地口《じぐち》を言った。

ネグリジェの店へ先頭に立って入った菊乃が、サイズをたずねる店員に、涼しい顔をして、

「そうね。琵琶湖ぐらいのサイズない？」

と言ったのには、岡野も少々おどろいた。その店であれでもないこれでもないで三十分潰《つぶ》し、まだお座敷には間《ま》があるが、御飯を奢《おご》ってもらってゆっくり話したいこと

があると菊乃は言い、妹芸者は馴《な》れた様子で気を利《き》かして先に帰った。岡野は菊乃をホテルのプルニエへ連れて行った。もう四十に手が届く菊乃は、文学芸者という渾名《あだな》があって、翻訳物の小説をやたらに読み、都合がわるくなると修道院へ入ってしまうむかしの女主人公に憧《あこが》れていたが、菊乃自身は日蓮宗《にちれんしゅう》である。数あるお客の中で、そういう話が合うのは岡野くらいなものである。

女のためにシュリンプ・カクテルと、海亀《うみがめ》のスープと、舌鮃《したびらめ》のムニエールを誂えてやり、白葡萄酒《しろぶどうしゅ》のシャブリーを冷やさせると、岡野はまじめな顔になって、

「御愁傷様」

と言った。女はすぐ泣き出した。

菊乃はついこの間二十年ちかい関係の旦那《だんな》に死に別れたのである。大亜貿易の社長で肝臓癌《がん》で死んだのだが、遺言で多少の遺産も分けてもらい、芸者をやめようと思っているという話を岡野はきいていた。今日の相談事というのはその話に決っていた。

岡野は芸者が洋食を喰《た》べる姿が好きで、袖《そで》の捌《さば》きのきれいなフォークの扱いに風情《ふぜい》を感じた。

菊乃の食事をしながらの相談事は、多少意表をつくものであった。彼女は小金をもとでに小料理屋をひらいたり、かたがた小唄《こうた》の師匠になったりする芸者の晩年に嫌悪《けんお》

を感じていたし、又、今さら世間に名を売るほどの芸もなく、養うべき係累《けいるい》もなかった。もっと「社会の為《ため》になることのために」働きたくなったのである。その具体的な例として、女の社会の煩《わずら》わしさは知り抜いているから、この経験を活《い》かして、どこかの会社の女子寮の寮長か、室長のような口はないか、と言い出した。

岡野はこういう女の四十歳の転機と称するものが、多く一時の気まぐれにすぎぬことを知っていた。菊乃は、文学的隠遁《いんとん》性のおかげで、ただ何とはなしに美衣美食に倦《う》み、倦《あ》きたとなるとそのことが、固定観念になったにすぎない。

一方では、岡野はそんな女子寮の寮母の姿の下《もと》に、菊乃を描いてみることに面白味を感じた。或る夏、妙なことで、菊乃の「おかあさん」の妹というのが茅《ち》ヶ崎《さき》におり、そこの家で菊乃と逢《あ》ったことがある。菊乃が二三日そこへ保養に来ていたのである。これも隠退した古い芸者の家で、簾《すだれ》をめぐらした夏座敷に、暑苦しい金ぴかの巨大な仏壇があり、お札《ふだ》が長押《なげし》にいっぱい貼《は》られ、菊乃はおよそ似合わぬプリントのノー・スリーヴを着て、横坐《よこずわ》りに坐って、団扇《うちわ》を使っていた。岡野が早速想像したのはその姿である。

するると、岡野にはよくあることだが、目前の、彫りのついた魚用の銀のフォークを小まめに扱う、やや末枯《うらが》れた美しい芸者の姿を、急に、肉刺《まめ》だらけの手をした無恰好《ぶかっこう》な寮母の姿に変身させてやりたいような気がしてきた。

岡野はもともと存在の不変の形を好かなかった。人間にしても、社会にしても、時代にしてもそうだった。グロテスクな変容が必要なのだ。むかし芸者までがモンペを穿き、役者までが国民服を着た時代、岡野はそこにナチスのような制服美も集団美も感じることができず、その代りに彼独特の感じ方で、歪《ゆが》められたものの風情を感じた。生産性の気のすすまぬ容認とそれから来る媚態《びたい》、生産者の擬装と、それから来る一般的な気楽でこころよい、恥のない偽善の形、……そういう変容にはまことに風情があった。

菊乃から見る岡野も亦《また》、格別の男であった。花柳界の客の多くが、金儲けに成功したあとで文化人を気取りたがるのに、岡野ははじめから文化人で、それが得体のしれない金儲けの世界へ、いわば「顚落《てんらく》」して来たのである。『この人も、私たちも、似たようなもんだわ』と、岡野を見るたびに、菊乃は漠然《ばくぜん》と、親近感を以《もっ》て心に呟くことがあった。

「どんな辛抱でもするわ」と菊乃は、白葡萄酒のグラスにダイヤの指環《ゆびわ》を軽くかち合わせ、その音の涼しさを愉《たの》しみながら、言った。「とにかく、東京から、都会から逃げ出したいの。そうかと言って、お百姓はできないし、どこか辺鄙《へんぴ》なところにいい会社がないかしら？」

「さっき、君、琵琶湖のサイズで、どうとかと言ったね」

とふと思いついて岡野は言った。

「冗談言ってるんじゃないわよ、私」

と菊乃は怒り出した。

「そうじゃないんだ。しかし何だってあのとき琵琶湖を持ち出したんだ」

「知りませんよ、そんなこと」

「一寸《ちょっと》思いついたことがあるんでね。琵琶湖のへんはどうなんだい。景色はいいし、田舎町だし、女子寮はあるし……」

「へえ、そんないい口があるの？」

と菊乃が乗ってきたので、岡野は詳しく駒沢紡績の話をした。駒沢の名は、よその土地の花柳界ではきいているが、こちらではあまりお馴染《なじみ》がない、と菊乃は言った。菊乃が深い興味を以て聴くから、あのおかしな見学旅行の話を、岡野も微に入り細を穿《うが》って物語ることに喜びを感じた。そこに登場する社長たちの名も、菊乃の知らぬ名ではなかった。

いよいよ、堅田の浮御堂のところまで話が進むと、

「それからどうしたの？」

と菊乃は催促した。

「いやはや騒がしい風流だったよ」

と岡野は話をつづけた。

＊

船が堅田の港に近づくと、そこにはすでに歓迎の人数があって、駒沢紡績の白馬の旗を先頭に立て、エンジンを止めて辷《すべ》り寄る湖月丸へ手を振っていた。

ここでも駒沢の威勢を見せられるのかと岡野はうんざりしたが、当の駒沢はいたって枯淡な心境でいるらしかった。自分のためによく調整された騒音なら、決して気にならない性質《たち》なのだ。

桟橋《さんばし》につく。左方の繁《しげ》みから、浮御堂の瓦屋根《かわらやね》が、その微妙な反《そ》りによって、四方へ白銀の反射を放っている。町長が桟橋へ出迎え、駒沢に慇懃《いんぎん》な挨拶《あいさつ》をし、大社長連へいちいち名刺を出して廻《まわ》った。それが彼の引き連れた出迎えの人たちの央《なか》だから、桟橋はひどく混雑し、端《はじ》のほうの人は落ちないように前の人の背中につかまっていた。

町長の先導で、一行は窄《せま》い堅田の町をとおって、浮御堂のほうへ歩きだしたが、彦根の芸者たちは、駒沢の前以てのきびしい達しのおかげで、依然として、はしゃいでいいのか、乙に澄ましていていいのかわからず、一人の若い妓《こ》が、山口紡績の社長に興がられてむしょうに嬌声《きょうせい》をあげるのを、ただ顰蹙《ひんしゅく》して眺《なが》めていた。ほとんど蘆《あし》におおわれた川面《かわも》にかかる小橋をわたる。蘆のあいだに破船が傾き、その淦《あか》が日にきらめき、橋をわたる人の黒っぽい背広や黒のお座敷着は、袂《たもと》の家の烈《はげ》しいカンナや葉鶏頭の赤によく適《うつ》った。

村川はやや群に離れて歩きながら、岡野に言った。

「何ていい天気だろう」

「それはどういう意味ですか」

「いや、いい天気だと言ってるだけだよ。君みたいな策士なら、すぐ雨を降らすことを考えるんだろう」

「そりゃお望みなら雨乞《あまご》いもやりますがね」

「それだから困る。君と話すと、すぐそういう意味ありげな話になるから困る。そんな意味で言ったんじゃないよ。私としたことが、すぐ君のペースに巻き込まれるから困る」

村川の上機嫌《じょうきげん》はつづいていた。彼の葉巻、誰《だれ》よりも一等仕立のよい彼の背広、学生時代には運動選手だった彼の若々しい立派な顔、いつに渝《かわ》らぬ姿勢のよさ、こんな自信の固まりが、何か或る物事を愉しみだす瞬間には、すばらしい晴朗な悪意がひろがった。

一方、峯紡《みねぼう》の社長は道すがら、駒沢につかまっていた。

「私のところではほとんど絹は扱っていないが」と峯社長は言った。「輸出の将来性は洋々たるもんですね。ヨーロッパへ行っても、アメリカへ行ってもそれを感ずる。どこへ行っても絹物をほしがる。女ばかりじゃない。男でも、絹のワイシャツ、絹のパジャマが、金持生活の夢なんでね。『おかいこぐるみ』という言葉は、欧米へ移ったんじゃありませんかね」

「わしも洋行せなあきまへんな。何せ、会社がもう大丈夫というところまで行かんことには、乳離れのしない子供を残して、親が洋行するようなもんで、ええことない言うてすさかいにな。フランスの絹も、労働力不足やら高賃銀やらで、人の道に背《そむ》きますが、細々ながら絹を作ってるのは、やがて日本だけいうことになりまっしゃろ。こない手数のかかることは、もう西洋人はようせえへんですやろ。御木本《みきもと》はんの真珠ぐらいになれば、立派やけんど、まだまだ日本人は日本独特のええもんに気づかんと、西洋人に言われて、『そんなもんかいな。ほんなら、わいもやったろ』いう癖が抜けまへん。日本人が日本のええところに目ざめんことには、だめですやろな。何でやろ？　こないな世界一のええ景色で、世界一のええ女子《おなご》で、うるわしい人情がありながら……」

一行は軒先に午後の日ざしが当った古風な郵便局の前をとおった。まだ去らぬ燕《つばめ》の巣も軒にあって、乱れた藁《わら》の影を壁に映していた。その道を突き当って、左折すると、そこがもう浮御堂である。

それは紫野大徳寺派の禅寺で、海門山満月寺と称し、十世紀のおわりに横川《よかわ》の僧都《そうず》恵心が、湖中に一宇を建立《こんりゅう》し、千体仏を安置したのにはじまる。竜宮城《りゅうぐうじょう》の門によそえた小さな楼門のところで、住職が一行を出迎えた。松の影に充《み》ちたせまい庭先に、すぐ湖へ突き出た浮御堂へ渡る橋があった。

阿弥陀仏《あみだぶつ》千体の半ばは、湖へむかって、暗い御堂のなかに簇立《むらだ》ち、そこの欄干からは、対岸の長命寺山や、遠く近江富士を眺めることができた。湖はこの燻《くす》んだ金いろの二千の目に見張られていた。

『仏教というのは妙なもんだ』と岡野は考えていた。『慈眼で見張れば、湖上の船も人も難から救われるという考えなんだ。こんな死んだ金いろの目で』見るということは岡野にとって、本来、残酷さの一部だったが、

「遠くひろがる湖面には、
帆影に起る喜悦の波。

払暁《ふつぎょう》の町はかなたに
今花ひらき明るみかける」

などという彼の好きなヘルダアリンの詩句も、この千体仏の暗い金の重圧、慈悲による、見ることによる湖の支配の前に置かれては、たちまち力を喪《うしな》うように思われた。

御堂の裡《うち》、賽銭箱《さいせんばこ》の横に、一人の老婆《ろうば》が、無表情に鉦《かね》を叩《たた》き鳴らしていた。しかし間拍子は正しく、余韻は長く、湖の微風にそよぐ沢山の蠟燭《ろうそく》の焔《ほのお》に照らされて、老婆の皺《しわ》だらけの顔は、真昼の幻のように浮んだ。今ここに群がる人たちの中で、一向権威に対して恭《うやうや》しい態度をとらないのは、この老婆一人であった。

そこへ来かかった駒沢が、

「ええ天気やな、おつねさん」

と呼びかけても、

「ほんまにな」

と無表情に答えるだけである。

駒沢は聞えよがしに大声で岡野に説明した。

「この婆《ばあ》さんは変り者《もん》でな、にっこりともしよらん。もとはというと、息子が戦死してから身寄りがない哀れな身の上を、わしが救うてやって、ここの住職にたのんで、雇うてもらったのやから、もうちょっとわしにも愛想《あいそ》を見せてもええのやが、この通り、仏頂面《ぶっちょうづら》をして、挨拶もろくにしよらん。ほんまにおもろい婆《ばば》や」

こんな噂《うわさ》が耳もとできこえても、老婆の鉦の間《ま》は少しも乱れない。岡野は呆《あき》れて、その話を村川にもした。村川も興味を持って、老婆の顔を覗《のぞ》きに来た。

「さすがの駒沢さんの親心も、こういう不感症には歯が立たないらしい」

と岡野は声をひそめて言った。

「面白い」

と、ちっとも美しい風景には向けさせない秘書のカメラを、村川ははじめて老婆の顔へ向けさせた。

「これをぜひ撮っときたまえ」

「民衆の顔ですな」

と岡野が村川に言ったのに、駒沢は人の話に入ってきて、断定的に言った。

「あんた、民衆をどう思ってはりますんや。こりゃただの変り者《もん》の顔です。民衆いうものは、感恩報謝の気持を忘れん者が、本当の民衆や」

これらの会話はみんな老婆の耳に筒抜けの筈《はず》なのに、老婆は眉《まゆ》一つ動かさない。

「鮠《はや》だ！」

「ちがうって。鮎《あゆ》やわ」

「君は何も知らんね。あんな鮎があるか。あれは鮠というんだ」

「鮠とちがうわ。琵琶湖鮎いうのんや」

と欄干から身を乗り出して、山口紡績の社長が若い芸者と言い争っている。そこから見下ろす汀《みぎわ》には、蘆のしげみが絵巻の雲のような配置の妙を見せ、その蘆の根を、二三十センチにも及ぶ透明な魚が泳ぎ抜ける。その影は浅い水底の、薄茶の泥《どろ》の上に閃《ひら》めいた。


近江八景のうち、枯れ果てて跡ものこさぬ唐崎の松や、三井寺は割愛して、堅田を出た湖月丸は、湖の東岸に沿うて走り、やがて美しく霞《かす》んだ近江富士を背後に、矢橋《やばせ》の帰帆のありさまを目近《まぢか》に見せた。

しかし岡野は、船尾に寝ころんで、空の雲の美しさに見惚《みと》れていた。

そこはふだんは二等船室で、船室と云《い》っても中甲板に畳を敷き詰めただけであるが、今日のために特に畳を替え、絹の座蒲団《ざぶとん》をあちこちに配し、洋風の船室に倦《あ》きた客が、身を休めることができるようにしつらえてある。芸者が酒をすすめに来たが、岡野はしばらく一人にしておいてくれと断わった。

西の欄干から躙《にじ》り寄る日が、横ざまに寝た岡野の肱《ひじ》に、届きそうになって又退《しりぞ》く。雲を見ようとする目は、白ペンキの光沢を放つ欄干に遮《さえぎ》られる。その欄干のまぶしい日ざしの裡《うち》に、しんとして番《つが》っている蠅《はえ》の形に岡野は目をとめた。はじめそれは蠅の屍骸《しがい》のように見えたのだった。

空の光りは強いけれども、その青のほのかな色には衰えがあり、雲の不鮮明な輪郭はその青に紛れ入り、しかも雲と空との渉《わた》り合う部分が、潤《うるお》いを帯びてにじみ合って、実に美しい。夏の名残《なごり》をとどめた厳《いか》めしい雲もある。しかし、それは崩れかけた神殿のようで、内側からの光りにわずかに照らし出されている。

番う蠅はなお動かぬ。蠅にも恍惚《こうこつ》があるのだろうかと岡野は考えた。この壮大な空の前の一点の汚点《しみ》に、忘我の時の移りがあり、その不潔な金いろの胴体が、押し黙った官能に充ちていること、……こういう世界の遠近《パースペクティヴ》法を思い見ると、岡野は、世間の人間が彼の変節を咎《とが》めたり、彼の金儲《かねもう》けはゆるしても思想の復活はゆるさなかったりする、そんな問題の重みが、この空と、この蠅との間の、どのへんに位置するのか甚《はなは》だ怪しくなった。彼のヘルダアリンは向うの雲にあり、彼の生きるたつきはこちらの蝿の交尾にあった。それで沢山だ。たしかにそれで沢山なのだが、彼の本音は、やはり崇高な雲と蝿の交尾とをただちに繫《つな》ぎ、その二つを一しょくたにしたいのである。駒沢はどうだろうか？

そう思うときに、彼の思念に呼び寄せられたように、駒沢は畳へ上ってきた。

「ええ心地そうにしていはる。お邪魔してすんまへんな。わしも御接待で疲れたさかい、ちょっと横にならせてもらいまひょか」

丸い体が畳にころがって、

「ああ、ええあんばいや」

とさわがしい注釈がこれにつづいた。自分の感覚の安楽なことを、駒沢は黙って愉《たの》しむだけでは物足らぬらしかった。

「皆さん、お忙しい体やし、こうして半日保養してもらうのは、功徳《くどく》になりますがな。今日はいつもと立場を変えて、わしは子、社長さん連は父親《てておや》、ええ親孝行や思うてます」

岡野はさすがにうるさくて、目をつぶって、黙っていた。駒沢の貧弱な連想作用は、すべてに家族制度の比喩《ひゆ》をあてはめて飽かなかった。そのうち突然、駒沢は、岡野の心のうちを言い当てたようなことを言った。

「わしはこの年になって、事業も風流も一つや思うようになりました。人間、屁《へ》をひるのも、事業をやるのも、女を抱くのも、信心をするのも、髪ふり乱して、一心不乱にやらにゃあきまへん。心のゆとりも大切やが、そのゆとりが一心不乱ですわ。疑うたら、もうあきまへん。こないなことして何になるのかいな、思うたら、もうあきまへん。

わしも、夜業の機械に故障が起ると、冬の夜中でも叩き起してもろうて、工場長と喧嘩《けんか》してまで、工場にへばりついておった時期があるんやが、そのやり方で工場に乾湿計を備えつけて、糸切れを防ぐ方法がみつかりましたんや」

「あなたが夜中に工場へ出られると、従業員たちは喜びましたか」

「そら喜びましたで。この会社のためなら、命も捧《ささ》げようという気になる筈ですわ」

他人の心理についての駒沢のまことに断定的な説明は、いつも一人称で語られているかのごとき観があった。彼の願望がえがく像を、彼の世界はいつも忠実になぞっていた。

「そろそろ粟津《あわづ》の晴嵐《せいらん》ですな」

と駒沢は首をもたげて言ったが、その粟津は一面の工場街で、枯れのこる松の数は、林立する煙突の数と比べものにならなかった。

駒沢は五分間ほど熟睡したようであったが、船がやがて瀬田川へ入ると、忽《たちま》ちはね起きて、一等船室のほうへ彼のいわゆる「接待」に出かけた。たった五分の眠りで、彼の頬《ほお》に生気が溢《あふ》れ、垂れかけた瞼《まぶた》が引きしまり、常から血色のよい顔に一そう色艶《いろつや》が添うて見えるのを、岡野はおどろきの目で眺めた。

あますところ、瀬田の夕照と石山の秋月の二景だけで、夕照とはまだ言えぬ日の高さだが、川の東岸の木立はあざやかに西日に照らし出され、あのような満々たる湖の航行から、こうして人家がつぶさに見える瀬田川下りに移ると、心には何か落着いた喜びが生れた。客がみな、瀬田の唐橋を見に、船首の上甲板へ移るので、岡野もこれに従った。遠く平らな橋がゆくてを遮り、丁度目八分に捧げた膳《ぜん》が近づいてくるように徐々に客の目に近寄った。

村川はカメラを構えた秘書と共にそこにおり、秘書は村川が撮れと言わぬまま、折角の瀬田の夕照の、光線がいい具合になって、橋の黒い擬宝珠《ぎぼし》が、遠くきらめいて見分けられるようになった有様にも、シャッターを切ることができない。

唐橋は中ノ島で二つにわかれ、島の左方が長く右方は短かい。中ノ島にはみどりの柳が垂れ、小公園になっていて、草深い汀や石の配置が美しく、花壇なんかないのもよい。

そのとき、中ノ島に数人の人がいて、一人が大きな旗を振り、のこりがしきりに手招きをしながら、大童《おおわらわ》になって汀を駈《か》け廻《まわ》っているのが、西日の長い人影のめまぐるしい動きと共に目にとまった。遠くからは子供が遊んでいるように見えたのが、やがて背広の大人だとわかった。そればかりではない。打ち振られている大きな旗には、日に透かされて白い絹の馬が躍っており、それは今日の客にはすでに見馴《みな》れた駒沢紡績の社旗であった。

「おや、今度はずいぶん派手な歓迎だ。旗をふりまわしてる」

と山口紡績の社長が若い芸者の肩に手を廻したまま、多少皮肉に言った。

「何やろう」

と駒沢当人までが言ったのには、みんなおどろかされた。そのとき村川は、秘書に、

「あれを撮っときたまえ。面白《おもしろ》い」

と低声《こごえ》で命じた。

駒沢のところへ重役が耳打ちに来、二人はいそいで梯子《はしご》を上って操舵室《そうだしつ》へ行った。

「何だろう」

「さあね。ただの歓迎じゃなさそうだ。船に止れと言ってるらしい」

と岡野は村川に答えた。

やがて駒沢紡績の重役がにこやかな顔で現われ、一寸《ちょっと》所用で船が中ノ島に停《とま》るが、停船時間はほんの数分であり、以後は急ピッチで石山へ向うから、予定時刻には一切支障のない見込だ、と告げた。一同は礼儀上、その理由については詳しく訊《き》き返さなかったが、他社の忙しい社長連を乗せておきながら、自社の社用のために船を止めるというあんまりな仕打については、みんな面白く思っていないことは顔にあらわれていた。

船が停った。水深が浅いので、長い歩みの板が下ろされた。数人の男は、旗を汀に立てて残して、慌《あわただ》しくその板を渡って来た。その顔つきにただならぬ緊張のあるのが、岡野の目に映った。今わかったのだが、橋の上には一台の空いろの大型乗用車が駐車している。

船長室へ駒沢や重役二人と岸の男たちが立てこもって数分がすぎた。扉《とびら》があいたとき、重役二人は男たちと共にあわただしく歩みの板を渡って下船し、湖月丸がゆるゆると板を引揚げ出帆するまでのその間、客は、まろぶようにして重役や男たちが中ノ島の石段を駈け昇り、橋上の自動車に乗り込んで、たちまち空いろの車が彦根の方角へ走り去る逐一を見てしまった。

「只事《ただごと》じゃなさそうだ」

と村川が愉しそうに言った。

「ほんとに只事じゃなさそうだ。しかしラジオのニュースでもきくまでは、われわれの耳には何も入らないでしょう」

と岡野は言った。

それからあとの旅。川面《かわづら》を美しくきらめかせる西日。下流へ行くに従って濃《こ》まさる両岸の木立のみどり。やがて西岸の森の崖上《がけうえ》高く、軽くふしぎな駕《が》のように架《かか》った月見亭《つきみてい》。……

そういうものにもまして、今も岡野の記憶にあざやかなのは、それからの駒沢の顔である。どんな風景よりも興趣を与える風景であり、あとで考えれば考えるほど趣きを加え、敢《あえ》て言えば崇高さの片鱗《へんりん》をさえ示すことのできたその顔だ。

駒沢は前よりもにこやかに客の間をまわり、落ちこぼれなく接待に気をつかっていたが、饒舌《じょうぜつ》はいくらか止《や》んだ。こんなお喋《しゃべ》りな男が、喋らないでいるときのほうが自然に見えることに岡野は気づいた。その微笑の裏には仄《ほの》かに苦悩がにじみ、又、柔らかい感情と、硬い冷たい傲岸《ごうがん》な魂とが、雲と晴れ間のように、その目の中に移りかわるのが眺められた。

ほんのひととき、彼が西側の欄干に凭《もた》れて、ひとり西日に顔をさらしているのを、岡野は遠くから窺《うかが》った。日は西岸の山の端《は》に傾いており、まともに照らされた駒沢は目を細めていたが、そのあるかなきかの細い目の線を強力に押しあけようとするかのごとく、九月一日の強い金いろの日ざしは、彼の目をひたと狙《ねら》っていた。まことに無邪気な横顔の頬がうごき、目をしばたたき、駒沢はあの短い五分間の効率的な睡眠のように、ほんの一秒に足らぬ効率的な涙を流した。と、無骨な、ずんぐりした指がいそいで来て、その絹のように桃いろの滑らかな頬から、涙の跡を一瞬に拭《ぬぐ》い去った。

あとでわかったことだが、この日、湖月丸が彦根を出帆して二時間後、丁度、堅田の港を出たころに、駒沢工場で不祥事が起ったのである。

この初夏の新入社員歓迎行事のうち、駒沢が見せたいと思っていた「明日を荷《にな》う乙女」という産業映画が、当時フィルムの入手がうまく行かず、この映写だけがのびのびになっていて夏を越した。たまたまフィルムが入ったので、貴賓を送り出したあと、映写会がひらかれる手筈になっていた。約七百名の男女工員が、四百畳敷の正堂に集められ、まわりの窓に黒幕を下ろし、工場長の挨拶《あいさつ》があったのち、映写に移った。

映画がはじまり、タイトルが映った。映写技師が不馴れだったので、画面がややぼやけ、技師は増幅機でスクリーンの画調を調節しようとした。そのときフィルムが切れ、引火した。技師の処置は適切なものであった。彼はただちに映写機を倒して、座蒲団で焰《ほのお》を叩き、畳を少し焦《こ》がした程度で、消火に成功した。

惨事はそのあとに起った。映写機の倒れる音、暗闇《くらやみ》のなかで突然高くのぼった焰に、近くの少女が悲鳴をあげた。入口の近くにいた者は、すぐに階段のほうへ駈け出した。不幸なことに、この混乱のなかで、場内の電気をつける余裕も、窓のカーテンをひらく余裕もなく、暗闇のまま、数百人が一せいに窄《せま》い入口の階段へ殺到したのである。階段は幅一間半の鍵形《かぎがた》で、中間にせまい踊り場があった。早く降りて戸外へのがれた者は無事だったが、あとから来た一人が転倒すると、将棋倒しになって、あとの者が押し重なり、途中の欄干が裂けて、何人かが下へ落ちた。

悲鳴と叫喚の間に、「火は消えたぞ」と叫ぶ人があっても、もう耳には入らない。ますます前へ押し寄せて、戸外へのがれようとする。下敷になって声もあげられない同僚の体を、踏み越えようとする者が、又うしろから押されて前へころがり落ちる。やっと階段の燈火《とうか》をつけた者がある。そこの踊り場の窓にも黒幕が張られていたのである。

階段の燈火は、電気の節約のために薄暗い。しかしこの点燈で一瞬人々が我に返り、眺《なが》めたものは怖《おそ》ろしい固まりだった。階段いっぱいに同じ薄みどりの作業衣が山積して、それがうねって、呻《うめ》き声を上げて、血を流している。階段の下にも、大ぜいの泣き声が薄闇の中にきこえる。この光景をまざまざと見て、残りの者は立ちすくんだ。

圧死による死亡者は二十一名にのぼり、骨折等の重傷者は五名であった。何らかの傷を受けた者は、全員の約半数、三百十五名であった。

——このしらせが、瀬田の唐橋の中ノ島へ、大いそぎで伝えられたのである。

第二章　駒沢善次郎の事業

思いついたら是が非でも実行するたちの菊乃《きくの》は、煽動《せんどう》するだけで薄情な岡野《おかの》が、ちっとも紹介の労をとってくれぬままに、駒沢《こまざわ》がよく行く土地の友だち芸者の手蔓《てづる》を辿《たど》って、駒沢に岡惚《おかぼ》れをしている芸者が新橋にいるという伝言をたのんだ。果して駒沢は十月に入って新橋へ遊びに来た。

岡野の話をきいたときから、その話し方が巧みだったせいもあって、菊乃は琵琶湖《びわこ》畔《はん》の製糸工場とそこの社長の性格に興味を持ち、自分が骨を埋《うず》める場所はそこにしかないような気がしてしまった。どんな苦労も苦にしない東北出の辛抱と、こういう甘い空想力とは、菊乃の中でうまく折れ合っていた。辛抱強さの自信が又、空想の甘さをどこまでも容認するのである。菊乃はどんな環境でも何とかやってゆけると信じる一方、物語の美しい女主人公のように、湖に入水《じゅすい》する空想をも愉《たの》しんだ。階段に将棋だおしになって死ぬのはいやだったが、岡野が反対の効果を狙って話した挿話《そうわ》は、却《かえ》ってその陰惨な魅力で菊乃の心を惹《ひ》いた。

菊乃は大臣の名を渾名《あだな》で呼ぶのにも飽き、弱電機界の大御所のことを乾電池なんぞと呼ぶのにも飽きていた。人の金で味わう贅沢《ぜいたく》には飽き、自分の金で贅沢をする気もない。

要するに、他人の豪奢《ごうしゃ》に飽きたのだが、ただの貧乏人のように、それをそねんだり羨《うらや》んだりすることのできないのが腹立たしい。そねんだり羨んだりする前に、向う様が、それを自由自在に使わせてくれ、味わわせてくれるのだ。

並の芸者とちがって文学好きの菊乃は、他人の富のおかげで厭離《えんり》の心を固めたが、こんな求道心《ぐどうしん》の不自然なところを、彼女は物語の甘さで補ったのである。

宗教的な遁世《とんせい》の代りに、自分が毎夜お座敷で着ている絹の、その生産の源で働らきたいという願いが、岡野の話をきいたときから、菊乃の中でだんだんロマンチックな願望になって育った。そうすることは、絹のきものがいたるところで演じる虚偽に、しっぺ返しを喰《く》わせてやるようなものである。自分で自分の過去に対する復讐《ふくしゅう》をしながら、その復讐の相手を、つまり絹のきものを、ますますゆたかに富ましてやることである。菊乃はすっかりこの思いつきに熱中した。

簞笥《たんす》の抽斗《ひきだし》から秋の袷《あわせ》をとり出して、畳紙《たとう》を解いてしみじみと眺めていると、今まではついぞ考えなかったことだが、この一枚の着物がここにこうして在る迄《まで》には、蚕の体から出たつややかな分泌物《ぶんぴつぶつ》が、労働者の手と、商人の手と、工芸家の手を経て、やっとのことで到達した旅の道行の長さが偲《しの》ばれる。そのずっと奥の奥に、秋の琵琶湖が横たわっている。自分はこの花やかなきものの、暗い故郷に身を埋めるのだ、と思うと快さで体が痺《しび》れた。

それでも自分は本来お嬢さんなのではない。西も東もわからぬうちから、引取られて東京へ来る前は、東北の農家が自分の生れて育った場所なのであるから、今又田舎に骨を埋める気になったのは、一枚の花やかな絹のきものをほぐして、又もとの絹糸に還《かえ》るのと同じことである。

——大体右のような文学的心境に達した上で、駒沢の座敷へ出た菊乃は、そこに坐《すわ》っている中年男の顔立ちに何もロマンチックな趣きがないのに今さらおどろいた。その上駒沢の素振には、本当に岡惚れされていると信じていないでもないところが仄見《ほのみ》えた。

いくら遊んでも遊び馴《な》れない人物というのがいるもので、初対面の瞬間から、菊乃は駒沢がそういう人種に属することを見抜いた。その血色のよい、絹のような肌《はだ》をした、頭も半ば禿《は》げ、目は小さく三角の、五十五歳の男は、何となく乙に構えて、女のほうから意中を語らせようと仕向けていた。

むかしの菊乃だったら、ここでいくらでも男をからかって笑いものにしてやることができただろう。しかしそもそも虚偽に飽いてこの人に会ったのだから、すべてを真正直に話すべきだ、と菊乃は思った。実は、駒沢紡績の寮母にでも使ってほしいのだが、ほかに手だてがないままに、こうして直接おねがいするのだ、と言ったのである。

このときの駒沢の顔から、己惚《うぬぼ》れが剥《は》がれおち、しかも照れ隠しの洒落《しやれ》た応酬もできず、一方では体裁をとりつくろいながら、一方では女の言い分にまじめに耳を傾けようとする、その誠実と虚栄心との正直な取り合せは、稀《まれ》に見るものだった。菊乃はこの社会のたしなみからわざと岡野の名を出さなかったが、岡野の言うこの人物の魅力とは、正にこれだなと納得が行った。

「ねえ、今度一人でいきなり彦根《ひこね》へ行きますから、ぜひ使ってね。いいでしょう、お兄様」

「お前なら十日も保《も》たんやろうが、来たらいつでも喜んで使ってやろう」

「ほんと？　うれしいわ。今度はいつ彦根へおかえりになるの？」

「あさってかえって、三週間は向うにつづけているつもりや」

その晩菊乃は、まるで踊りの衣裳《いしょう》のような派手なお座敷着を着ていた。羽二重の白地に光琳《こうりん》写しの秋草を散らし、ところどころに刺繍《ししゅう》を施し、左の肩先から袖《そで》にかけて、藤袴《ふじばかま》と女郎花《おみなえし》の一叢《ひとむら》があった。あんまり白地のところが多いので、朋輩《ほうばい》芸者に白無垢《しろむく》鉄火とからかわれたが、わからないようにシリコン防水が万遍なくかけてあるから、琵琶湖に入水するときはこの着物に限るような気がした。

「このきものも元はといえば、お宅の工場の絹糸から出たんでしょう」

と菊乃は秋草の袖をひろげてみせた。

「そうかもしれんな。絹製品の七割以上が婦人用品で、その半分以上が和服やさかいにな」

「これ一枚だけ持って行っていいでしょうか。工場でまさか着るわけには行かないけど、着なくたって、これ一枚だけでも傍《そば》に置いておければ……」と言いかけた菊乃は、自分の未練に気づいて、言い変えた。「やっぱりよすわ。蛇《へび》が脱いだ皮を一枚でも大事に持って歩くなんておかしいもの」

「そらそうや」

と駒沢はわけもわからずに答え、乞《こ》われるままに彦根の私宅の住所を書いた名刺も与えた。菊乃はそれをお札《ふだ》のように、揃《そろ》えた指先に載せて押し戴《いただ》いて、くっきりと肱《ひじ》を立ててきつい帯の間へはさんだ。

——そのあくる日から、菊乃は大活躍をした。やはり男の相談役が必要なので、岡野を呼びだして、一緒に信託銀行へ行ってもらって、財産管理を銀行に委《ゆだ》ね、ダイヤの指環《ゆびわ》をはじめ、株券その他一切をここに預けた。一人世帯《じょたい》を畳むのは造作もなかった。岡野はこの女の無鉄砲に呆《あき》れながらついて歩き、とうとう死んだ旦那《だんな》のお墓参りにまでつれて行かれた。

菊乃が彦根へ行くときの見送りは盛大をきわめた。菊乃を可愛《かわい》がっていた「みず垣《がき》」の女将《おかみ》は、駅頭でまで泣いていさめ、いやになったらいつでも帰って来いと言った。妹芸者の槙子《まきこ》は新調のスーツを着ていたので、駅からまっすぐに帰るのが惜しく、朋輩と一緒にホテルの珈琲《コーヒー》ショップへ行き、菊乃姐《ねえ》さんの節約精神について語った。旦那の遺産を手つかずで守るためには、派手な芸者稼業《かぎょう》をつづけるよりは、空気のいい田舎で月給をもらって、上っぱり姿で暮すほうが、どれだけいいかしれないと槙子は評した。それに菊乃姐さんは、いくら御馳走《ごちそう》を喰《た》べても口が奢《おご》るということがなく、栄養士のカロリー計算による給食で十分やって行ける素質を失わないのである。ただこういうことを、すべて文学的修飾をくっつけてやるところが厭味《いやみ》だ、と槙子が言うと、みんなが賛成した。

菊乃は最後の贅沢に、京都で都ホテルに一泊したが、それでも部屋は安い一人部屋をとった。あくる日は祇園《ぎおん》の一力《いちりき》の女将を訪ね、今度の決心を話して、又大いに反対されたり、御馳走になったりした。その足ですぐ電車に乗り、京都を発《た》った。

大きな荷物は身分が決ったあとで送ってもらう手筈《てはず》になっているので、菊乃は婦人用のスーツ・ケース一つだけを携えていた。かなり混《こ》んでいたが、湖寄りの窓ぎわに席がとれた。隣席には略式の袈裟《けさ》をかけた僧侶《そうりょ》が革鞄《かわかばん》を抱いて居眠りをし、向いの席には若い工員風の男が二人、しきりにこちらをちらちらと見ていたが、菊乃は窓へ顔を押し当てたままであった。

一人旅が菊乃の心を透明にしていた。いちめんの秋の田の稔《みの》りをながめ、稲穂の高さが自転車でゆく人の腰を埋めて、あたかも人が田の間を滑走しているように見せるのを興がった。正月の髪に飾る稲穂の一房を、芸者一人に数えると、いくら新橋・赤坂と威張っても、田圃《たんぼ》一坪に納まってしまうと思った。ところどころ竹藪《たけやぶ》にかこまれた用水があり、泥《どろ》いろの水が静まっていた。

湖はたしかに車窓から遠くないのだが、それはたえず風景のむこうに、それらしい影を湛《たた》えているばかりで、なかなか鮮明な姿を現わさなかった。いくつかの川を渡ったのち、菊乃は終始坦々《たんたん》とした湖の側の眺めに、はじめて草に覆《おお》われた小山が頭をもたげるのを見た。それは自然の山ではなくて、安土城《あづちじょう》の城址《じょうし》だった。

電車が短いトンネルをくぐると、ふたたび湖は野のかなたに、白い一線を浮ばせはじめた。能登川のあたりから、電車は俄《にわ》かに空《す》いた。菊乃は一人きりになった座席に、くつろいで横坐りになり、さっきの僧侶が知らずに尻《しり》に敷いていた一片の蜜柑《みかん》の皮を、まっ白な足袋の爪先《つまさき》でつまんで床《ゆか》に落した。

午後四時、彦根に着いた。宿で風呂《ふろ》に入ってから、駒沢紡績へ電話をかけた。社長はすでに帰宅している。そこで私邸へ電話をかける。駒沢はおどろいて、これからどこそこの料理屋へ来い、そこで話をきこうと言う。菊乃は、まじめな用件だから、夕食後お宅へ伺うと主張して譲らなかった。菊乃は、駒沢夫人が永いこと療養中で、家にいないことを知っていた。

どんな大邸宅かと想像された駒沢の家は、江戸町のバス道路に面した町屋《まちや》風の目立たぬ古い邸《やしき》で、門塀《へい》もなく、玄関も内玄関も磨硝子《すりガラス》の引戸で歩道に接し、紅殻塗《べんがらぬり》の柱や櫺子窓《れんじまど》がほの暗く連なり、窓はそれでも六つを数えた。玄関の軒にはすでに去った燕《つばめ》の巣が懸り、巣の白い泥の飛沫《ひまつ》が紅殻に散っていた。

戸を引いて入る。石敷の土間の奥に、葉いろのわるい青木や木斛《もっこく》を配した中庭をとおして、石造の洋間の窓が見える。奥がかなり広いのである。

式台につづく四帖の畳も質素な黒い縁で、鴨居には家紋をしるした提灯の箱がかけてある。しばらく待つうちに女中が戻《もど》ってきて、奥の座敷へ通された。玄関も廿《にじゅう》ワットぐらい、どの部屋も電気を節約していて、菊乃はこんな暗い家へ来たのははじめてのような気がした。

「よう、見ちがえたなあ。化粧をせんほうがよっぽど別嬪《べっぴん》や」

と入って来るなり、駒沢は言った。きょう、菊乃はほとんど化粧らしい化粧もせず、地味な着物で、素人《しろうと》らしく見せていたが、

「これなら及第でしょう？」

「うまいこと化けとうるわ。しかし、こないな物好きな就職希望者ははじめてや」

と駒沢はまだおどろいていた。

話の末に、菊乃は条件を出した。彼女の素性は絶対に隠しておき、駒沢の遠縁とでもいうことにしてもらいたいという条件である。駒沢もこれを呑《の》む代りに、月に一ぺんはひそかにこの家へ来て、工場の内輪の様子を知らせてほしい、と菊乃に申し出た。

「尤《もっと》もわしの工場はむずかしいことは何もないんや。使うてる者を我子と思い、むこうもわしを親と思うてくれとる。こんな人情味のある会社はどこにもないのやが、そこはやっぱり若いもんの集りやさかい、親御はんから大事な娘を預ってるわしとして

も、すみずみまで目を届かせておらんと、ひょんな事にならんもんでもない。まあ、わしの目の代りになってもろうてやな、まあ、気楽に、あんじょう働らいてもらうんやな。殊《こと》にまあ、この間は新聞に出た、あないな事故も起ったことやし」

それから駒沢は床の間の立林何帛《たてばやしかげい》の山水の自慢をしたが、菊乃はろくすっぽ聴いていなかった。

このがらんとした暗い家のなかで、女と二人対坐《たいざ》していて、色気一つ出さない駒沢は、菊乃のはじめて見るタイプの男で、そのとき菊乃はすっかり白粉《おしろい》を落してきた自分の素顔の年齢を忘れていた。岡野の話とちがうところは、駒沢が暗い孤独な印象を与えることであった。もうすでに使用人の一人として菊乃を見る目は、単純明快な言葉つきとはうらはらに、一種の恐怖を湛えていた。

『こうして何でも親子の仲みたいに言う人は、きっと子供のころ、親の情愛に飢えて育ったにちがいないわ。丁度石女《うまずめ》が孤児院を経営したがるように』

菊乃は十六ちがいの駒沢を、父親と想像してみようとしたが、とてもできなかった。紫檀《したん》の卓を隔てて坐っているその人は、茶いろのカシミヤのカーディガンを着て、爪《つま》楊子《ようじ》で羊羹《ようかん》をこまかく切って口に入れていたが、いきなり、

「わしは働らきもんやで」

と言った。

「わかりますわ。はじめてお目にかかったときから、そう思ってましたわ」

と菊乃も言葉を改めた。

「今でも朝は五時に会社へ出る。すぐ工場へ行って工員の顔を見てまわったもんやが、社長になってから、そこまでは手がまわらんようになった。以前は毎日、十七時間働いとったわ。そこまでせんことには、会社いうもんは生きたつながりで動いて行かん。生きたつながり、これが一等大切なんや。今の大会社は、こりゃ、どないに規模が大きいても、死物や、いわば機械や。わしもこんなに働らいとるのは、会社を大きいしようという一念やけれど、なんぼ大きいしたかって、そこに生きたつながり、心、いのちがのうなってしまったら、そら屍骸《しがい》や。――手エ出してみい」

菊乃は思わず、言われるままに手を出した。その手は駒沢の温かい柔らかな、迷惑なほど抱擁的な手に握られた。

「この温かみを忘れんといてほしい。これや。これが人間のつながりや。いわば親子の契りや」

「もう夢にも『お兄様』なんて言えませんね」

と菊乃は流し目になりそうになる瞳《ひとみ》の動きを制して、言った。

菊乃が支給された緑いろの上っぱりを着て、女子工員寮の寮母になってから七日がすぎた。菊乃のもともと丈夫な体は、こんな環境の激変に、人もおどろくほど容易に馴《な》れた。

＊

それは午後一時の後番の出舎がおわり、午後三時の先番の帰寮にはまだ間《ま》のある、一日のうちで寮が一等静かになり、舎監室の寮母たちが手足をのびのびとさせることのできる時刻である。

窓から眺める湖は雨に煙っている。その湖のけしきで感興をかき立てて、菊乃はせいぜい幸福にあふれた手紙を書こうとしている。実情などはどうでもいい。依頼主の注文にこたえて、自分の文学的能力を発揮させればいいのである。

「お母さん、なつかしいお母さん、きょうは好《よ》い天気で、湖畔の松並木のかなた、多《た》景島《けしま》の可愛らしい島影が絵のようです。ここへ来てから、先生方は慈母のように面倒を見て下さるし、古いお姉様方の親切な御指導もゆきとどき、茶の湯、お花、お琴、三味線、舞踊、和裁、ピアノ、それにもっとも人気のある洋裁のお稽古《けいこ》など、至れりつくせりの設備の中で、働らきながら自然に教養が高められ、国へかえったら、どこのお嬢さんかと見まちがえられそうで心配です。……今も、仕事からかえって、寮の窓辺の机で、同室のN子さんのかき鳴らすギターに耳傾けながら、湖の光りあふれる漣《さざなみ》と、窓外の庭に咲き乱れる秋の花々に目を奪われながら、書いているこの手紙が、多少浮わついてみえるのをお許し下さい。窓下の花は、白、黄、臙脂《えんじ》の菊をはじめ、コスモス、強烈な紅《あか》い鶏頭、紫苑《しおん》など……」

菊乃はいちいち、窓から下の庭をたしかめて書いている。庭と云《い》っても石炭殻を敷いただけのその空地の果てには、壊れかけた焼却炉が奇怪な黒い形に歪《ゆが》み、そのむこうには湖が汚れたシーツのようにひろがっている。眼下の石炭殻には雨がしみ入り、貝殻が二三片白く光っている。掃除をやかましく言っているから、紙屑《かみくず》一つ落ちていないが、リヤカーの轍《わだち》がよろめいて焼却炉のほうへ延びているのが、ひどく陰気に見える。

その何もない地面から、菊乃は手品師が一輪一輪花をつまみ出すように、「菊、コスモス、鶏頭」などと書いた。どちらかといえば、もっと哀愁に充《み》ちた文章を書きたかったのに、この手紙の作文を菊乃にたのんだ寮生は、できるだけ親を安心させるように書いてくれ、と言ったのである。

「もうあんた寮生にたのまれたの？　早いわね。はじめはそうやって親切に代筆してやるけど、そのうちに面倒臭くなるわよ。そのころはむこうもコツを覚えて、自分で書けるようになるしね」と、舎監室で一等先輩格の、里見という五十女が言った。そこれから肩のところから遠慮なく文面をのぞいて、こうつづけた。「その調子……その調子……あんたなかなか名文じゃないの。ここを天国みたいに書いてやればいいのよ」

菊乃は名文と褒《ほ》められて気をよくした。その文章は、正《まさ》しく無から有を生んだのだ。黒い雨に濡《ぬ》れた石炭殻から、色とりどりの秋の花々を。

ところがこんな菊乃の能力はあながち文学的才能からばかりでなく、こんなフィクショナルな代筆もはじめての経験ではなかった。下地《したじ》っ子にたのまれて書いてやったことがたびたびあるからだが、それはここでは秘密の経歴だった。

ほかの三人の寮母が顔を集めて、新しい写真帖《ちょう》をのぞいているのを、手紙を書き了《お》えた菊乃は見に行った。まるきり白粉気のない寮母たちは、ここにいるうちにだんだん顴骨《かんこつ》が秀《ひい》でてきて、老嬢は老嬢なりに、後家は後家なりに、乾いた険《けん》のある顔つきになりかけているが、声だけは却《かえ》って一様に澄み、悲しいほどに美しい声の人がある。

「この子、いい子だったがねえ。可哀想《かわいそう》に。本当に運だわねえ」

とその声が言った。

もう四十九日に近いこの頃《ころ》、階段圧死事件の二十一名の死者のアルバムが調った。十代の少女ばかりのその死者たちの写真は、ほとんどが明るく笑っていて影さえなく、ようやく熟しかけた乳房の群を、葡萄《ぶどう》を収穫するように、死がさっと取り入れてしまったとは思えない。こういう活々《いきいき》とした素朴《そぼく》な少女たちの顔が、今や死の硝子《ガラス》の向う側からのぞいている顔だとは信じられない。

菊乃はそれでも居合わせなかった事件だからいいが、ほかの寮母たちは、新入生で馴染《なじみ》が薄かったとはいえ、アルバムからいろんな感情を呼びさまされるのが自然である。

「これ、これ、松野久枝って子、ほんとに喰べてしまいたいほど可愛らしかった。可哀想に。写真を見るとたまらんわ」

と里見が言った。

その久枝という娘は、ほかの娘ほどむっちりしていず、やや憂《うれ》いを帯びて整った顔立ちだが、この子だけ眉《まゆ》のあたりに薄命な冴《さ》えがあって、触れれば壊れそうな脆《もろ》い愛らしさが唇《くちびる》にこもっている。五十女はいきなり無骨な手で、アルバムを鷲《わし》づかみにして、久枝の写真に接吻《せっぷん》した。菊乃はびっくりしたが、他の女は動じるけしきもない。アルバムの写真には、大きな唇なりの曇りが残り、唇の襞《ひだ》までが、薄い苔《こけ》のように宿って光沢を消した。

「思い出した。これとそっくりな子がいるじゃないの」と他の一人が言った。「とても似とるわ。そう思ったら、本当に瓜《うり》二つだわ」

「何て子？」

と五十女は、雨にくらい室内の光りに瞳をちらと動かした。

「ほら、あんたの寮舎の子よ」

と菊乃は指さされておどろいた。

「石戸《いしど》弘子《ひろこ》……ああ、そう云えば似てるわ」

と仕方なしに菊乃は応じた。

菊乃は今まで芸者らしい意気地から人の好悪《こうお》が激しいようなふりをしていたが、本来そんなに友を選ぶほうではなかった。悟り切っているわけではないが、他人の印象は概《あ》して良くも悪しくも平べったく感じられた。他人の臭味もさほど気にならなかった。

そうは云うものの、現実に何十人かの娘を預ってみれば、そこにおのずから好悪が生ずる。石戸弘子というのはすぐ思い出すほど、きれいで、素直で、写真の久枝と似ていてもっと明るく、人に愛される娘である。菊乃におもねるわけではなく、文学書に興味を示すので、すでに「マノン・レスコオ」の文庫本などを貸してやった。すると表紙をいためぬように、きれいな包装紙でカバーを作って、大切に読んでいる。家庭は東北の小さな町の煙草屋《たばこや》で、菊乃の郷里からそう遠くない。その家庭も実は、両親に先立たれてから、伯父の家に養われているので、家へかえると気苦労が多いらしい。それでも気性が明るくて、ひねくれたところがないのである。

菊乃はもし弘子が何かで死んで、その写真に里見が接吻するところを想像すると、やりきれない感じがした。工場がここに建ってからすでに十何人の少女が身を投げて死んだという、変電所のそばの大きな井戸を思い出した。その井戸には錆《さ》びたブリキの覆《おお》いがかかり、雨の日には日もすがらかしましい音を立てた。夜きくと、その雨音は、死んだ少女たちの霊の鼓笛隊の行進を聴くようだ。しかしもう芸者ではない菊乃は、そんなことを怖がるふりをしてみせる必要もなかった。

「郵便！　郵便！」

と江木という寮母が、大きく束ねた手紙の束を抱えて、雨ゴートのまま部屋へ入って来た。手紙は容赦なく雨に濡れて、宛名《あてな》や所書が紫いろににじんでいる。ある濡れた手紙は、宛名がうすい鉛筆で、めり込むように書かれているために、却ってインキのにじんだやつよりも潮垂れて見える。

「雨はいいわよ。私、うんと濡らして来てやった」

と郵便係りの江木は浮々と言った。江木は肥《ふと》った、受け口の女で、その顔が喜ぶと、この世界の喜びがみんな不潔に見える。笑うと歯茎がみんな出てしまうが、雨に暗い室内で、その桃いろのむき出しの歯茎の潤《うるお》いが、蠟細工《ろうざいく》のように映える。

「早くコートを脱ぎなさいよ」

と一人が言った。

「雨！　雨はいいわ」

と江木は昂奮《こうふん》に頬《ほお》を火照《ほて》らせながら、雨滴を飛び散らして脱いだ。

菊乃は黙ってその様子を眺《なが》めながら、道徳的な非難をじっと心で投げつけている気持になった。

菊乃にはどうして江木がそんなに雨を喜ぶかがわかっている。郵便物がびしょ濡れになれば、開封も容易であるし、封筒の底が抜けていても、何とでも言訳がつくからである。

菊乃はひとの手紙を開封することなどは、少しも悪いとは思わない。むしろ、こうして大ぜいの娘を預っていれば、当然の措置だと考える。ただ雨に濡れたのをよいことにしたり、犯跡をくらましたり、監督者のほうがこそこそして、悪事を愉《たの》しむような気でいるのが不愉快なだけである。不愉快なばかりか、道徳的でないと感じられる。すべてをもっと堂々とやればよいのである。

江木は机の上に手紙をいっぱいひろげ、男名前の手紙を選《よ》り分け、さらにその中から同姓のを外して、三四通をのこした上で、

「ちょっと原《はら》さん」

と菊乃の姓を呼んで、こう言った。

「本当に凄《すご》いのは、女名前のほうにあるんだよ。女名前で、いくら隠したって男の筆《ひっ》蹟《せき》だとわかるのを選り分けてよ。何となくカンでわかるんだから。あんた、カンがよさそうだから」

言いながら江木は、ヘア・ピンでそそくさと男の差出人の封をあけはじめた。すばらしい速さで読んで、「何だつまらない」と言い捨てて又封筒に納め、すぐ次のにかかった。里見はじめほかの寮母は、机のまわりに躙《にじ》り寄《よ》り、一人が紐《ひも》を引いて電燈をつけた。

燈下の濡れた手紙の数々は何だか生ぐさく、封筒も一つとして端正な方形をとどめず、菊乃もこういうことに携わる胸のときめきが、そんなに不愉快ではなくなっていた。苺《いちご》に砂糖をかけて喰《た》べるのに、匙《さじ》の背で苺を丹念に潰《つぶ》して喰べる癖が菊乃にある

が、あのときのような甘酸《あまず》っぱい手ごたえがある。潰して、潰して、感情のジャムを作ること。……

「これ、どうかしら？」

と菊乃が女名前の分厚い手紙を吟味して、江木の手もとへ押しやった。

「どれどれ」

と濡れた封筒を巧みに解いて、手紙を読みだした江木は、涙ぐましいほどの喜びの叫びをあげた。

「わア、こりゃ没収ものだ。いきなり『僕《ぼく》は君を思って夜も眠れない』と来たわ。手紙は本人に読ませないで親もとへ送ってやって、本人には相当のお灸《きゅう》を据《す》えてやる必要があるわ」

それからしばらく、一通の手紙の一枚一枚が手から手へ渡されて、舎監室には陶酔に充ちた沈黙の永い時が経《た》った。

五人の女は思い思いの感興にひたり、一人はますますそれを内密のたのしみにしようとして、みんなに背を向けて窓あかりで読んでいた。そこを瓦斯《ガス》室に変えてしまう、瓦斯みたいな沈黙。息づかいがはっきりと聴きとられ、同じ緑の上っぱりの下に、五人の体のあらわな形が、急にはっきり読みとれるようなその沈黙。菊乃も、死んだ旦《だん》那《な》がいつも美しいと言ってくれた自分のまっ白な太腿《ふともも》が、ほのかに汗ばんでいるのを感じた。

永い時がすぎて、繰り返して読まれた手紙はおわった。あとで誰《だれ》もが気落ちのしたような暗い顔になった。江木一人が快活に、のこされた手紙をかきまわし、目をつぶって、当てずっぽうに一通の手紙をとりあげた。

「今度はもっとすごいかもしれないよ」

その貧しい封筒は濡れそぼって、底が半ば抜けていた。

しかし江木が読み出した文面は、左のようなものであった。

「……駒沢社長様の御名前は新聞その他でもいつも拝見、立派な人格者で、使用人をわが子のごとくいつくしまれる方と評判で、そういう方の工場に娘をやっているというのは何という仕合せであるか、一家の名誉であるか、と皆言うて下さいます。社長様が、むかし世話になられた方、（今は落ちぶれた方、名前は失念しましたが）、その方の病床を見舞われ、亡《な》くなったあと、遺族の面倒も見られているという話を人からきき、涙をこぼしました……」

菊乃にとって多少意外であったことは、さっきまで不謹慎な快楽に溺《おぼ》れていた寮母たちが、この手紙に対してとる敬虔《けいけん》な態度だった。そこにはみじんも冷笑的なものがなく、お体裁もなく、面《おもて》には誠があふれていた。

「いい手紙だわ。社長様へお目にかけよう」と里見が言った。「こういう手紙こそ、開封しなかったことにして、まず宛名の子に受けとらせて、あとでそれとなく提出させるのがいいと思うわ。この子……そう、江木さんのところの寮生だね」

「そうよ」

と江木は誇らしげに答えた。

「わかる親にはやっぱりわかっているんだね」

と里見が言う言葉には別に偽善はなかった。菊乃が見渡す寮母たちの顔は浄化されて、燈下に集まった顔が刻んでいる影には、一種の道徳的なきびしさがにじんでいた。

「あんたなんか、社長様の遠縁であればあるほど、あの方の偉さがはっきりわかっていなくちゃならんわ。親戚《しんせき》ということで、却《かえ》って少しでもあの方を軽んじるような気持があったらいかんわ」

と里見はまともに菊乃を見据えて言った。

「ええ、そりゃわかってますとも」

と菊乃は言った。そしてこの舎監室の、古い柱時計、机上の文鎮《ぶんちん》、ペン皿《ざら》、インキ壺《つぼ》のはしばしにいたるまで、駒沢その人の影が揺曳《ようえい》しているのを感じた。

そのとき湖の方角から、エンジンの響きがして、まっすぐに来る発動機船が見えた。

「何だろう」

と菊乃は窓辺に立った。

雨の湖に粘土いろの水尾を遠くひろげて近づいてきた船は、エンジンを止めて船着場に接岸した。雨合羽《あまがっぱ》の男が一人、岸へ跳び移って、雨の中を踊るようにして駈《か》けて来ると、菊乃が見ている窓下を駈けすぎて、やがてリヤカーを引いて戻《もど》ってきた。船では雨覆が外されて、荷揚げにかかる人たちの動きが見えた。

「お藷《いも》だわ」と、工場内のことなら何でも知っている里見が言った。「これから又、毎日甘藷《かんしょ》入りの御飯だね」

里見の説明によると、給食費に制限があるので、近在の高い藷を買う代りに、男子工員を使いにやって、湖の対岸の高島町へ藷の買出しに行かせるのだそうだ。彦根の商人も百姓もみんなすれっからしで、駒沢紡績に悪意を持っており、値を釣《つ》り上げてくる傾向が甚《はなは》だしいので、百匁《もんめ》で二円もちがう高島町から船で運ぶことにしたのである。

菊乃はなお窓から眺めている。男たちがそうして敏活に働らいている姿が珍らしいのである。

黒い雨合羽の三人の男が、重そうな叺《かます》を運んではリヤカーに積む。その指図をしている男は、雨合羽も着ず、白い鳥打に白いジャンパーの姿で、船に立って、何か声高に叫んでいる。動揺に抗して踏んまえた長い足に、いかにも勢《きお》った感じがあらわれて、顔は見えなくても、その若さが、雨の距離をとおして菊乃に伝わった。

「あの人たち男子工員でしょう。そんなら毎晩『ふくろう労働』で、午後三時まで寝ていられるんじゃないの？」

「若いんだから、一日や二日寝かさないでもいいのさ。私んところへ来りゃ、一週間は寝かしてやらないわ」

と江木が言って皆が笑った。

菊乃が訊《き》きたいと思った白いジャンパーの青年のことを、里見から言い出した。

「あの気取った白ジャンパーがいるだろう、自分一人雨合羽も着ない男。あれ、大槻《おおつき》って云って、男子工員の中じゃ切れ者よ。あれ、まだ十九歳のくせに、結構大将ぶってるんだよ」

リヤカーに叺が山と積まれると、大槻は岸へ跳び移り、雨合羽の一人に後尾を押させて、リヤカーを曳《ひ》きだした。

雨に打たれて、リヤカーはよろめきながら、寮母たちの見下ろす窓下へ来た。白い防水ジャンパーの丸めた背に、烈《はげ》しい動きの皺《しわ》が刻まれて、菊乃はただ、鳥打帽子の庇《ひさし》から乱れ出た濡れた黒い髪と、秀《ひい》でた鼻梁《びりょう》だけを見た。

そのとき、工場のほうから、聴き馴《な》れた太鼓のとどろきと、これに合せて歌う娘たちの社歌の合唱が起った。午後二時半の先番の退場行事である。

「湖畔にそびゆる絹の城
勇むは白き紡錘《つむ》の駒《こま》……」

雨をつんざいて、

「品質本位！　日本一の製品を作りましょう！」

と一せいに「目標」を唱える声がひびいてくる。

『先番がかえってくる。かえって来たら、すぐ拭掃除《ふきそうじ》をさせなくちゃ』

と菊乃は思った。それが寮の内規であるばかりでなく、菊乃自身がきれい好きだったからである。

＊

彦根の工場は日ましに菊乃の気に入った。

何の飾りもなく、遊惰の片鱗《へんりん》もなく、色っぽさのかけらもないことが、一種の理想郷のように思い做《な》された。黄いろく塗ったコンクリートの柱に、大きな丸い門燈をのっけただけの、殺風景な正門もよかった。この正門からは、建物に遮《さえぎ》られて、もちろん湖は見えないけれど、湖へ向って近づいてゆくという清浄の気は、殊《こと》に秋の早朝などにこの門をくぐると、はっきりと感じられる。

門内の右方には稲荷《いなり》をまつった芝山があり、蘇鉄《そてつ》や松がその小さな築山《つきやま》を、何ほどか厳《いか》めしく見せていた。菊乃は毎朝ここへ来て、預っている寮生たちの無事を祈った。

左方には古い木造二階建の本部があり、二階の角が社長室になっているので、稲荷の祠《ほこら》の前でふりかえる菊乃の目は、ときどきその窓ぎわに、駒沢社長の馴染のある頭を瞥見《べっけん》する。時には頭がこちらを向いて、あきらかに菊乃の姿をみとめることがある。しかし菊乃は社内では個人的な挨拶《あいさつ》を固くつつしみ、どこでもそしらぬ顔をとおした。

駒沢に逢《あ》おうと思えば、その大きな肖像写真になら、各工場の一等目につきやすい壁面で逢える。たとえば梳綿《そめん》工程の工場なら、その威厳にみちた肖像写真のまわりに、「整理整頓《せいとん》の確立」だとか、「職場での一切の私語厳禁」だとか、「梳綿運動目標」だとか、各種の生産競技、出来高競技、クレーム絶滅競技、品質改善競技、糸切減少競技などのモットーが、運動会のビラよろしく、貼《は》りめぐらされているのである。

少くともこの仕事の場には、嘘《うそ》もなければお喋《しゃべ》りもない。ケンスと呼ばれる煉瓦《れんが》いろの大筒に、羽毛のようなふくよかな純白のスライバーが、湧《わ》き出るように一杯詰ったのを、二筒三筒、女子工員が両手で床を滑らせながら、次の工程へ運んでゆく。女子工員は通りかかる菊乃に目礼をするが、微笑をうかべるほどの暇もない。工場の天井には蛍光燈《けいこうとう》が連なり、高い天窓の磨硝子《すりガラス》が、湖のほうから寄せてくる雲にひととき翳《かげ》ったりする。しかしそんな天窓は、忙しい誰からも見られない。

練条工程で三十六本のスライバーが六本になり、六本が一本の穴へ吸い込まれ、粗紡工程では、運ばれてきた白い糸が、さらにゆるゆると素麵《そうめん》のように昇ってゆき、真鍮《しんちゅう》の巻棒に巻かれて引き伸ばされ、粗紡工程で撚《よ》られてゆく糸は、銀いろの紡錘《つむ》のまわりに銀の霞《かすみ》のように漂っている。

菊乃はたえず糸切れを見張ってはこれをつなぐ女子工員の作業を見倦《みあ》かなかった。石戸弘子は、わけても糸切れの探知と糸つなぎが上手であった。

素人目には、神経質に顫動《せんどう》している糸の光りはよく見えない。糸の、まことに気まぐれな、感情的な切れ具合もよくわからない。弘子はいそぐでもなく、受持の機械のあいだをまわって、自然にその白い軽い運動靴の爪先《つまさき》が或《あ》る個所《かしょ》へ向うと、そこの糸が切れているのだ。弘子は顔に似合わない赤味がかった岩乗な手で、管糸《かんし》を引き出して、糸口を探して、トラベラーに引っかけて、撚りがかかっている糸をつないで、ひねりながらニューマフィルの吸い口へそっと差し込む。その作業を手早く精緻《せいち》にやった。動作はいつも静かだった。

菊乃は一等湖のちかくにある赤煉瓦の絹紡工場だけは、訪ねるのが辛《つら》かった。そこに飛び散る屑繭《くずまゆ》の埃《ほこり》と異臭は、建物の古さと共に、陰惨の気を湛《たた》え、驕奢《きょうしゃ》な絹の息づまるような出生の暗さがそこに澱《よど》んでいた。下端の針が絹紡糸からじゅんじゅんにごみを取除いてゆく鉄の水車みたいな機械に、中腰でのしかかって、その鉄輪をゆるゆると廻《まわ》しつづける女子工員は、姿勢からして拷問《ごうもん》めき、吐く息もその蒼《あお》ざめた顔から著《しる》くきこえた。

会社にたのんでも除塵《じょじん》装置を設けてくれず、特別手当もつけてくれないと、絹紡工場の娘たちが、たえず愚痴を言っているのを菊乃は知っていた。菊乃の受持の寮にも、絹紡の子は何人かいたけれど、概して口数の少ないいやなタイプの子ばかりで、菊乃はこの子たちを好かなかった。いやな労働は人をいやな風に歪《ゆが》めるものであり、職業に貴賤《きせん》はないなどというのは嘘であることを、菊乃は夙《と》うのむかしに学んでいた。絹紡の子たちの肺はいわば繭だ。かれらは繭形の肺をしている筈《はず》だ。だってあんなにたえず屑繭の埃を吸い込むのだもの。

寮でいつか絹紡の子が、厠《かわや》へ行きたくても行く暇もない、耳が痒《かゆ》くても掻《か》く暇もない、と訴えたとき、ほかの工場の子がいきりたって、自分ばかり苦しいと思うものじゃない、糸切れをたえず見張って、生産競技に勝つために夢中になっていれば、その点は同じことだ、と反駁《はんばく》したのを菊乃は思い出した。

「そりゃそうだわね」と菊乃はとりなすように言ったものだ。「工場全体が二六時中運動会なのだもの、耳を掻きながら悠々《ゆうゆう》走っていれば負けてしまうわね」

この一言で、言い出したほうも、言い返したほうも、一様に不満そうに口をつぐんだのが思い出される。

寮の規則で、週に一度、寮母がこうして各工場の見廻りをするとき（もちろんそれは会社側が女のあら探しの巧《たくみ》さに期待してのことであるが）、わけてもこの絹紡工場へ入って来ると、菊乃は決って、鉄輪を廻している娘の耳の痒みのことを考える。そんな最中に耳が痒くなるのは、精神集中が足りないからだと想像される。現に菊乃は永い芸者生活のあいだに、お座敷で耳が痒くなって困ったことなどないのである。

すると突然、菊乃の左の耳に痒みが射《さ》した。彼女はここにはない象牙の耳掻き耳掻きの、直《ちょく》な冷たい救いを遠く恋した。しかし、絹紡の娘の前では掻くこともならず、象牙《ぞうげ》のの、へんな病気を理由もなくうつした人を怨《うら》むように、中腰で鉄の環《わ》にのしかかって、ゆるゆるとそれを廻している娘の横顔を、射貫《いぬ》くほど鋭い目でじっと見つめた。

工場はどこもかしこも、張りつめて今にも切れそうな、若い競争心に充《み》ちていた。そういう対抗競技の優勝工場には、持ち廻りの社長盃《はい》が授与され、先月の社長盃の銀が中央の棚《たな》にかがやいている粗紡工場などは、入ってゆくだけで身の引きしまる誇りが、撚り糸の張りにさえ感じられ、そういう工場は立てる音もちがって、厳そかである。班別、科別の勝利者には、コッペパン一個、またはうどん券一枚が与えられた。そのパンの味、そのうどんの味は格別だと皆が言った。

すべてに物事が盛りの頂点にあるときの、あの危なっかしい痛快な力があふれていた。工場と工場をつなぐ屋根つき廊下の、朽ちかけた羽目板に沿うて歩くときさえ、それが感じられた。大食堂の食事の光景は、言うも更《さら》であった。六百人も入る二百五十坪のその殺風景な食堂の壁には、

「外見の着飾りより
先《ま》ず心と食堂の美から」

という、要領を得ない標語が貼り出され、食事がすむと、列を作って、

「食器をおとさぬようにしましょう」

と書いてある金属張りの「残飯落し口」へ残飯を落した。

これは食堂の中でも菊乃のもっともきらいな場所で、金属の口の奥に、投げ込まれた残肴《ざんこう》のごたごたした色が渦巻《うずま》き、はやくも異臭を放ち、落し口の銀板には若い娘たちの嘔吐《おうと》の跡のような、惣菜《そうざい》の煮汁《にじる》の褐色《かっしょく》が糸を引いていた。

過労から来る食慾《しょくよく》不振は、この工場では咎《とが》められていなかった。

彼女は今では労働と生産の美しさ、規律正しさ、その活力の支持者であったが、彼女が最初に抱いた疑問は、各部の労働のあまりの単純さとくりかえしとだった。そこにはまるきり手練手管というものが欠けていた。


一ト月後、菊乃は約束どおり、暮夜ひそかに駒沢の家を訪ねた。金色燦然《さんぜん》たる仏壇のある暗い仏間で、駒沢は一人で酒を呑《の》んでいた。その仏壇の様子から、

「社長さんのお宅、日蓮《にちれん》様じゃありません？」

「よう知ってるな」

「私のところもそうですから」

「こりゃまあ、何たる奇縁やろ」

と駒沢は大いに喜び、菊乃も御燈明をあげて手を合せた。

「こりゃ、何たる奇縁やろ」

と駒沢はまだ言っていた。そして菊乃に盃《さかずき》をさした。それは菊乃の一ト月ぶりの酒であった。

「工場の印象はどうや」

「希望の工場、って感じですわね」

「そら、ええ名や、来月の標語に使うたろ。が、どないな風に希望にあふれてるか、そこをきいとかんと」

「だって、社長さん、毎月毎月の向上目標が、十パーセントずつ割増になってゆくんでしょう。いつまでたっても希望がなくなるわけがありませんわ」

少しも皮肉な気持で言った言葉ではないのに、言ってしまってから、皮肉にとられやしないかと懸念《けねん》したが、駒沢がそうとらなかったことは明らかであった。むしろ意気揚々とこう言った。

「そらそうや。その勢いで十大紡の塁を摩するまでになったんやから」

落莫《らくばく》とした家の中での彼の独酌《どくしゃく》の姿は、それだけ勢いのさかんな会社の社長とは思われず、菊乃はつい言わでものことを言った。

「御家族がおいでてないと、何かと御不自由でしょうし、お淋《さび》しいでしょうに」

「何言うてるんや。この部屋じゅうが家族でむんむんしてる。見えない家族やけど、何百人の息子娘や。そいつらを相手にこうして盃を傾けてる気持は何とも言われんわ」

菊乃は八帖《じょう》の仏間の隅々《すみずみ》をぞっとして見渡した。

「この気持は何とも言われん。働らきものの親爺《おやじ》が貧しい晩酌を、目を細めてたのしんでる姿を、何百人の息子娘が、暖い心で眺《なが》めていてくれよるのが、わしにはよう見える。これがほんまの家族や。こうして背中には、御先祖様も守っていてくださるし、戦死した息子も守っとるし、何も言うことはないがな」

その晩の菊乃の報告は、聞いているのかいないのかわからぬ「ふんふん」という軽い受け答えで報いられるだけだったので、菊乃は内心不満であった。ただ酒の酌をしに来たようなものだと思った。そんなら三味線でも持ち出して、唄《うた》でもうたっていたほうが愉快だったろう。

話がすむと駒沢は仏壇の小抽斗《こひきだし》から、一冊のパンフレットをとり出して、菊乃に示した。

「新入社員歓迎講話　駒沢善次郎著」と表紙に書いてある。

菊乃が頁《ページ》をめくる。

「そこや。そことちがう。……いや、もうちょっとあとや。あ……いやいや、その少しばかり前や」

と駒沢は卓のむこうから、背中の痒みを搔いてもらう人が指図するようにせかせかと言った。ついに、卓のこちらへ来て、菊乃がめくる頁へ顔をつっこんで、篦《へら》のような指でいちいち読ませたい数行を辿《たど》ってみせた。

『給料というものは、働きつつ貰《もら》うものであるが、働くから貰うのは当然、という考え方は絶対にまちがっている。まちがっているのみならず、浅薄な考えである。会社へ入ってからの仕事の一つ一つが勉強であり、女子工員のお茶汲《く》みも一つの勉強であり、何とかして仕事を多く覚えるよう、自ら進んで行えば、必ず能率はよく、勉強にもなるのであります。

現在の労働基準法のごときも、労働者の権利の主張ばかりで、烈《はげ》しい自由競争を生き抜き、世の動きに一歩先んじるだけの、労働者としての教養、判断力、体力の養成ということには一向目を向けていない。社会へ出たら、学校とちがって、一生が勉強である。たとえばこの会社でも、原綿を買うには外貨が必要だが、リンク制と云って、輸出の多い会社でなくては、政府が外貨を援助支給してくれない。輸出を多くするためには、製品の品質向上と、コストの低下を目標とせねばならぬ。新入社員諸君は、そのため、入社匆々から、正確迅速な仕事を要請されるが、教養、人格、道義がそなわって、はじめて我が社の社員として、人に恥じない存在になれるのであります』

「どうや」

と辿っている指を止めて、駒沢は訊《き》いた。

「本当にこのとおりですわ」

と菊乃は言った。

「もっと読んでみ。ええことが書いてあるわ」

と駒沢は次の段落を指さした。

『会社へ入ったならば、一日も早くそこに同化することが大切であり、人に接するに何事にも感謝の気持を忘れず、わからないことがあれば先輩に相談し、会社の規則に従って全力をつくしてやらなければならぬ。相手の身を思うこと、すなわち、常に経営者の立場になって、男子は一生を、女子は結婚までの娘時代を、この会社と一心同体の気持で送ってもらいたいのであります』

菊乃が目で辿るところを、駒沢の指は念入りに辿り直すので、菊乃は何度も立止って同じところを読み返した。こんな文章は彼女の文学的教養にひどく逆らい、しまいに菊乃は耐えられなくなった。駒沢の酒くさい息の靄《もや》を透かして、活字が同じところをぐるぐる廻っているように見え、目を外すと、今度は彼の柔らかな咽喉元《のどもと》の肌《はだ》から二三本跳ね出ているしたたかな黒い毛が見えた。菊乃の顔のすぐそばで、自分の演説の文章をしつこく反芻《はんすう》するようにしきりに動いていた駒沢の唇《くちびる》は、ふと向きを変えて、菊乃の頰《ほお》に触った。

菊乃はとびのいて、

「何をなさるんです」

ときっぱり言い、駒沢はあやまった。

第三章　駒沢善次郎の賞罰

彦根《ひこね》からの菊乃《きくの》のはじめての便りが、岡野《おかの》を多少がっかりさせた。菊乃は毎日をたのしく送っており、工場はすべて快調で、何ら問題はないというのだった。岡野は信託銀行とよく連絡をとって、菊乃の財産管理をいろいろと心配してやり、その報告をしてやるのと引き代えに、菊乃は工場の内情をざっくばらんに岡野へ書いてよこすことになっていたのである。

ただ文中、こちらへ来て駒沢《こまざわ》には二度会ったが、自分を扱う態度にどうしても芸者扱いが抜けず、それを口惜《くや》しく思うにつけて、女子工員の石戸弘子《いしどひろこ》という娘だけは、自分とちがう清純な女として道徳的に育て上げたいと書いてあるのが、何かの事情の伏在を感じさせただけであった。

「工場はすばらしく順調で、勢いがよいのです」

で終るその手紙を、二三日あと、桜紡績の村川社長に会う折があったのでそのまま見せた。

「へえ、そんな筈《はず》はないな」と村川は愉《たの》しそうに言った。

「あそこは増産に無理に無理を重ねて、労務管理がかなりガタピシしていることは、われわれの見学の印象でも、何となくわかったじゃないか。それに例の階段圧死事件もあんな最中に起るしさ。……菊乃は駒沢にいいようにされてるんじゃないか」

「紅葉を見がてら、ちょっと様子を見に行って来ましょう」

と岡野はいとも気軽に言った。


車中、岡野はむかし聖戦哲学研究所の所員であった哲学者が、最近あらわした「ハイデッガーと恍惚《こうこつ》」という本を読んだ。これはかなり奇抜な本で、読むにつれて著者のハイデッガー解釈の独自なロマン派的構想があきらかになった。

ハイデッガーのいわゆる「実存《エクジステンツ》」の本質は時間性にあり、それは本来「脱自的」であって、実存は時間性の「脱自《エクスターゼ》」の中にある、と説かれているが、エクスターゼは本来、ギリシア語のエクスタテイコン（自己から外へ出ている）に発し、この概念こそ、実存《エクジステンツ》の概念と見合うものである。つまり実存は、自己から外へ漂い出して、世界へひらかれて現実化され、そこの根源的時間性と一体化するのである。

右は殊《こと》に前期のハイデッガー哲学における実存の本質規定であるが、このロマン派的な著者は、エクスターゼを進んで「恍惚」と訳し、古代ギリシア後期において、エクスタシスが、魂が肉体から出てゆくこと、神秘的な恍惚状態を意味したごとく、日本の古代信仰でも、

「もの思へば沢の蛍《ほたる》もわが身より
　あくがれ出づる魂《たま》かとぞ見る」

という和泉式部《いずみしきぶ》の歌に見られるような、遊魂の状態にあらわれる人間の実存が問題にされていたことに言及する。

そしてハイデッガーのこのような脱自性《エクスターゼ》を、むりやりに決意的有限的な時間性と結びつけたことから、彼の現実政治の誤認と、現実の歴史との混淆《こんこう》が生じたのであって、むしろハイデッガーはこのエクスターゼを世界内へ企投することなく、芸術の問題から実存の本質を解明すべきであった、と著者は批判する。無神の神学といわれるハイデッガー哲学の荒涼たる世界は、時間性において本来的存在への決意を引受けるところに生れたものであって、芸術や信仰の実存はこれに反して時間に対する超越的契機を秘め、もっと豊饒《ほうじょう》な恍惚へ導くというのが、著者の結論であるらしい。……

『あとからハイデッガー先生を非難するのは易しい』と、この本の若い日の著者の、痩《や》せた蒼《あお》ざめた顔立ちを思いうかべながら、岡野は考えていた。『著者は哲学という

ものの危険な性質を、身にしみて感じたことがないんだろう。これに比べれば、一見危険で毒ありげな芸術なんかのほうが、ずっと安全な作業なのだ。こいつも月並な書斎のひょうろく玉だ。哲学を要するに安全性で評価しようとしている！』

『芸術が何だ』と、若いころ一度詩人になろうとして失敗したこの男は、車窓に移る山腹の草紅葉に目をやりながら、怒っていた。彼が好きなのはハイデッガーの無神の世界であるのに、著者は結局それを否定しようとしているのである。

ハイデッガーの神なき神秘主義こそ、かつての岡野の聖戦哲学のイローニッシュな支えであったが、その二重底の哲学で人々を瞞着《まんちゃく》し、甘い汁《しる》を吸った思い出は、その後のどんなに人の悪い行動の思い出よりも、彼のなかに甘美に澱《よど》んでいた。行動はただの行動で、それをしたたかに味わい直してたのしむには思想が要った。

『ハイデッガーの脱自《エクスターゼ》の目標は』と彼は考えつづけた。

『決して天や永遠ではなくて、時間の地平線《ホリツォント》だった。それはヘルダアリンの憧憬《しょうけい》であり、いつまでも際限のない地平線へのあこがれだった。俺《おれ》はこういうものへ向って、人間どもを鼓舞するのが好きだ。不満な人間の尻《しり》を引っぱたいて、地平線へ向って走らせるのが好きだ。あとから俺はゆっくり収穫する。それが哲学の利得なのだ』

車窓には一向にそんな壮大な地平線はあらわれなかった。石山と草津のあいだで、十一月のなめらかな日ざしの靄《もや》に、近江《おうみ》富士の影が浮ぶのを見た。

岡野は旅には妻子や女を連れ歩いたことはない。それでは物事が「たまたま」にならないからだ。いかにも恰好《かっこう》な時恰好な場所に、精妙に居合わせるには、一人でなければならない。

彦根へ行くまでもなく、車窓の山々に、岡野は色とりどりの紅葉を満喫したが、彼が風情《ふぜい》を感じるのは、実は紅葉などにではなかった。たとえば草津駅構内の、大阪鉄道管理局草津材修場などという、三角屋根を連ねた建物のほうが、その古びた木造の壁の色や、赤錆《あかさ》びた屋根の色で岡野の心を魅した。

それは十一月のよく晴れた土曜日で、彦根駅を出ると、城へむかう観光バスがかなたを窓を光らせて走った。岡野は小さな鞄《かばん》を提げて、人のゆききの少ない町筋を、まっすぐに城へと歩いた。汗ばむほどに暖かかった。本屋のぞんざいな店先には、埃《ほこり》をかぶった雑誌の表紙が日に反《そ》ってめくれていた。彼は試みに、一軒の煙草《たばこ》屋に立寄って煙草を買い、駒沢紡績の所在を訊《き》いたが、

「歩いては行かれへん。バスでお行き」

とつっけんどんな返事を貰《もら》った。これでは単にその煙草屋が無愛想であるのか、町

の商人全体の駒沢紡績への反感が言わせたものか、わからなかったので、岡野はさらに、かなりモダンな婦人服飾店へ寄って、派手な上等のネックレスを選み、買わでものものを買った。

「駒沢紡績の女の子たちはいいおとくいかね」

「あそこの子には、可哀想《かわいそう》に、うちとこみたいな高級品は買えんですわ。ガリガリ社長さんに搾《しぼ》り取られてるさかい」

これはまたはっきりした物言いだと、岡野は土地者らしい中年の肥《ふと》った女主人の顔を、むしろ呆《あき》れて眺《なが》めた。

地方にあって、その地方に威勢のある会社や工場の信望のほどを探るには、町の商人にそれとなく訊くのが早道だと岡野は知っていた。その会社名を口にするだけで、商人の目に畏敬《いけい》や、あるいは誇りや親しみや、一方ならぬ感情をうかべさせる会社もある。駒沢紡績は少くともそうではなかった。

菊乃との待合せの時刻にはまだ間《ま》があった。岡野は駅からまっすぐの道の突当りの、護国神社にまず詣《もう》で、深い杉《すぎ》木立を背にした茶いろの簡素な社《やしろ》を美しく見た。戦死者はすべて、彼には、愛らしく親しみのある存在と感じられた。彼はあの「祖国」という言葉のパセティックな響き、その言葉にこもる杉の香のようなものが好きだった。

神社の左方には観光バスの群がる広場があり、大ぜいの人が濠《ほり》ぞいのいろは松の並木のほうへ、だらしのない歩調で流れた。濠の対岸の苔《こけ》むした石垣《いしがき》には、蔦《つた》紅葉があざやかで、黄緑色の堀《ほり》の水に、あたかもサングラスに映った景色のように、その色が変色して映っていた。

城は一歩々々岡野の前に懐《ふとこ》ろをひらいた。表門橋を渡り、ひろい石段を上って、通路の頭上をよぎる廊下橋の下へ出ると、右手に高く天秤櫓《てんびんやぐら》の隅《すみ》櫓が、日を受けて温かい白を湛《たた》えた。石垣の高みに澄明《ちょうめい》な空があり、岡野のまわりにはたまたま人影が絶えたのに、廊下橋を渡る多くの靴音《くつおと》だけが、幻の谺《こだま》のように空に響いた。

岡野は団体見物を避けてわざと遅く歩き、橋をわたり、櫓を抜け、さらに石段を昇って、太鼓楼門の前ではじめて空に浮ぶ天守閣の、晴れやかな白に接した。気高く首を立てた白馬のような姿である。螺旋《らせん》状に昇ってここへ近づいてゆく人の心に、たえず鳴りひびいていた主題の予感をついに成就《じょうじゅ》させるその姿は、建築の頂点でもあり、音楽の頂点でもあって、目にしただけで、そこまでのすべての過去の時間や場所が、実はもともとこの一点へ集約されていたのだという発見をさせるような力があった。

岡野はしばらくそこに立ちつくして見とれ、多数の人間を統括する精神の形にあらわれた美をさとった。最上階の唐破風《からはふ》と、その下の千鳥破風との間の白壁に、穿《うが》たれた優雅な華頭窓は、この城独特の意匠だと岡野は知っていた。暗黒の力よりも、こんなに晴れやかな闊達《かったつ》な力で、人々を支配するのは、さぞ愉快だったにちがいない。彼は天守閣にちょっと嫉《ねた》みを抱き、太鼓楼門の内の広庭をいそいでよぎって、沓脱《くつぬ》ぎにごたついているがさつな民衆と今度は一緒に、大きなばからしい感嘆の声と一緒に、天守閣の中へ紛れ入ることに喜びを感じた。

暗い階段をいくつも昇る。鉄砲狭間《ざま》の三角四角、矢狭間《やざま》の短冊《たんざく》形の、小さな光りの破片がいくつも足もとに落ちる。ついに最上階に来て、人ごみを分けて西の窓を覗《のぞ》くと、琵琶湖《びわこ》はうららかに展《ひら》け、網代《あじろ》の小柴が点々と見える。眼下の湖畔に、駒沢紡績の煙突が煙をあげている。

もっとも眺めの佳《い》いのは、南の窓である。岡野はその窓辺を離れる気になれなかった。一望の下にある犬上平野は、芹川《せりがわ》の川向うから、徐々にまばらになる人家のあいだに、冬菜の畑や刈田のひろがりを際限もなくつづけ、観音寺山の霞《かす》む山頂に、いくら巻いてもはねかえる卒業免状の紙のような、固い冬の雲の幾巻を置いていた。

窓のすぐ上の空を鳶《とび》がめぐり、窓框《まどかまち》に光る蜘蛛《くも》の巣がきちんとした綻《ほころ》びのない図形を掲げていた。その蜘蛛の網《い》までが、追憶の正確な形を保っているように思われたので、岡野はヘルダアリンの「追想《アンデンケン》」の一節を口吟《くちずさ》み、こんな小春日和《びより》のなかで、詩が突然、鋭い殺人の道具に変貌《へんぼう》するさまを思い描いた。

東の窓は一等つまらない景色で、人だかりも少なかったが、そこに地味なコートを着た菊乃がいた。

「どう、東京にはこんなすてきな待合室はないでしょ」

といきなり菊乃は言った。さらにつづけて言った。

「私、ばれちゃった。とんだ河内山《こうちやま》だわ」

「何が」

「前身がわかっちゃったの、工場の連中に。折角社長の遠縁っていう触れ込みで入ったのに」

「そりゃ仕方がない。一見してお里丸出しだよ」

岡野に会うために菊乃は久しぶりに薄化粧をして来ていたが、玄人《くろうと》の化粧しか知らない女がどんなに薄化粧を心掛けても、すぐ人目についた。

「今日は特別だわ。『誰《たれ》に見しょとて紅鉄漿《べにかね》つきょうぞ』って心意気だもの」

「こりゃおどろいた。俺でも田舎芝居じゃ二枚目になれるんだな」

「懐《なつか》しいってことはあるわよ、そりゃあ。惚《ほ》れたはれたじゃなくっても」

と窓の下の暗がりで菊乃は岡野の指をさぐって小指をからませた。

岡野は菊乃の口のききようが却《かえ》って芸者くさくなったのにもおどろいたが、小指のからませ方にも、軽い技巧という以上に、一種切実な力がこもっているのにもっとおどろいた。永らく男に接しない女の、澱《よど》んだ河のような匂《にお》いが、いつのまにか身に添うていた。

菊乃の言うところによると、無遠慮な寮母の里見が、あるとき菊乃の前身のことを言い出し、菊乃がむきになって否定すると、そんなことは初対面からわかっていたことで、気にすることは一つもない、と言ったのだそうである。それによって生ずる菊乃の不利益は、爾来《じらい》やたらと寮母たちに花柳界の話をせがまれることだけであった。里見は里見で、芸者というものに格別の憧《あこが》れを抱いていた。

菊乃は又、文学的な話し相手にも飢えていて、岡野をつかまえては、立てつづけに、ロマン・ローランの「ジャン・クリストフ」とか、ヘルマン・ヘッセの小説の話などをした。いつか岡野が貸してやったピエエル・ルイスの「アフロディット」などについては、ああいう淫《みだ》らな小説はいやだと言った。

岡野は菊乃が明らかに今の生活への不適応を語っているのに、その語り口にある一脈の愉《たの》しさがわからなかった。それは悔悟の愉しさとも聴かれ、また、生活者の愚痴《ぐち》三昧《ざんまい》の愉しさとも聴かれた。

戸外の風一つない日和に比べて、城内はひんやりしていた。天守閣を下りるとき、急な階段を太縄《ふとなわ》にすがって下りる菊乃の足袋は、昼の闇《やみ》のなかで、次の段を爪先《つまさき》でたしかめて、白く怜悧《れいり》にうごいた。無茶なように見えても、この女はそんなに危険なことをする女じゃないと、岡野は彼女の肩のうしろから眺め下ろして、思った。

天守閣を出て、紅葉の美しい西の丸跡の広場をそぞろ歩くあいだも、菊乃はなぜ岡野が彦根へ来たかを訊かず、岡野も別に説明を与えなかった。二人とも「神変自在」を以《もっ》て任じており、要するに人とは変っていた。

岡野は綾《あや》綿布のラグラン型の英国製のコートをぞんざいに着て、田舎では決して垢《あか》抜《ぬ》けしすぎて見えないような、目立たないお洒落《しゃれ》をしていた。菊乃もこの男の漂わす世外の人と謂《い》った風情が好きだった。濃い鬚《ひげ》の顎《あご》の剃《そ》り跡が、剃刀《かみそり》負けで皮膚が赤く粒立ってみえる、そういう肌《はだ》の弱さもよかった。

二人は湖を見渡すベンチに腰かけたが、それも家族連れが去ってやっと明いたベンチで、弁当殻《がら》やジュースの空罎《あきびん》がそのままになっていた。

「東京はその後どう?」

「どうということもないね。そうだ、この間『森むら』へ行ったら、応接間にRCA

の二十一吋《インチ》のテレヴィジョンがどすんと置いてあったよ。お客がめずらしがって、お座敷へ通らないで、応接間に群がってた」

「『森むら』のおかみさんは新らしもの好きだから。本放送がはじまる前から、テビレジョンとか、天秤棒とか、変なこと言ってさわいでいたわ。『おかみさん、照れ性の美女、っていう風に憶《おぼ》えなさいよ』とまじめに教えてた妓《こ》があったけど、故障でも起ったら、そのたんびに大さわぎでしょうね」

菊乃は湖の光りに目を細めて、少しも懐しそうでなく、放《ほう》り出すようにそう言った。湖面の光りは、つながったり切れたりして、見ていると目の端《はし》に光りが滲《し》みて来て痛くなった。

「岡野さんって一体何人女がいるの」

「女友達はいっぱいいるがね」

「へえ、八歳から八十歳まで？」

「俺がそもそも童貞を捧《ささ》げたのは五十三歳の女だよ」

と岡野はつまらぬ昔話をした。女にしては広い菊乃の額に、紅葉の紅《あか》い影がうつろうのを、自分のそそり立てた情感のせいだと思うのも億劫《おっくう》だが、今日あたりは嘘《うそ》っぱちの恋人同士になって、この女を抱き直してもいいような気がした。五年も前に炬燵《こたつ》の中で探った指尖《ゆびさき》の匂いを、岡野は突然鮮明に思い出し、目の前の湖が急に生ぐさく匂ってくるのを感じた。

遠いところで、多分湖の霞んだ沖で、彼のいつもあいまいな、それでいて破壊的な、野心と詩がはためいていた。彼は別に誰を憎んでいるのでもなく、愛しているのでもなかった。ただ無意味な根深い公明正大な情緒の持主だけは、こなごなにしてしまいたかった。……すると突然、彼の脳裡《のうり》に駒沢の顔が浮んできた。

西の丸跡の人ごみを避けて、二人は山下へ降り、人通りの少ない道を北へ辿《たど》って、北端の山崎口《やまざきぐち》まで歩いたが、その閉ざされた黒門の前を右へ昇ると、さらに閑散な台地があって、それが土佐郭《とさくるわ》であった。むしろ菊乃が、人目の少ないところへところへと、岡野を誘導して行った疑いが濃いのだが、その台地の外れに濠に臨む堤があり、散りかけた柳の下に若い男女が坐《すわ》っていた。

柳の垂枝は青い空を梳《す》き、下草は半ば枯れて、その二人のまわりには、白い芒《すすき》の枯穂が夥《おびただ》しく弾《はじ》け立っていた。男のほうのジャンパーの色はそれに紛れるような白だったが、振向いた若い男は、菊乃を見て、あわてて女の肩から手を離した。

それは大槻《おおつき》で、女は弘子《ひろこ》であった。菊乃は夢の糸に引かれるようにそのほうへ近づいた。菊乃をまず捕えたのは、おかしなことに、道学者の怒りだった。「切れ者」だと云《い》われる十九歳の男子工員なんぞに、弘子が心を奪われているのは心外であり、菊乃の教育的な夢は崩れたのだ。

菊乃はそのとき、枯れた秋草を踏みしだき、いのこずちの実を裾《すそ》に噛《か》みつかせながら、断乎《だんこ》として歩いているつもりでいた。四十女の頸筋《くびすじ》に見られる張りを、従う岡野はうとましく眺めた。しかし数歩行くうちに、菊乃が確実に変ったのを岡野は察した。菊乃の頸は和《やわ》らいでいた。

「先生……」

と弘子は立上って頬《ほお》を氷らしていた。片方の靴下がたるんでいた。

「いいのよ。勤務時間中じゃあるまいし。昼番は今日は休みだし、大槻さんも深夜番で今朝まで働いたあとなんだし……」

「でも、先生……」

「いいんだったら。私も東京から来たボオイ・フレンドを紹介するわ。お互いに今日のことは内緒よ。悪いことはできないね」

はじめて弘子は安堵《あんど》の微笑を示した。それを見て岡野は、空が展けたように感じた。美しい少女である。やや濃い眉《まゆ》がなよやかでくっきりしていて、笑う唇《くちびる》が覗かせる歯は、栗鼠《りす》のそれのように健やかで勁《つよ》い。

白いジャンパーの青年も、このとき漸《ようや》く、油断のない目配りをやめ、馴《な》れない獣のように怒らせていた肩の力を抜いた。……

あとになって岡野は、十一月の午下《ひるさが》りの日光の下、荒れた城跡で起ったこの四人の偶然の出会は、一体何だったかと考える。

人生には、何かの加減で、めいめいがトランプの札を持って、そうやってめぐり会うことがあるものだ。

一度心を許してからは、四人は仲好《なかよ》しになり、枯草の明るさが、踏みしだく足にうつろい、四人は石垣の端まで行って、湖を望むところに坐った。思えば思うほど、四人は何事もないのどかな風景の只中《ただなか》にいた。お互いのやさしい容認。新鮮で無智《むち》な性《せい》慾《よく》と、古びて弱まりながら執拗《しつよう》な性慾とが、いずれもの体を透かして、硝子《ガラス》の罎のなかの青と黒のオリーヴの実のように泛《うか》んでいた。そこには人生の必須《ひっす》の諸要素、青春と正義感と恋と吝嗇《りんしょく》と純情と野心と権力慾と世間智とが、ばらばらに配分されていた。これが一身に具《そな》わっていたら、どんなによかったろうに！

初対面の岡野が程のいい媒体になって、この連中はみんな信じ合っていた。思い出すたびに岡野は戦慄《せんりつ》を感じるが、そんなにするするとみんなが信じ合うのは、実に危険な兆候である。

「あ、水上飛行機だわ」

と湖のほうを見ていた菊乃が言った。皆はそのほうへ目を移した。

湖は眼前にあるのではない。家並のむこうに、高低の屋根々々に劃《かく》されて、ひろがっているのである。すると小型の水上飛行機が今し離水しようとしているのは、かなりの沖合である。小豆地に銀線を配したその飛行機の、操縦士の姿はむろん見えないが、水しぶきを上げて滑走している銀いろのフロートや、翼の古風な木組は、日を受けて、くっきりと見える。

弘子はいつのまにか摘《つ》んだ白い野菊の残花を、指さきに挟《はさ》んで、丁度デッサンをとる人が鉛筆を構えて構図をとるように、滑走している水上機のほうへ横にかざした。水しぶきは連続して、ついに機が離水するとき、機に縋《すが》って一瞬ひろがった水の幕が、鮮明な虹《にじ》を宿した。

岡野は弘子の動作に興味を持って、彼女の肩ごしに眺めていたから、小さな白い野菊の花が、飛び翔《た》つ水上機と、その水しぶきの虹とに十分拮抗《きっこう》する大きさで、ほんの刹那《せつな》の遠近法の魔術を演ずるのを見た。水上飛行機は、白菊の花によって、虹と固く結び合わされ、この三つのものが、同じ力で引き合っていたのである。……

こんな幻も忽《たちま》ち消え、機は離水直後、左へ翼を傾けて左旋回すると、対岸の方角へまっすぐに飛び去った。


「まだそんな花があった？」

と菊乃はやさしく弘子に訊《き》いた。

「そこで摘んだんです。捺花《おしばな》にするなら、先生にあげましょう」

菊乃は礼を言って受け取ったが、お返しするものが何もない、と冗談を言った。

そこで岡野は何でそんなことをしたのか、ひょっとすると弘子の若さに惹《ひ》かれた心が菊乃に意地悪をしたくなったのか、それはわからないが、ポケットの袋から、さきほど買った美しい紺と金のまざったガラス玉のネックレスを、するすると曳《ひ》き出して、宙にぶら下げた。

「よおし、私が代りにお礼を上げよう」

弘子の頬はかがやいて、目が信じられない喜びを湛《たた》えた。彼女の喜びは平明で、すぐ頬が上気してきた。弘子は手をさしのべてネックレスをとろうとした。その指の端に、紺と金の硝子玉の重みが撓《しな》った。

突然、大槻が弘子の手を横から払って、こう叫んだ。

「乞食《こじき》じゃないぞ！　受け取るな」

　菊乃は男二人の目を見比べていたが、どちらの加勢もせず、どっちみち自分の手には落ちない硝子玉の贈物が、大槻の強い掌《てのひら》の風に撃たれて、岡野の指に懸ってゆらめくのを見た。岡野さんがあんまり安っぽい行動をした罰だわ、と彼女はむしろ小気味よく思っていた。

「そうかね。正当な労働の対価としてなら受け取れるが、心から出た贈物は受けとれないというわけなんだね。それじゃ彼女から、正当な労働を要求してもいいのかね」

　岡野はこの言葉を過度にのろく言った。果して青年は激昂《げきこう》して、その白いジャンパーの胸は波立った。

「そりゃどういう意味です」

「へんな誤解をしちゃ困るよ。駒沢紡績の女子工員勤続奨励法で、どんなものをくれるか、私は一寸《ちょっと》調べて知ってるんだ。勤続一年に達したる者、へら台一ヶ。一年半に達したる者、小袖《こそで》箱一ヶ。二年に達したる者、姫鏡台一面。二年半に達したる者、針箱一ヶ。三年に達したる者、鏡台一面。そうだったね？　……そうすると、値段から言って、このネックレスのために三年働らいてもらわなくちゃならんことになる」

　岡野が言い出したことを量りかねて、青年は不透明に黙った。岡野が重ねて言った。

「それが駒沢社長がみんなに施す御恩だろ？」

青年はちらと目をあげた。誰の顔も見ず、木《こ》の間《ま》の青空の片鱗《へんりん》を見た。彼は急に危険を察知した。

「何を言われるのかわかりませんが、社長はいわばわれわれの父親です。外部の方に父親を批判してもらいたくありません」

「へえ、君と血のつながりでもあるのかい」

「血のつながりはありませんが、社長はわれわれの精神的中心です。社長がわれわれをわが子と思ってくれている気持がわかるから、こうして辛《つら》い梟《ふくろう》労働も耐え忍んで行けるんです。何しろ、家《うち》の生活じゃ高校へだって行けないのを、駒沢紡績へ勤めたおかげで、会社直属の駒沢高校へ通わせてもらった恩があるんですから」

「駒沢高校は税金のがれの、体《てい》のいい労働力供給機関だというじゃないか。一週間勉強させる代りに一週間働らかせる、単なる養成学校だと云うじゃないか」

「何と言われてもいいです。とにかく僕《ぼく》は、会社のおかげで高校を卒業できたんです」

きいている菊乃は、自分がひとつも報告してやらない事柄《ことがら》まで、岡野が知悉《ちしつ》しているのにおどろいた。

「ほう、いい父親だね。それで君はしょっちゅう父親と話をするのかね」

「誰とですって?」

「駒沢社長とだよ」

「いや」と大槻は口籠《くちごも》った。「……話したことは別にありません。遠くから見るだけです。でも、それでいいじゃありませんか。社長が工場の人間と一々口をきいていたら体が保《も》ちません」

「だって社長というより父親なんだろう」

「それはそうですが。……僕は小学校のとき、本当の父親と死別れたんです」

「だからせめて社長に、父親のイメージを描いているっていうわけか」

この揶揄《やゆ》はあまり毒々しかったので、大槻は唇を嚙んで上目づかいに岡野を睨《にら》んだ。

岡野はこの目を「高く評価」した。あの左翼の連中の、滑稽《こっけい》な、勿体《もったい》ぶった、権威主義的な言葉づかいを戯《たわむ》れに真似《まね》て、心の中で繰り返した。

『俺《おれ》はこの若者の目を「高く評価」する』

その涼しくて強い若者の目は、濃い眉の下で、いろんな感情の板ばさみになりながら、なお烈しい解放の欲望に憑《つ》かれてあがいていた。もうちょっとで本当のことを叫び出す目であり、叫び出したら破壊の喜びへまっしぐらに駈《か》け出す目だった。しかも、いかにも悩ましい、憎悪《ぞうお》の裏に性慾が赤く灼《や》けている目だった。

『こういう目はすばらしい。一生のうちに何人もこんな目の持主には会えないだろう』

と岡野は予感した。そして何故《なぜ》ともなく、湖畔の金いろの千体仏の、死んだ目の集積を思い起した。

「どうだい」と岡野は急に語調を和らげて言った。「俺が社長にゆっくり会わせてやろうか。そこで十分話もできるし、子の立場で父親に訴えたいことがあれば何でも話せる。それはたしかに有益だし、向うも喜ぶにちがいない。社長は私が呼べばどこへでも来るよ」

若い二人は狂人に出会《でくわ》したように顔を見合わせ、菊乃は鋭く遮《さえぎ》って、

「岡野さん！」

と彼の浮薄な企《たくら》みをたしなめた。しかしこの故《ゆえ》ありげな制止が、却《かえ》って大槻に、事柄の現実性を信じさせるよすがになった。

「ここへでもですか？」

「ここは無理だが、私は八景亭《はっけいてい》に宿をとってある。今日は土曜だし、社長も暇だろう。呼べば八景亭へやって来るから、そこでさりげなく君たちに引き合わせよう。どうせ

君たちは、午後いっぱい暇なんだろう」

「はあ」

と大槻は、この得体の知れない殊遇《しゅぐう》に呆然《ぼうぜん》としていた。それからひそかに弘子の意向を窺《うかが》った。

弘子は岡野の手から先程草に落ちたままになっているネックレスをじっと見詰めていた。紺と金の硝子玉は、汚れた草生《くさわら》に、輝やかしく蟠《わだかま》って、粒は累々《るいるい》と、ほのかな反映を及ぼし合っていた。紡績機械の糸切れを発見するときのように、弘子の手は、半ば無意識にそれへ延びた。今度は大槻も咎《とが》めなかった。

「別に他意はないんだ。小さな贈物は快く受けてくれたまえ。これからみんなで八景亭へ行こう。それもそもそも、君たちの会社のためになると思えばこそだ。私は大体先例だの慣習だのには一切構わないんでね」

と岡野はコートについたいのこずちを一つ一つ摘《つま》み取りながら、朗らかに言った。

「私はいやよ」

と菊乃はきっぱり言った。弘子は寮母のこのはっきりしすぎた決断を不安そうに眺《なが》めたが、結局恋人に従った。そこで三人は菊乃とそこで一旦《いったん》別れた。別れぎわに菊乃は岡野だけを脇《わき》へ呼び、

「私があなたと一緒に社長に会ったら、あなたも損でしょう。だから行かないわ」

「わかってるよ」

「その代り夜おそく八景亭へ行くかもしれない」

「ああ、おいで」

「行く前には電話するから。……それから、一体、今度は何の悪だくみなの？　若い子をいじめちゃ可哀想《かわいそう》よ」

口ではそう言っても、菊乃は弘子にはもう他人の感情しか持っていなかった。

「善意だよ。俺の行動はいつも善意だよ。誤解しちゃいけない」

岡野は、女を口説くときのような、わかりやすい誠実さをこめて、そう言った。

＊

八景亭は彦根城の東側の濠《ほり》向うにあり、藩主の別邸として、一六七七年に工を起し、七年で竣工《しゅんこう》したが、唐の玄宮園を模した庭で名高く、今は割烹《かっぽう》旅館になっている。近江八景自体がそうであるが、この庭も瀟湘《しょうしょう》八景に倣《なら》っている。因《ちな》みに瀟湘八景とは、平沙落雁《へいさらくがん》、遠浦帰帆《えんぽ》、山市晴嵐《せいらん》、江天暮雪、洞庭《どうてい》秋月、瀟湘夜雨、煙寺晩鐘、漁村夕照の八つを言うのである。

八景亭はいわば池の真央《まんなか》に懸り、池は複雑な形で八方に入江を作って、いくつかの島を抱き、朱塗りの太鼓橋や、石橋や、土橋や、平らな木橋などがあちこちに架せられ、島の灌木《かんぼく》はあらかた角《かく》や丸に刈り込まれて、息苦しいほど人工的な庭を成していた。そしてこの庭の隅々《すみずみ》に、そう聞かされなくてはそれとわからぬ、近江八景の微細画がはめ込まれていた。

径《こみち》は羊腸として、たとえばすぐ目の前の入江の対岸に達するにも、まるで予測のつかない迂路《うろ》を辿《たど》らされ、傘《からかさ》なりの松の下かげや、苔石《こけいし》のすべる汀《みぎわ》のほとりを、通らされた。岡野は睡蓮《すいれん》や菖蒲《しょうぶ》の花季に来なかったのを残念がったが、紅葉は、島々の要所に、昼間の篝火《かがりび》のように燃えていた。

庭のながめは、ただ小さく人工に固まったものが、視野の全部を占めているのではなかった。庭のまわりは深い木立におおわれ、さらに伊吹、霊山、大洞、佐和の連山を借景とし、南には木々の梢《こずえ》高く、白い船が懸ったような天守閣の姿が眺められた。八景亭の或《あ》る部屋からは、午後になってすこしずつ殖えてきた雲と共に、池心深く、天守閣がその白い投影を、じっと凝らしているのを見ることができた。

岡野はそういう投影と自分とのあいだに、遠い距離を感じた。崇高なものが好きなのは彼の病気で、それが彼の残酷さの原因だった。

岡野は八景亭の自分の部屋へ、駒沢がやって来たときのことをよく憶《おぼ》えている。彼が丁度、池中の天守閣の姿に見とれていて、そのときたまたま、鯉《こい》が来て、天守閣の影を攪《かきみだ》したのだ。

もちろん駒沢をすぐ電話で呼びつけるについては、岡野はいつもの手を用いた。桜紡績社長の村川の伝言も預って来ており、(これは駒沢がいつか上京した折にでも、飯に招《よ》びたい、という程度の下らない伝言だった)、通産大臣と会ったときも駒沢の話が出て、(これも、ただ「駒沢って男は全くのドン・キホーテだね」と大臣が言っただけだ)、さらに、経団連の会長がぜひ駒沢に会いたがっているし、(これは真赤な嘘《うそ》だった)、そんなこんなで話をしたいと言ったら、土曜の午後で体が空いているから、すぐ伺う、と駒沢が答えたのである。

駒沢はよほどの密談を期待して、秘書も連れずにやって来て、

「ようお越しになりました。まことに昨今、ええ日和《ひより》で」

と尋常な挨拶《あいさつ》をした。

九月に会ったときよりも、彼はさらに肥えて、血色もまさったように岡野には見えた。

駒沢がとにかく一生けんめいな男で、拡張と拡大の権化《ごんげ》であり、ひょっとすると偉

大な事業家になりうる人物かもしれないことは、岡野もよく認めていた。ただ彼の偽善、それも自ら意識しないような完全な偽善、企業の合理主義を天性の能力でまったく情緒的なものに包んでしまうその遣口《やりくち》、彼の動かしがたい自己満足、……これらのものが寄ってたかって、どうしても岡野の目に、駒沢を一匹の頑固《がんこ》な兜虫《かぶとむし》に見せてしまうのだった。

それにしても、その後の何度かの出会でわかったことだが、駒沢は女のように、時に応じて肥《ふと》ったり痩《や》せたりした。肥っているのが好調の時と限らず、痩せているのが不幸な時と限らなかった。彼はただ、いつも不測の内分泌《ないぶんぴつ》に動かされていたのである。

……あのとき、岡野は、すぐ駒沢を、日当りのいい庭の陶の腰掛に案内した。庭自体が島の渚《なぎさ》であって、暖かく黄ばんだ芝は水際《みぎわ》へ向って傾き、節《ふし》ごとに髭《ひげ》をつけた木賊《とくさ》のつよい緑が、陶の卓の下かげへ迫っていた。岡野は東京から持ってきたコニャク・ボンボンを駒沢にすすめ、駒沢は歯のあいだにすさまじい音を立てて中身を先に啜《すす》った。

それから岡野の、まじめな、誠意のこもった揶揄《やゆ》がはじまった。無意識な人間を相手にするときのこの特殊なたのしみ。……アメリカ流の経営学は一時一世を風靡《ふうび》したが、駒沢に会ってから、大紡績の社長の間に、それに対する反省がはじまったこと。日本古来の家族制度の美風には捨てがたい点があり、その情緒によるきずなのほうが、やっぱり生産増強には役立つことが、駒沢の成功例を見て、みんなにわかってきたこと。……

「そんな言うたかて、大紡績でみんなわしの真似《まね》をしはじめたら、こっちは商売上ったりですわ。経営法も特許をとっとく必要がありますな」

そう言ったとき、すでに駒沢は、その心を岡野に預けていた。岡野は決して機を逸することがなかった。

「じゃあ、あなたは父として、息子や娘としんみり話してみたいと思いませんか」

「何を言いなさる。毎日会社で何百人の家族と会《お》うてますわ」

「しかしゆっくり話す暇もないでしょう、お忙しくて」

「そりゃそうやが」

岡野は答を待たずに合図の手を拍《う》ち、その鳴る音は池に谺《こだま》した。先程から橋向うの木蔭《こかげ》に隠れていた大槻《おおつき》と弘子《ひろこ》は、庭のはずれに通ずる朱塗りの太鼓橋の上へ姿を現わした。

この瞬間の二人は実に美しく、岡野はアイヒェンドルフの小説中の一場面を見るような気がした。白いジャンパーの袖《そで》を半ば捲《まく》って、少女を擁して立った大槻は、若さと覇気《はき》にあふれ、弘子は胸もとに下げた紺と金のネックレスを日にきらめかせて、かるく胸を反《そ》らせて、男に倚《よ》りかかるようにしていた。

「お連れさんでっか」

と近づいて来る若い二人を見つめながら、駒沢は問うた。

「お宅の工員さんですよ。さっき彦根城を散歩してるうちに知り合って、ここへ連れて来たんです。社長さんに引合せてやる、と言ったら喜んでね」

と口早に説明しながら、やがて目の前へ来て挨拶する若い二人に椅子《いす》をすすめるまで、岡野は怠りなく駒沢の表情の移り変りに目を注いでいた。

岡野は人の顔にこんなにいつわりのない喜びの表われを見たことがあんまりない。駒沢は未知の息子と娘に、成人の暁《あかつき》はじめて会うことになった父親の喜びを顔に迸《ほとばし》らせた。その目は一種の陶酔を示し、その唇《くちびる》はどうしても制しきれない微笑にゆらいでいた。

何とやさしく、丁重に、この社長は一工員を迎えたことか！　自分の作った不自然な出会のまことらしさに、岡野もほとんど感動しかけたほどだ。

駒沢はすぐさま二人にねぎらいの言葉を投げ、若いから無理もないが、夜業のあとの遊びを過ごして、体をこわしてはいけないと訓誡《くんかい》を垂れ、しかも二三時間しか眠らずに友達と休日に釣《つり》へ出かけた自分の若いころの話などもした。こんな矛盾だらけの心配の温かみには、何か人の心を搏《う》つものがあった。

ただ強《し》いて欠点《あら》を探せば、駒沢のやさしさと慈愛があんまり露骨で、肉親の羞恥心《しゅうちしん》をまるきり欠いていることぐらいだった。

岡野は二人にもボンボンをすすめ、恥をかかせぬように喰《た》べ方を教えたが、それでも溢《あふ》れたコニャクは弘子の形のよい唇から白い咽喉元《のどもと》へ細く流れて、手巾《ハンカチ》でそれを拭《ぬぐ》うとき、彼女はその咽喉元まで真赧《まっか》になった。

岡野は静けさと日和の中に旅の疲れも忘れ、心は果てしもなく自由になって、自分の会話の誘導の仕方や、駒沢の表情への綿密な注意の向け方や、そういう細かいことを流れるようにやっている自分の、一種冷たい気楽さにうっとりした。彼が村川から最も多く学んだのは、こうした気楽さだった。

彼は若い二人が工場の不満を、こだわりなく話せるような空気を作り出し、かたがたそれに対する駒沢の反応を研究した。駒沢のまことに慈愛に充《み》ちた受け答えは、どこまでも親子の絆《きずな》を離さず、百点満点をくれてやってもよかった。たとえば次第に勇気を得てきた大槻は、多少の甘えをさえ持って、こう言った。

「梟《ふくろう》労働で、僕《ぼく》なんか丈夫ですから平気ですが、中にはひどい睡眠不足になって、睡眠薬を買って嚥《の》んでるのもいるんです」

「そらあかんな。若いもんが睡眠薬を嚥むようではあかん。早速医者にしらべさせて、体のえらい者《もん》は、休ませてやろう」

「それからですね。工員と社員の身分差がひどすぎるんですね。作業服なんかも、社員のはパリッとして、上等の生地《きじ》で……」

「これもあかん。作業服は、むしろ工員のほうが上等のを着てるようでなくちゃ。早速、調べさせよう」

弘子もついに力を得て喋《しゃべ》りだした。

「いろんなお稽古《けいこ》させてもらえるの、うれしいんですけど、どんな疲れてるときでも、強制的に出させられるんです。それから、寮母先生が洋裁の先生兼ねておられるんで、いつまでたっても、初歩ばかり教えて下さるんです。女子寮の廊下なんか、『真剣週間』のときは殊《こと》に、二時間も早く起されて、米糠《こめぬか》や椿油《つばきあぶら》でむりにピカピカに磨《みが》かされるんです。毎週一回、私物検査がありますけど、先月とても辛《つら》かったわ。盗難があって、みんな、シュミーズ一枚に脱がされて、体にさわられて、検査されたんですの」

「ほんまか、ほんまか、それ。……そこまでされとるか。可哀想に、苦労しとるんやな。いくら女子《おなご》ばかりの寮やと言うて、裸でしらべられるのはかなわんな。こら、えらいこっちゃ。ほんまやったら、ここにおられるお客様の前も恥かしい。早速調査して、二度とそんなことないようにせんならん。弘子はん言うたか、お前も若いのに、よう辛抱してえらいぜ。よう忍んでくれた。わしからも礼を言う」

こう言う駒沢の目には涙が光り、そのやさしい心の受けた傷が推し量られた。彼は何ものかに対して、激しい怒りにかられている風情《ふぜい》をさえ示した。可愛《かわい》い我子をこんな辛い目に会わせてきた何ものかに。

「今日はよかったね。社長さんがこれだけ社員に愛情を持っておられることがわかって、きいている私も感動したよ」

と岡野も言い、大槻は目を和らげて、

「ありがとうございました」

と真率にお礼を述べた。それからみんなのお礼の述べっこになった。

「岡野さん、あんたのおかげや。わしも今まで盲《めく》らで、恥かしい。ええ機会を作ってくれはって、これで会社がどれだけ良うなるか知れへん。わしからもお礼を申します」

そのとき、足長蜂《あしながばち》が来て、その羽根の顫音《せんおん》が、空気に重い金の鎖を引いた。お礼に夢中になっていて気づかなかった一同のうち、弘子が急に腰掛から立って悲鳴をあげた。大槻は、引締った顔を急に上げたが、蜂と知ると、踊り上って、掌《てのひら》の内に掴《つか》もうとした。蜂はのどかに長い脚を垂らし、松の梢をかすめて、池のほうへ飛び去った。大槻は小石を拾い、みごとなフォームで、蜂の去る方へそれを投げた。若者が周囲を忘れてしまうその瞬間的な激情は、投げられた小石に移って、池のかなたに、突然大仰な波紋をえがいた。

「若い者はええな。ほんまにええ」

と駒沢はとろけそうな目で、二人の急激な動きを追いながら呟《つぶや》いた。

「逃がしちゃったです」

と振向いて微笑《ほほえ》んだ大槻の顔は、兇暴《きょうぼう》に見えるくらい上気していた。

——一日おいて、岡野は帰京した。数日後、何かわからぬ理由で、弘子が絹紡工場へ転勤を命ぜられ、大槻も今までの交替制深夜番から専門深夜番へ廻され、二人とも向う一ヶ月の外出禁止が申し渡された。そのことを菊乃はすぐ岡野へ手紙で知らせた。手紙の末尾には、東京の男は口先ばかりで、冷たくていやだ、などという見当外れのことも書いてあった。また「工場はすべて快調で、何の問題も」なかった。

第四章　駒沢善次郎の家族

駒沢房江《こまざわふさえ》は、毎年正月に良人《おっと》の善次郎の見舞を受ける。忙しい善次郎は、それ以外にはほとんど妻を見舞うことがない。房江は五年このかた、京都宇多野の国立療養所で病を養っているのである。

戦争中、会社が軍需工場に転身したとき、房江は良人をたすけて不眠不休で働らき、戦後もすでに発病していたのに病を隠し、昭和二十三年に喉頭《こうとう》結核を併発してから、ついに屈してこの療養所に入った。当時すでにストレプトマイシンが、一本三千円という闇値《やみね》で出廻《でまわ》っていたので、この新薬に命を救われたが、犯された両肺は手術を拒み、一進一退のまま今日に及んでいる。もう五十歳で、病気の進行も遅い代りに、治る見込もないのである。

会社を大切にする気持は、駒沢よりもむしろ房江のほうが強かった。良人の見舞を遠ざけたのも、良人の仕事を大切に思う房江が、そう仕向けたのである。はじめのころは社員の見舞も多かったが、房江が叱咤《しった》して帰らせた。こんな病人を見舞う暇があったら、会社の仕事に精を出すのが社員の本分であって、今後それでも押して見舞に来る者があったら、それは病人のためではなくて、社長夫人へのおもねりだと思うがそれでもいいか、と言った。こんな烈婦ぶりに怖《おそ》れをなして、見舞に行かないほうが心証をよくすることが明らかでもあり、療養所を訪れる社員はなくなった。社長夫人の病気は、社内で誰《だれ》も触れない禁句になった。

駒沢と房江を並べてみたら、真の性格と呼ぶべきものはむしろ妻のほうに備わっていることに、人は気付くであろう。ここ五年来、駒沢は半ば妻の性格を代行することで、自分の印象を一そう鮮明にしたのだった。

自己満足と自己犠牲の感情とが、それほどぴったりと折れ合っている房江が、美しい女である筈《はず》もなかった。仕事の修羅《しゅら》を離れたとき、病気と孤独とは、彼女自身が最初から選んでいたもののように、正確に身に着いた。そこでしらぬ間《ま》に、療養所でもっとも古手の、又、もっとも愛されない患者になっていた。

宇多野の国立療養所は大正年間の古い建物で、今房江のいる一棟《ひとむね》だけが新らしいが、風景の美しいことでは屈指の療養所である。京から御室《おむろ》へ出て、仁和寺《にんなじ》の山門の丹《に》の剝《は》げた巨《おお》きな仁王《におう》像に突き当り、塀《へい》ぞいに左折して鳴滝《なるたき》に入り、西山の麓《ふもと》をめぐってだらだら坂を上ると、むかしの村役場のような古びた門がある。門のかたわらに青い石碑があって、「うたのりょうようじょ」と平仮名を刻んだのが、歌碑のように見える。

軽症の患者は、近くの広沢池などまで散歩に出るが、房江は一旦《いったん》この門を入ってから、門外へ出たことがなかった。一等奥の新病棟《びょうとう》の二階の一室、窓は廊下に面した磨硝子《すりガラス》のと、山腹に迫った北むきのしかない。彼女の行動範囲は、よほど気分のいい日に、廊下へ出て、東端の階段の登り端《ばな》の、ひろい窓の展望をよくする長椅子《ながいす》に腰を下ろし、外の季節の移りかわりを眺《なが》めるのが限度だった。

春にもならぬ頃《ころ》から、ここの永い患者は、八月十六日の大文字の送り火をたのしみにした。二階の廊下の東端のその窓は、おそらく大文字の火を眺めるのに、これ以上いい場所は考えられないほどであった。夜、東山の稜線《りょうせん》は闇に呑《の》まれ、一いろの黒地の上に、息づくように明るんだり衰えたりする大文字だけがくっきりと浮んだ。

これを見るたびに房江は、自分が来年の大文字を見ることがあるだろうかと考え、それを口にも出して人に訊《き》き、却《かえ》って嫌《きら》われた。質問には二重の意味がある。来年の大文字が、もし死んでいて見られないというなら、誰にとっても不吉な質問であり、もし治って退院していて見られないというなら、笑止で押しつけがましい質問である。

房江のような、安静度第二期と第三期を往復している患者は、ほかの患者への礼儀上、そんなことを軽々《けいけい》に口に出してはいけないのだ。房江は死についてもあまり露骨に語りすぎた。彼女は不快な話題だけが好きだった。

療養所の日課は、夏は六時、冬は六時半の起床と検温にはじまり、十時半から一時間と、午後二時から二時間との、安静時間を挟《はさ》んで、食事や回診や検温や面会のそれぞれの時刻が組み込まれ、夜九時の消燈《しょうとう》に終った。八時半の就寝準備のころから淋《さび》しい生活の音が各室に起った。含嗽《うがい》の音、部屋々々のカーテンを引く音、厠《かわや》へいそぐスリッパの音、厠へも行けない人たちの忍びやかな排尿の音。……かれらが、暮れなやむ夏の宵《よい》、東の窓に集って大文字を見る刻限は、こうした厳しい日課に限られ、遠い山腹の旺《さか》んな火文字を見る時間は、含嗽と排尿の音の時にすぐ接していた。

房江は一昨年《おととし》の大文字と、去年の大文字と、今年の大文字との、どんな微細なちがいもよく憶《おぼ》えていた。一昨年は、西山には降らなかった霧雨が東山に降り、火は爆《は》ぜて、その火のまたたきが火文字の落着きを失わせ、大の字はやや苛立《いらだ》って闇空に懸っていた。昨年はまた、めずらしく風があった。大文字はふくらんだりしぼんだり、ある刹那《せつな》には、如意岳《にょいがだけ》の頂きをも焦《こ》がすように、只《ただ》ならぬ火勢を見せて輝いた。そのつかのまの花やぎは危機を孕《はら》み、その息づかいは見る人の胸にひびいた。

「破れそうに息をしてるわ。まるで肺やな」

と房江は又人に嫌われるようなことを言った。

——こうした大文字の眺めに比べると、所内の庭の卅七種《さんじゅう》の桜の花ざかりは、もっと朗らかな眺めであってもよかった。花季の早い種類から遅桜まで、花はつぎつぎと咲きついだが、春の風雨の定めなさ、気温の急激な変化、結核患者にとってもっとも耐えがたい季節の到来と共に、桜のはっきりしない花の色は、いかにも微熱の色のように眺められた。

むしろいいのは、冬だった。花も緑もない、しかし空気の清澄《せいちょう》なこの季節は、今年が異例に暖かい冬であるだけに、患者たちに喜ばれた。房江は毎夜窓を薄目にあけて眠ったが、それで室内の花活《はない》けの水が凍るというほどのこともなかった。

一月四日の午前の安静時間がおわる十一時半に、良人が見舞に来るというしらせを房江はきいた。三ヶ日は晴れていたのに、四日は生憎《あいにく》の雨になった。

前の日から、房江は附添《つきそい》にたのんで、四帖半《よじょうはん》の病室のなかを片附《かたづ》けた。壁に飾ったグラフ雑誌の切抜きの、皇室御一家の写真の額は、ガラスや額縁の埃《ほこり》をきれいに拭《ふ》き取らせ、花活けの菊は代えさせ、茶簞笥《ちゃだんす》のなかはすみずみまで掃除させた。要らないがらくたがいくらも出てきた。黴《か》びたココアや、どんなに力を入れても嚙《か》み切れそうもない湿った八ツ橋が出てくるたびに、附添は房江にお伺いを立て、房江がいよいよ決心して捨てるについては、ひとつひとつ永い熟考の時間がかかった。四日の朝、さすがに室内は爽《さわ》やかになった。房江は安静時間のあいだ、北の窓から、裏山の雨に濡《ぬ》れそぼった赤土の崖《がけ》をじっと見ていた。

その土を融《と》かして流れるほどの雨ではなかった。ただ枯草や羊歯《しだ》のまばらな、その露出した土の赤が花やいでいた。彼女は良人に言ってやるべき進言、自分を健気《けなげ》にみせる手だての数々、永い単調な日々のあいだに考えつくした偽善のありたけを、心の中で復習した。目を斜《はす》かいに動かすと、茶簞笥の下の抽斗《ひきだし》が見えた。ゆうべ念入りに確かめはしたが、そこに鍵《かぎ》がかかっているかいないか、不安になった。不安になると、目はその鍵穴に縛《いま》しめられて、安静時間どころではなくなった。

附添は買物に出かけて、いなかった。房江は音一つしない廊下に向って開け放たれているドアのほうを窺《うかが》いつつ、体を少しずつ、腰の力で動かした。そういうときはふしぎな熱気が身に溢《あふ》れた。房江はベッドから用心深く片足を下ろし、大丈夫と見ると、全身を辷《すべ》らせて、ようやく抽斗の鐶《かん》にとりついて、鍵がかかっていることを確かめて安心した。

駒沢は約束どおり十一時半に来た。秘書が見舞の大きな包みを抱えて後に控えていた。

「明けましておめでとうございます」

と房江は枕《まくら》から頭をもたげて言った。

「そのまま、そのまま」と駒沢は鷹揚《おうよう》に言い、秘書の包みを附添に渡させて、「君は待合室で休んどれ。……これは、昼飯のお菜の足しに持って来たんや。この部屋で一緒に喰《く》わしてもらうように、院長にも頼んであるさかい」

「そらまあ、おおきに」

「塩梅《あんばい》はどないや」

と駒沢はベッドの傍《かたわ》らの椅子に腰を下ろした。

「おかげさまで、どうにかこうにか。今度な、ヒドラジッドいう新薬がでけた云《い》うて、近く使って下さるいうお話で、たのしみにしてます。なあ、野辺《のべ》さん、あれなら治るかもしれへん」

と附添に言葉をかけた。

「そうどすなあ」

と附添は御馳走《ごちそう》を皿《さら》へ移しながら、不本意な返事をした。

駒沢は正月の飾り一つない病室を、不安な面持《おももち》で見渡していた。房江はすぐ良人の目につくように、自分の変形した指尖《ゆびさき》を夜具の襟《えり》にかけていた。黒ずんで瘦《や》せた指の、爪先《つまさき》だけが異様に扁平《へんぺい》にひろがって、鼓桴状《こふじょうし》指と呼ばれる末期的な姿になったのを、良人がどう見るかということも、房江のたのしみの内だった。

果して駒沢はそれに目をとめて、あわてて目をそらした。彼の胸に一種の忌《いま》わしさが湧《わ》き起るのを、房江はさりげなくつぶさに眺めた。

「会社はどないです」

「そらもう、旭日昇天《きょくじつ》の勢いや」

「おめでたいこっとす。元旦も、あそこの天子様御一家のお写真を拝んで、会社のことばっかりお祈りしてましたんや。あんたはんのことより、ついお祈りするのは会社のことですねん。可笑《おか》しゅうおまっしゃろ。そら、あんたはんの御身は何より大切ですけど、男はんの体は仕事あっての体やさかい、会社がひょんなことになったら、元も子もあらしまへん。会社があんじょう行ってこそ、あんたはんも天下の駒沢で通りますのやさかい。……まあ、あても、死んだら、工場の片隅《かたすみ》にこまいお墓を建てても らわんならんし」

「正月匆々《そうそう》、死ぬ死ぬって言わんといてや。縁起でもない」

房江は自分の声が駒沢を怖がらせているのがよくわかる。喉頭結核が化学療法で治ったのち、マイシンによる難聴こそ免《まぬ》かれたが、ひびわれた嗄《しわが》れ声は残ったのである。その声は地底から響くように響いて、人の心を突き刺すことを房江は知っている。自分の近づく死も、肉体の変形も、末枯《うらが》れた声も、そればかりか、新薬による治癒《ちゆ》の希望までが、こぞって人を脅《おび》やかす力になるのは何という快さだろう。房江は一寸目《ちょっと》を閉じて、開け放した窓の雨音をきいた。寝床の饐《す》えた匂《にお》いを消す床撒《とこまき》香水と、消毒薬の匂いがまざり合って、その匂いが自分の鼻腔《びこう》のうちまでも染めているのを房江は感じた。仲人《なこうど》に教えられて、新婚の床にも安香水の匂いを充《み》たしたその夜を思い出した。悪臭の床から悪臭の床までは、ほんの一《ト》またぎだ。……

「どうや、気分わるいのんか」

と駒沢のやさしい声が耳もとでした。そのおろおろした確信のない声に、房江は自分の夢を裏切られ、おそろしい闘志で、たえて忘れぬ訓練の必要を思い立った。

「何ですねん。そないなおろおろ声。社長はんが会社でそないな声出したら、たちまち心を見透かされて、舐《な》められてしまいますがな」

「よっしゃ。わかっとる。わかっとる」

駒沢が附添を憚《はばか》って、苦笑いをうかべ、手を振っていた。

附添は二人前の中食《ちゅうじき》の膳《ぜん》を運んできていた。見舞の品のくさぐさの御馳走の皿を添えて。

「さ、どうや?」

と駒沢は進んで箸《はし》を割って、妻にもすすめた。

「仰山な御馳走や。勿体《もったい》ない」

「十二段屋からおこしたんや。牛《ぎゅう》肉は滋養になるさかい」

と駒沢は言った。

食後、房江は特に許されて、廊下の東端の窓ぎわまで歩き、今日は雨のために景色を眺める人もないそこの長椅子に、良人と二人きりで腰かけて話すことができた。

この季節の雨は、それほど眺望《ちょうぼう》を妨げなかった。眼下の起伏は古い帝《みかど》たちの陵墓を隠し、すぐそばの松林を、仁和寺の塔が抜ん出ていた。右方の雙《なら》ヶ岡《びおか》の一双の丸い山形は、まばらな松を頂きに透かしていた。その岡の鞍部《あんぶ》には、霞《かす》む京の街が白銀いろに濡れ、東山連峯《れんぽう》の灰墨《はいずみ》にそのままに融け入っていた。

「龍安寺《りょうあんじ》はどのへんやろう」

と駒沢が言った。

「ほら、そこの衣笠山《きぬがさやま》が見えますやろ。あれの麓が龍安寺やわ」

房江はその鼓桴状指をこれ見よがしに掲げて、左方の高い赤松の下を指さした。

妻の傍らにあって、駒沢は明らかに怖《おそ》れていた。良人に少しでも希望を抱かせまいとする妻の用心。房江は久々につけた白粉《おしろい》がやや斑《まだ》らに囲んでいるその細い目で、良人の柔らかい肌《はだ》が怒《いか》った小鼻を埋めている横顔をじっと見ていた。

彼がその押し黙った無邪気な横顔で、何を表現しようとのぞんでいるか、房江はよく知っている。彼はすなわち、恩義のある健気な病妻に対する、「口に尽せぬほどの」感謝の気持を表現しているのである。房江はさらに知っている。彼が或《あ》る感情を自分のうちに信じるとき、それがどんなに不自然なものだろうと、その感情はすでに彼のものなのである。

房江は眼下の田畑のむこうを横切る雨に濡れた鋪装《ほそう》道路を指さして、あれが高尾街道だと語った。ここから一里半ほどで高尾へゆくその道を、春秋《はるあき》の休日には、行楽の車がしばしば通る。女づれの外人のオープン・カアや、家族づれの高級車が、この窓からよく見える。それは健康な人たちの展覧会であり、房江が二度と味わうこともあるまい、のびやかな家族的たのしみである。

「二度と味わうこともない、なんて言いなや。治ったら、車で高尾ぐらい、じっきに連れていくがな。さっきの何たらいう新薬のおかげで、今年の春は、高尾行きは約束ずみのようなもんや」

「気休めは沢山どす」と房江は、自分から誘導したも同様な慰めの言葉を、それが口に出されるやいなや、蠅叩《はえたた》きで叩きつぶす蠅のようにすぐ叩きつぶした。「あての病は、治らんで治らんで、苦しみ抜いて、それでええのや。その苦しみで、あんたはんをお助けしてるようなものだっせ。あてが苦しんでるかぎり、会社は安泰やし、そう思うて、枕にかじりついてるのだっせ。

あて、こう思うとりますの、まちがいでっしゃろか。昔から、うちの工場で、胸を悪くして、国へかえって、若死しやはった女工はんは数知れずおったさかい、今あてが、一身に同じ病を享《う》けて、罪亡《つみほろ》ぼしをしとるのんや。そないな娘たちの怨《うら》みを、一身にさずこうてるのが、あての役目や。いわばあての宿業《しゅくごう》や。ここの宇多野のベッドの上で、身動きもできんようになっていても、あてはあてなりに、一心不乱に会社のために働いて、会社の厄《やく》を除《よ》けてるんや、そう思うてます。つぎつぎと新薬が出て、死ぬ者も死なんように、なまごろしの目に会うとるのは、まだまだ苦しみのお勤めが足らんのとちがうか、そないに思うたら、心に張りも出て、ただの同情される病人やないと自分に言いきかせることもできる。な、そうでっしゃろ」

これをきいてはじめて駒沢が暗澹《あんたん》とした顔を向けるのを、房江は昨夜《ゆうべ》から思い描いていた一つの帰結を見るように、満ち足りた思いで眺めた。

駒沢の心に何が起ったのか、それから彼が語りだしたことは、過去何年間に例を見ないような述懐だった。

彼がめずらしく心のやましさについて語った！　妻の意見を求め、妻に安心させてもらいたさに、そんな「些事《さじ》」が格別に重々しく語られるのに房江はおどろいた。

駒沢は岡野の手引で八景亭で会った若い二人、大槻《おおつき》と弘子《ひろこ》の話をした。かれらがいかに瑞々《みずみず》しく、いかに力と若さに溢れ、「希望」に充ちて見えたかを語った。それからかれらの率直な進言、父親に対するような甘え、会社の改良に対する熱意について語った。その結果、駒沢が彼らに与えたものは、秩序を乱した人間への罰だけであったが、それがまた駒沢の、家長らしい「愛の鞭《むち》」であったという話をした。二人はその罰によって幾分苦しんだかもしれないが、若さと力が十分その補いをつけ、却《かえ》って前よりも逞《たくま》しくなり、さらに緊密に会社と結ばれたにちがいない。この間《かん》に処して、駒沢は家長として、まちがってはいなかった自分を信じたいのである。

「そら、あんたはんのしなさったことは御立派どす」と、それまで目をつぶってきいていた房江は言下に言った。「正しいことというたら、ほかに何がおます。女子《おなご》はまだしも、その大槻とかいう若い工員はんは、分を弁《わきま》えることも知らんと、それだけのことを面《めん》と向ってあんたはんに言うた以上、当然覚悟の上のことでっしゃろ。会社には長幼の序、秩序いうものが何より大切なことは、今度のお仕置で骨身にしみましたやろ。そら、今ごろは心の中で、あんたはんに感謝してまっせ。人の道を教えてもろうたと感謝してまっせ。それでのうてはあきまへん。ほんまにええことしやはった。聴くべきは聴き、罰すべきは罰す。御立派どす」

駒沢の顔はここへ来てはじめて実に安らかになった。

「今後ますます、あいつらはわしを尊敬するようになるやろな」

「当り前どすがな」

昔そうだったように、このとき、駒沢は妻を、自分の善意の、一等信頼のできる反響板に使った。彼が心ひそかに怖れている、自分の善意に対する世間の無理解や無反響を、妻は明快にくつがえしてくれたのである。駒沢の善意は、かなりわかりにくい性質のものであり、彼自身にとってもわかりにくいその善意を、それだけに、彼がだんだん高級複雑なものだと信じる他《ほか》はなくなるのは、当然の成行だったと云っていい。

駒沢がこんな夫婦の心の触れ合いに酔って、少し行き過ぎて、実はそれまでそれほど心の中で固まっていなかった思いつきを、急に口に出すようなことをしたのは、房江にとってもよく想像のつく経緯だった。駒沢は雨の窓外と、妻の顔とをかわるがわる見ながら、口早に自分の美しい家庭の夢を語った。

「お前もいずれは快《よ》うなって、家へいぬ。そこでお前ともよう相談した上で、夫婦養子を決めることもせんならんが、それには仕事ができて元気いっぱいの倅《せがれ》と、親に孝行な、心のやさしい嫁がいてくれなならん。わしは陰気なのはいやや。家じゅう、こうぱっと明るうなるような、まじめで働らき者の倅夫婦がほしい」

「あてが陰気ですさかいにな」

と房江はすばやく牽制《けんせい》したが、駒沢は耳にもとめなかった。

「そいでふと思うたのやが、さっきの話の大槻は、どこの馬の骨か知らんが、若いのになかなかの出来者で、皆にも嘱望《しょくぼう》されとって、仕事もようやるらしい。気概のある男が第一や。弘子もええ娘やし……」

「その工員はんを、養子にしよう言いはりますの?」

「いや、今思いついて言うただけやが、たとえば、の話や」

「たとえ、たとえばでも、そらまあ、何のお話だす」

駒沢はあわてて口をつぐみ、房江は駒沢が一等触れたがらない話へ持ち込む緒《いとぐち》をつかんだ。死んだ息子のことを言い出したのである。息子は京都大学へ入った年に、学徒動員で兵隊にとられて、フィリピンで戦死したのだ。

房江は石女《うまずめ》で、息子は庶子だった。彼は兵隊にとられて家を去るまで、房江に馴染《なじ》もうとしなかった。出征のとき、房江が方々へ頭を下げて作った千人針を、彼は持ってゆくことを拒んだ。あまり頑《かたく》なに拒まれて、房江が思わず浮べた険しい表情の、その自分の頰《ほお》の強《こわ》ばり方を、彼の死後、房江はたびたび思い出し、それを却って自分の生活の支柱にし、その顔を自らなぞり、永遠の継母《ままはは》の悲しみに生きることを望んだ。当然のことながら、彼の戦死には房江に何の責任もないという身の証《あか》しを、房江は自分の潔白さのすべての根拠にした。

戦地ではよく虱《しらみ》がつくという、この点々とした赤い糸結びに、房江の「私は悪くない」という思いが一つ一つ宿り、そうして妄念《もうねん》のように蔵《しま》い込んでいた千人針を、終戦のとき、会社の軍関係書類をのこらず焼いている最中に、一緒に焼くようにと駒沢がすすめた。夥《おびただ》しい書類は夏の湖のほとりの、焼却炉で焼かれていた。

「その大槻とかいう人は、幾歳どす」

「十九とかいうとった」

「昔やったら、廿歳《はたち》や廿一《にじゅう》、徴兵の年やな。ふふ、ひょっとしたら善雄《よしお》はんの亡霊かもしれへん。あのくらいの年の男はんは、心が硬いもんや。見かけはどないでも、心はかちんと、寒餅《かんもち》のように硬いもんどっせ」

これをきいた駒沢は、ふいに、痺《しび》れたように黙った。

房江は長椅子《ながいす》の背に頭をもたせ、目を閉じて、永い会話の疲労が上げ潮のように全身にさしてくるのを感じた。その閉じた瞼《まぶた》に、湖畔の真昼の焔《ほのお》が浮び上る。……午後二時の安静時間がもうじきはじまる。そこへ漕《こ》ぎつけるまでのわずかのあいだ、彼女は苦痛の力のありたけを出して漕ぎつづける。……あの真夏の湖の光輝と、夥しい白煙。……房江は焼きたくなかった。どうしても焼きたくなかった。はじめは身の証しのためにとっておいた千人針が、次には神聖な遺品になり、ついには彼女の、久しく夢みた不可能な母性愛の形見になった。そのとき房江は、本当に善雄を愛していたあまりに、千人針を手離したくないのだとさえ信じていた。しかし良人《おっと》が強いて、彼女に千人針を出させて、焼却炉へ投げ込んだのだ。そのとき房江は四十一歳。日がかげるころ、湖のほうから驟雨《しゅうう》が来た。雨に逆巻く白煙に房江はむせて、咳《せき》をした。空が罅《ひび》われるほどの咳を。……それが房江の、永きにわたって得体のしれなかった咳のはじめであった。

――良人がかえったあと、安静時間の午後の二時間を、房江は医者が命じるような無念無想の境に入ることはとてもできなかった。心には暗い喜悦がくすぶり、今年も亦《また》、陰気な勝利に酔うことができたのだ。三時の検温のとき、多少の熱が出てもやむをえない。若い医者が来て、その明らかな情熱の証拠をからかうだろう。

彼女はちらと目を、茶簞笥《ちゃだんす》の抽斗《ひきだし》へやり、そこにたしかに鍵《かぎ》がかかっていることに満足した。明後日《あさって》来る筈《はず》の見舞客が、そこの鍵をあけてくれるだろう。そして古い書類をゆっくりと房江に読ませ、あるいは新らしい書類をそれに附《つ》け足して帰るだろう。

あの滑稽《こっけい》なとりすました小さな髭《ひげ》を生やした男。なぜあんな仕事をしているのに、上司が人目につきやすいあんな髭をゆるしておくのだろう。彼女は男が病室へ入ってくるときの、あたりを窺《うかが》うような物々しい様子が好きだった。それは突然、このすべてから隔離された世界に、危険な社会と、どこにいるかわからない敵の幻影とをあざやかに蘇《よみが》えらせた。

男はいつも扉《とびら》の框《かまち》に、背広をすりつけながら入って来た。附添を退《さが》らせるまで、黒っぽい服で椅子にじっと黙って坐《すわ》っていた。男のワイシャツの襟《えり》は少し垢《あか》じみ、ネクタイは海藻《かいそう》のように潮垂れていた。いろんな世帯《しょたい》の苦労があるのだろう。いつか「御家族は？」と房江がきいたことがある。

男の顔にはふいに、世の中が逆転したのを見たような愕《おどろ》きがあらわれた。口をすぼめ、髭の下辺は唇《くちびる》なりに吸い込まれ、目は固いものを嚥《の》み込むように瞠《みひら》かれた。ついに常の恐惶謹言《きょうこうきんげん》の口調を取り戻《もど》して、こう言った。

「はい。妻《さい》と子供三人がおりますです」

一ト月に一度は必ず来るこの忠実な見舞客は、三月《みつき》に一度は新らしい書類を置いて帰り、請求書どおりの金を受け取って帰った。もうそれが二年の余つづいていた。

房江は男がかえったのち、新らしい書類に目をとおしてわれを忘れる。この病室のまわりに霧に包まれて存在している社会が、俄《にわ》かに水晶《すいしょう》の珠《たま》のように透明になる。特殊調査報告書、御依頼に依《よ》る表記の件、左記の通り調査報告いたします、という決り文句ではじまるその書類……。

去年の秋から、それに東京の芸者菊乃《きくの》の名があらわれはじめた。調査は捗《はかど》らず、報告はあいまいだった。何度かの駒沢の浮気《うわき》とは、形がちがっていた。暮夜ひそかに菊乃が駒沢の家を訪れることがあっても、泊って行ったことはなかった。

房江はこういう報告をきいて、それでどうしようというのではない。彼女は指一本動かさない。現実を変改するのはきらいだが、ただ現実が彼女の視野の裡《うち》に動けばよかった。知ることによって、現実が力を喪《うしな》うというのが、彼女の衛生学だ。そして寝床の中で菊乃という大年増《おおどしま》の芸者の顔をあれこれと想像して娯《たの》しんだ。嫉妬《しっと》は卒業していた。彼女がちびちびと死にちびちびと生きるために、そんな感情が何の役に立つだろう。房江はただ自分が知っていて黙っているというこの状況に、巨大な皮肉な寛容を見出《みいだ》して、それで満足する。もし彼女が手を動かしたら、とたんに現実はその盲目な動きを止めるだろう。そうしたら、この遠い病床からの、透明な支配も崩れる。それればかりではない。時折悪意の飛沫《ひまつ》をあたりへはね散らしては、又じっと自己犠牲の泥《どろ》のなかに沈んでいる、この人知れぬ河馬《かば》のたのしみも喪われるだろう。……

——房江は突然、尿意を催おして、

「野辺さん、野辺さん」

と附添の名を呼んだ。附添は心得て、便器を運んできた。病人は両膝《りょうひざ》を立てて、蒲団《ふとん》の中へ便器を導き入れた。

「紙をここへ置きますよ」

と附添は椅子へ残してきた黄いろい毛糸の編物のほうを残り惜しげに見た。一寸《ちょっと》の間でも、編物を中断されるのがいやなのである。この女は、しまいに世界を二本の編み棒で編み込んでしまうだろう。

四五寸あけた窓からは雨の音が入ってきて、琺瑯引《ほうろうびき》を伝わるいばりの音にまじる。いばりは徐々に細まって、力のない点滴のあとに止《や》んだ。仄暗《ほのぐら》い午後の病室に、蒲団のなかの紙の音がかそけく聴かれた。

便器を片附けようとして、附添は紙についた血に目をとめて、眉《まゆ》をひそめて、おやと言った。それを見た房江が笑い出した。

「何や。あてかってまだ女子《おなご》やがな」

房江は笑った。笑って笑って、咳《せ》き込みながら笑いつづけた。鼠花火《ねずみはなび》が走りまわるようなそのひびわれた笑いは、安静時間中の隣近所の病室で、じっと天井を見つめている患者たちの胸のうつろを撃った。

＊

春の花のさかりに、石戸弘子が大槻に附添われてここに入院した。

それはまことにうららかな午後で、大槻はタクシーを奢《おご》って、弘子に京の二三の名所を見物させてから、とうとう入所承認の得られた療養所へ来たのである。半月前に入所手続に来ているので、二人がここへ来るのは二度目である。

タクシーには、蒲団、枕《まくら》、寝間着、肌着《はだぎ》、着替、小薬缶《こやかん》、湯呑《ゆのみ》、箸《はし》、湯たんぽ、上草履など、療養所が必要品とみとめた荷物が山積みになっている。大槻が手つだって、これらを彦根《ひこね》の寮から運んだのである。

弘子を力づけるために、大槻はつとめてにこにこしている。大槻を力づけるために、弘子も強いて明るい顔をしている。そこで二人はいかにも幸福そうに見え、タクシーの運転手は最後の目的地を告げられるまで、駈落者《かけおちもの》だと信じている口のきき方をした。

しかし手続をしてからたった半月で、ベッドが空いたのは幸運だった。弘子にはようやく落着く先の決った安堵《あんど》もあった。

古い待合室で、二人は永いこと待たされた。庭いちめんの花は、開け放たれた窓に明るみ、ワニスを塗った焦茶《こげちゃ》いろのテーブルが大きな水たまりのように光っていた。

大槻はこの四、五ヶ月の重なる艱難《かんなん》を思い浮べた。得体の知れない人物の誘いに乗って、八景亭へ行ったときから、すべての不幸がはじまったのだ。

彼は爪《つめ》を嚙《か》みながら、がらんとした待合室を歩きまわった。動かずにはいられない。じっとしていると、新たな不幸が追いついて来て、又彼の肩に手をかけそうな気がするのである。

彼はすべてに負けたとは思わない。しかし確信が失われたのが怖い。何の罪も過失もないのに悲運ばかりが襲ってくるという怒りよりも、汚れた水のように、ともすると心の底ににじんで来る反省が怖い。そして自分の行動に、もはや明快な正義感だけではなく、言うに言われぬ怨恨《えんこん》がからまってくるのが怖い。

弘子の発病と、それに附随するさまざまな難儀が、まず青年の心にひきおこしたものは、おかしなことに、この最後の恐怖だった。彼は悲しみの強打を顔にまともに受けて、まずこう思った。

『こいつはいかん。俺《おれ》はもう、誰《だれ》の目から見ても、怨《うら》みを抱いた男になってしまったんだ』

もちろんそれを半ば自然の悪意だと考えることもできた。物事の生起した順序は、これ以上はないほど意地悪なもので、もし順序がちがっていたら、心の嵐《あらし》もいくらか穏やかだったろうが、その順序は自然が仕組んだものだ。すなわち、大槻は、第一に弘子の妊娠《にんしん》を知り、第二に心中《しんちゅう》、結婚の決意を固め、第三に生れてくる子供をたのしみにし、第四に定例の身体検査で弘子の発病を知り、第五に医者から妊娠中絶を命じられたのである。彼の二十歳の心は、落葉のようにあちこちへ吹き迷わされ、与えられたものを二倍にして取り返された。

怨恨は心から来るのだから、こんな負目《おいめ》がいやだったら、心を縛ればよいわけだ。窮境のなかで、女たらしの心を持ちたいと望みながら、彼は次第に、何ものかに怒っているときに、それだけ強く弘子を愛しているのを感じた。それを彼の持ち前の透明な正義感に照らしてみれば、彼は「一人の虐《しいた》げられた不幸な少女」のために怒っていることになるけれど、もう、どこから見ても、弘子は単なる「一人の虐げられた不幸な少女」などではなかった。

弘子の発病を知った伯父伯母が、国もとから彼女を迎えに来た。弘子は頑《かたく》なに帰郷を拒み、ついに伯母が彼女の妊娠を知った。そこで伯父夫婦と弘子は激しく対立し、弘子はよるべのない身になった。大槻はきっぱりと責任を負い、貯金を下ろしたり会社に借金をしたりして、弘子の人工中絶と療養所入りの費用に宛《あ》て、結婚の約束をしたのである。

……弘子の咳。一つ一つの咳が、大槻にはひどく愛らしく感じられる。その咳が弘子の咳だと思うと、限りなく清潔で、小さい白く塗った松笠《まつかさ》が彼女の口から転がり出すようだ。それでいて、弘子が咳をするたびに、彼は自分の罪のように、胸を締めつけられる思いがするのである。

弘子はそのとき、固い長椅子のほとんどを、自分の嵩高《かさだか》な荷物に譲って、それに凭《もた》れかかって咳をしたのだが、いらいらして少しも口をきかない恋人に手こずって、菊乃から餞別《せんべつ》にもらった数冊の文庫本を、手鞄《てかばん》から引き出そうとしたところだった。彼女は自分の咳が、相手の顔色を窺うような出方をするのが気に入らなかった。大槻は窓辺に立ち、風にさやぐ桜を見ていた。

すべてが輝やかしい春で、しんとしている。中庭には風の桜のほかに、動くものの影は何もない。午後の安静時間なのである。

大槻はこの春のなかで翳《かげ》っている弘子の体の二つの洞《うろ》を考えた。一つは肺、一つは子供を堕《お》ろしたあとのあそこのうつろ。彼女は二度と子供が生れないのではないかとひどく心配していた。打ち見たところ、弘子は痩《や》せもせず、顔色もわるくない、涸《かわ》らぬ健康な少女なのに、蝕《むし》ばまれた肺は、いわば忌《いま》わしい絹で紡《つむ》がれ縫取された肺になった。それは絹紡工場で、昔から作られてきた絹の勲章だ。

大槻は、何ヶ月かかるかしれぬ退院の時まで、彼女と一緒に寝ることはあるまいという予想に体が慄《ふる》える。自分の残酷な力で彼女の体を抱き緊《し》めることができないなら、その力の行方が怖い。

大槻は去年の秋、はじめて弘子と、彦根城土佐郭《とさくるわ》の、人目に隠れた一隅《いちぐう》の叢《くさむら》で、結ばれた時のことを思い出す。二人は唇《くちびる》が乾き果てるほど、何度も長い接吻《せっぷん》をつづけて、腕はお互いに、着ているものの下から素肌に巻いていた。弘子の肌の感触は、彼の掌《てのひら》、彼の指先の一つ一つに、野火のように燃えひろがった。許しを与えるしるしに、弘子の脚の力が柔らいだ。大槻は彼女の小さな草花の縫取のある半透明の下穿《したば》きが、きついゴムで腰に喰《く》い入っていて、それを彼の肉刺《まめ》だらけの掌《て》が巻き下ろしたとき、彼女のまどかに白い下腹に、くっきりとゴムの環《わ》の跡をのこしているのを、えもいわれず可愛《かわい》らしく思ったのをおぼえている。そのとき彼は夢中で性急に動いたのに、あとではそんな、好色な大人の感じるような記憶が、くっきりと残ったのはふしぎなことだ。そのほの赤い環のあとが、生き動いている少女が白いお腹《なか》のまわりに、時たま忘れていても又鮮やかにかえってくる、きついゴムの環の痛みを宿していたことを彼に知らせ、それがこの上もなく簡明に、人知れぬ弘子の内的な感覚を暗示するように思われたからだ。

最初の喜びは、何とけたたましく鳴り響き、何と瞬時に終ったことだろう。弘子はほんの少し自分の体を、太陽のほうへ掲げてやればそれですんだ。彼女の痛みは閃光《せんこう》のように過ぎ、大槻はその血のしたたりに、世界との和解を感じた。

『……この女が俺を和解させ、同じこの女が、今では俺に、怨恨の感情を教えたんだ』

と彼は、見つめるだけ目にぼやけてくる夥《おびただ》しい桜に向って、考えていた。

去年の夏、御用組合の改革の動きがあって、彼は十九歳で執行委員に立候補しようとしたが、純粋に会社の為《ため》を思ったこの改革への動きは、芽のうちに刈り取られ、おそらく社長の耳にも届かぬうちに片附けられた。彼は忍耐の必要を教わった。その代り、十一人のひそかな同志を得た。弘子と知り合ったのはそのあとだったのだ。

「永く待たすねえ」

とうとう弘子が大槻の背へ呼びかけた。

「仕方ないよ。これから療養所のなかで辛抱する時間に比べたら、こんな時間、何でもないじゃないか。それとも、俺と早く別れたいんか」

「いや。そんなこと言って」と弘子はすぐ涙ぐんだ。「一寸もあんた、口をきいてくれないんだもの」

南九州から来た大槻と、東北から来た弘子という風に、それぞれ出身地のちがう駒沢紡績の工員のあいだでは、駒沢紡績語ともいうべき、ほとんど標準語にちかい共通語が生れていた。二人ははじめから、この言葉で恋を語り、国の言葉を話すのとはちがった或《あ》る違和感と、かすかな気取りとが、恋の言葉にふさわしく思われたのだった。

大槻は近づいて、弘子に接吻しようとした。

「だめ。人が来るわ。それに、病気がうつるわ」

「何を言うんだ。結核菌なんか、今じゃ黴菌《ばいきん》のうちに入らんよ。死の灰だったら、俺だって怖いけど」

「あの人たち、可哀《かわい》そうだねえ」

と、この春のもっとも衝撃的な事件である第五福竜丸《ふくりゅうまる》の乗組員のことを弘子は言った。こんな場合にも他人への同情を忘れない弘子の心ののびやかさが大槻を搏《う》った。

彼は長椅子の肱掛《ひじかけ》に腰かけながら、弘子の髪を綺《いろ》い、どんなことをしてでもこの少女を幸福にしてやる自分の力を確信しようと努めた。

それはまだよく見えない力、彼自身にも茫漠《ぼうばく》としてつかめない力だった。

「お前が退院して働らけるようになったらな」と彼は未来の希望を語った。「きっと駒沢紡績に復職できるようにしてやるからな。それも絹紡なんかじゃない、ローラア整備か何か楽なところにな。結婚しても当分共稼《ともかせ》ぎで行かなくちゃならないから。……お前が復職するころは、工場はよくなってるぞ。今と段ちがいに働らきいい工場になってるぞ。俺がそのために、一生けんめいやるつもりなんだ。やるだけやって、戦うだけ戦うつもりなんだ」

「やりすぎて、クビになっちゃつまらんわ」

「そこは旨《うま》くやるさ」

と大槻は、なおも自分の茫漠とした力を量りかねて、ぼんやりと言った。本当のところ、彼には何一つ確信はなかった。心の一方では、工場をやめて、保安隊員になったらどうだろうか、などと考えることもあった。

彼が絶対に弘子に隠している感情が一つあった。それは今では、生れてくる子供をたのしみにしたころの自分の気持が、全く夢のような世間知らずの考えだったと思えるほど、弘子が子供を堕《おろ》したことで、ほっとした感情だった。彼は自分が子供を持つという夢のなかで、しばし、貧しさの狭窄衣《きょうさくい》を忘れていたのだ。

「地震だわ」

と弘子が言った。

大槻は何も感じなかった。戸外の桜を見ると、却《かえ》って風がやんで、桜が繊細な輪郭を凝らせ、ものみなが息をひそめて動かずにいるように思われた。そのうちに天井の古風な電燈の笠が、ゆるやかに動きだしたので、地震と知れた。古い待合室の壁は、軽くきしんでいた。

病室の窓々から、人々の顔があらわれた。目を向けた窓の一つに、ひどく不安そうなぞっとするほど蒼《あお》ざめた男の顔があらわれたのを、弘子に見せまいとして、大槻は立ちふさがった。

ドアがあいて、看護婦が入ってきた。地震などどこにもなかったような顔をしている。事実、地震はもう止《や》んでいた。

「お待たせしました。石戸弘子さんですね。病室へ御案内しましょう」

と看護婦は、右手に持った弘子の入所書類と照合しながら、その名を言った。

大槻は、工場や病院のリストに記入される以外には、自分たちの名が決して人に知られることがない、という奇妙な感銘を持った。もしかしたら、春の花ざかりの地震のときに入所した患者と、その附添として記憶されるかもしれない。しかし、あんな微弱な地震は、もう、はじめから存在しないことになったのだ。

第五章　駒沢善次郎の洋行

岡野《おかの》は菊乃《きくの》からはじめて捗々《はかばか》しい手紙をうけとった。大槻《おおつき》少年が恋人の病気のために荒れており、且《か》つ社内で注意人物のリストに載りかけており、組合改革の動きにもつながりがあるらしく、この機にあなたから大槻へ、何か匿名《とくめい》の手紙を書いて、激励してみてはどうか、と言ってきたのである。

岡野はその匿名の手紙を書きかけていて、もしやそれが大槻の心に反作用を起しはせぬか、手紙を出す時期を誤りはせぬかなどと考えながら、丁度大森に用事があった序《つい》でに、思いついて古い友人を訪れた。

正木《まさき》というこの友人は、聖戦哲学研究所の所員だった男で、あの「ハイデッガーと恍惚《こうこつ》」の著者である。あの本をもらって読んだのが去年の紅葉のころ、彦根《ひこね》への旅の車中だったが、本は岡野を感動させなかったのみならず、少しばかり怒らせたので、読後感も書き送らないままに、半年がすぎてしまった。戦後間もなく会ったばかりで、その後は何をしているとも知れない彼を、たまたま控えておいた住所に訪ねる気になったのである。

正木は山王の坂の上にある目立たない古い二階建の洋館に住んでいた。春の埃《ほこり》にまぶされた生垣《いけがき》をめぐらし、御影石《みかげいし》の門柱に「中道《なかみち》」という表札がある。住所に「中道方」とあったところをみると、正木はここに間借をしているらしい。

岡野が門を入ろうとすると、忽《たちま》ち玄関のベニヤ板のドアが開いて、小柄《こがら》の蒼ざめた中年婦人が転がり出るように現われた。そして岡野の目を憚《はばか》るように、道へ走り出したので、危《あや》うく車に轢《ひ》かれかかったのを岡野は愕《おど》いて眺《なが》めた。

玄関はひどく暗かった。岡野が首をさし入れると、出会頭に、背の高い痩せた女がいて、

「はじめての方ですか？　御紹介は？」

と高飛車に訊《き》いた。岡野はそこに正木の細君の、十年逢《あ》わぬうちに、頬骨《ほおぼね》の尖《とが》った、そして異様に厚化粧をした、戦時中のモンペ姿の素顔とは似ても似つかない、春の淡い色のスウェータアに胸を不自然にふくらませた姿を見た。

「何だ。奥さんじゃありませんか。忘れては困ります。岡野ですよ。すっかり御無沙汰《ごぶさた》しました」

「あら」

と女は階段の上方の明るみへ向かって叫んだ。

「あなた、岡野さんがいらしたわよ。研究所の岡野さん」

やがて階段の薄明を下りてくる白足袋と袴《はかま》はまだしものこと、白衣の正木が、昔のままの痩せた青白い顔に顎鬚《あごひげ》を蓄えた貌《かたち》をあらわしたとき、岡野はこの只《ただ》ならぬ姿にわが目を疑った。

「いいだろう。二階へ直《じか》にお通ししよう。隠したって仕方がない。悪いことをしてるわけじゃないんだから」

と正木は妻の問いたげな目に答えて言った。

——洋館造りであっても、部屋はみんな和室らしく、階段の登り端《はな》にも襖《ふすま》があった。岡野は通された部屋の床《とこ》の間《ま》に大きな祭壇があり、七五三《し》《め》縄《なわ》を張り、榊《さかき》を立ててあるのに目をみはった。鴨居《かもい》から下っている紙に、墨で大書してある文字は、中道流神道秘法、北斗命続の祈禱《きとう》、鎮魂帰神の霊癒《れいゆ》、当て物、預言の霊力、来診午前九時より十一時半、午後一時より三時、以後往診、などと読まれた。正木の坐《すわ》っているそばに白木の小机があり、水晶の珠《たま》や、二三の和本や、奇妙な形をした石が置いてある。

「これはおどろいたね」

と、すでに愕きから醒《さ》めた岡野は言った。改めて見直せば、すべては所を得ていた。

岡野の質問に正木は恬淡《てんたん》に答えたが、中道は正木の別名であって、この間出した「ハイデッガーと恍惚」などという本は、哲学と芸術への郷愁から、本名で出版したにすぎず、この家へ来る連中には、そういう自分のバタ臭い一面はあくまで隠しておくのが有利だからである。

「私は霊能を磨《みが》いたんでね。あんたが今日突然お見えになることは、実は今朝からわかっていたんですよ」

「来ちまってからそう言うのは簡単さ」と、岡野は今はうちくつろいで、平気で言ってのけた。「その手で俺《おれ》をたぶらかそうったって、そうは行かんよ」

言いながら、あの本を読んだときの怒りは全く消え、あのとき浮んだ著者の書斎風のイメージも全く逆の意味を帯びたのを岡野は感じた。

正木はひどくふくらんだ瞼《まぶた》に特色があり、横から見ると瞼が庇《ひさし》のように迫《せ》り出している。おのずから半眼で物を言うさまが、一そう由《よし》ありげに見えるのである。

「これでずいぶん客はあるのかい」

「今日も今かえったお客で六人目です。十分喰《く》ってゆけるんですよ。あくせく満員電車に乗って、安月給をとりに通うことはない」

と正木は顎鬚で祭壇のほうを指した。見ると三宝に、「神饌《しんせん》」などと書いた包み物が重なっている。

「それに税金もとられないしね」

——岡野には、それが正木の負け惜しみでないことが感じられる。こういう空気の中では岡野も居心地がいい。これらはみな、岡野にも昔親しかった事物である。すべてに清澄《せいちょう》の気があって、榊の香が漂って、不合理が目の前にのどかにあぐらを掻《か》き、……そうして神が生活を保障しているのだ。

細君が茶菓を運んできて、戦時中の思い出話に加わった。それから二人は同時に、つい数日前に死んだ大実業家が、晩年は原子力開発に熱中していたが、戦争中は聖戦哲学研究所の熱心な後援者で、便々たる腹を出して禊《みそぎ》に熱中していたことを思い出した。

「あの男はちと早く死にすぎましたね」と、七十五歳のその享年《きょうねん》を、正木はあけすけに批評した。「もう一寸《ちょっと》生きていたら、原子力をつきぬけて、霊波まで行っていた筈《はず》なんだ。そうすれば元の古巣に戻《もど》れたんだのに」

それから正木は、戦争末期に日本が発明した原子爆弾が、未使用のまま、なお八個、利根《とね》の剣《けん》ヶ峯《みね》山中に秘匿してあるという話を真顔でした。

「そりゃ大方、竜《りゅう》にでも護《まも》られているんだろう」

と岡野は茶化したが、正木は怒りもせず、笑いもしなかった。正木はその秘庫を、霊視でつきとめたというのである。

窓は開け放たれ、午後の空には晩春の雲があった。世間からおのおのの方法で身を隠した二人の男は、細君が階下へ去ったのちの沈黙を、うっとりとしばらくその雲を眺《なが》めてすごした。

岡野は本当に久々の居心地のよさに酔っていた。これも一種の鎮魂だろう。ここには、世間と時代に対する本物の嘲笑《ちょうしょう》があり、岡野がいまだにあれこれと付合っている「時代の王者」たちを、俄《にわ》かに蒼ざめた傀儡《かいらい》のすがたに変える力があった。ここから眺める世間、ここから遠望する時代は、丁度監視哨《しょう》の望遠鏡をとおしてのぞく敵影のように、世にものどかな間の抜けた営みをしていた。そうだ。その地点に正に、正木はこんな望遠鏡を据《す》えつけたのだ。

いろんなどぎつい思い出話が、二人の心をやさしくした。戦争中、もしアメリカの一州を占領して、えりすぐった白人の美女を百人、殺戮《さつりく》することが許されたとき、聖戦哲学をいかに適用するかという議論を、二人で戦わせたことがある。殺戮がさわやかなものになるには、何かが要る。思想が一つの胸のときめきと化し、詩が一滴々々の血のしたたりになるような、すばらしい味爽《まいそう》の風が吹き寄せて来なければならぬ。

……

「こうして昔の話をしていると、時間というものはつくづく妙ですね。今ね、神道の『中今《なかいま》』という時間概念に、ハイデッガーを援用して、『直霊の実存』という本を書こうかと思ってるんです。どうせ印税もろくすっぽ払わないボロ出版社だから、何でも出しますよ。今度の本は、中道の名で出してもいいな」

「おいおい、そうハイデッガーを安く使わないでくれよ」

と岡野は機嫌《きげん》よく言い放ったが、ふと思い出して、

「そうだ。君の霊能で、僕《ぼく》が今考えてる仕事の成否を見てもらえないかな。僕の待ってることがいつ起るか、起るとすれば誰《だれ》から起るか、それから僕の出そうと思っている手紙は、今が好機かどうか」

「お安い御用です」

と正木はすぐ席を立って、神前に額《ぬか》ずいた。そして玉串《たまぐし》を押し戴《いただ》いて、岡野へ向い、その頭上を左右左《さゆさ》に打祓《うちはろ》うた。

その折こそ、岡野も神妙に項《うなじ》を垂れたが、目は怠りなく、流れるような正木の挙動を追っていた。正木は机上から水晶の珠をとって神前に供え、瞑目《めいもく》して祈念を凝らしはじめた。その細い首筋のむこうに、顋鬚のはじまる白毛《しらが》のまじった揉《も》み上《あ》げが、窓

の白光に涵《ひた》って貧相に見える。

『健気《けなげ》なものだ』

と岡野は考えていた。一体正木がこういうことをみんな本気でやっているとは信じ兼ね、どこかに彼の不信を見つけ出そうと狙《ねら》っていて、それを見つけ出すのが友情の証《あか》しのような気もした。もし生活のためだから本気になっているのだとすれば、生活のために本気になることなど下品だという認識が岡野にはある。すべては二人だけにわかる目ざましい虚偽であればよかった。

しかし正木の態度は一糸乱れず、そのうちに耳もとまで紅潮して来て、

「イーエッ！ エーイッ！」

と叫び出した。見ると顳顬《こめかみ》には汗が流れて、それが光っている。岡野もむかし聞き知っている噴譲《おころび》の法で、言霊《ことだま》の雄走《おばし》りによって、魂を振起するのである。岡野はこんな肉体的努力も一種の友情の表現だと思うと、暑苦しい思いに胸がふさいだ。

――ややあって、正木は振向いて、汗も拭《ぬぐ》わず、半眼のまま、ゆるゆると言った。

「只今《ただいま》、御神示がありました。あんたのお望みのことは五月中に起ります。若い男の顔が見えまして、鼻筋のとおった、二十歳《はたち》前後の、血走った目をした男です。お心当りはありませんか。それから手紙は、すぐお出しになったほうがいいそうです」

岡野は何も信じなかったが、快い戦慄を味わった。正木は物事を予知したのではなくて、問題を整理したのだ。何事も陽気のさかんな季節に起り、変革はいつも「鼻筋のとおった」若造によって火をつけられ、書いた手紙は躊躇《ちゅうちょ》なく出すべきである。むかしからそうだったし、今後もそうであろう。彼は正木から、見忘れていた現実の簡明な法則を教えてもらったことを心に恥じた。

正木は神示を告げおわって、元の座に直ると、又ふつうの物言いになって、一分前の自分を忘れ去ったように見えた。細君が一杯の水とお絞りを持って上って来て、良人《おっと》にすすめた。

「おころびのときは、真冬でもこの汗なんでございますよ。このごろはめったにやりませんですから、下で声をきいてびっくりしていました。やっぱり岡野さんのお頼みだとちがうわ」

と細君は、拳闘《けんとう》選手をいたわるように、お絞りをひろげて良人の額に当てた。霜焼けの残っているその指の爪《つめ》が、赤いマニキュアを施してあるのを、岡野は異様に眺めた。

そこで又三人の思い出話になった。元左翼で、戦時中研究所員になり、戦後又左翼に戻った秋山という男の話が出た。戦後の一時期、花々しく活動していたことは岡野も知っていたが、今どうしているかは知れなかった。今度調べておいてお知らせしてもよい、と正木が言った。

帰りしなに、岡野はうしろを向いて、膝《ひざ》の上で小切手を書いた。十万円と書いたのである。それをさりげなく三宝の上に残し、こんな喜捨に心も晴れ晴れとして、正木の家を辞した。

——あくる日、彼はゴルフ・クラブのマネージャーに京都への出張を命じ、京阪地方のゴルフ場視察の用事を与えた。かたがた匿名の手紙を託して、京都で投函《とうかん》させた。東京の消印を避けたのである。そして一方、菊乃にはその旨《むね》をしるした返事を送った。

駒沢《こまざわ》紡績の男子寮には、さすがに女子寮のような、手紙の検閲はなかった。もしそんなことをすれば「意識の高い」男子工員を、無用に刺戟《しげき》することになるからである。しかし里見が、弘子から大槻あての手紙を手に入れようとして、熱心に運動し、男子寮の年老いた郵便係りを籠絡《ろうらく》していた。

「肺病の初期って性慾《せいよく》が昂進《こうしん》するって、何かで読んだわ。きっと濃厚で可愛《かわい》い手紙よ。それだけはぜひ手に入れなくちゃ」

弘子が胸の病気になったということで、里見の弘子に対する夢はますます高まった。

「そんなに逢《あ》いたいなら、京都まで見舞に行けばいいじゃないの」

と菊乃が言うと、

「行かないほうがいい。見舞に行ったって、どうせ私の前じゃ体裁を作るし、合部屋の病室じゃ何も出来ないもの」

そして里見は、麹室《こうじむろ》のように微熱に蒸れた弘子の毛布のなかに手をつっこみ、熱を帯びた滑らかな腿《もも》に触れ、午睡のあと、盗汗《ねあせ》に濡《ぬ》れた背中へタオルをさし入れて拭《ふ》いてやるのでなければ、見舞に行かないほうがましだと言った。それよりも、大槻にあてた弘子の赤裸々な手紙のほうが、よほど彼女の素肌《すはだ》の匂《にお》いを伝えるにちがいない。

菊乃はこの種の恋愛には風馬牛だったが、里見のあけすけな恋の告白をきくと、やはり胸の中に熱い霞《かすみ》が棚引《たなび》くような心地はした。彼女が捨ててきた技巧的な恋の世界とちがって、里見の恋は無躾《ぶしつけ》なほど自然に感じられた。

苦労の甲斐《かい》があって、弘子から大槻あての最初の手紙が里見の手に入った。それは大胆に本名で書かれていた。里見はよろこんで、なかなか封を切るのが惜しくて、ほかの寮母の一人一人に自慢気に封筒を示したが、古手の寮母は、笑いながらもこころもち顔をそむけ、結核菌に対するこの女子寮伝来の恐怖が、どんなに根強いかを眉根《まゆね》にあらわした。とりわけ里見がその封筒に接吻《せっぷん》したときに、一人はとうとうこらえきれずに言った。

「うつったらどうするの？　本当に知らんよ」

「焼けばいいんでしょう。消毒になるんでしょう。私のことだったら心配要らない。胸の火が燃え立ってるから、黴菌《ばいきん》が胸まで来られやしないわ」

際限もなく好《い》い気になっている里見はそう言った。

里見が弘子の手紙に読み耽《ふけ》っている何分間か、舎監室は重苦しい、一寸《ちょっと》ゆるがせばすぐ火を発するような、危険な空気に充《み》ちていた。菊乃は窓に立って、晩春の湖を眺めていた。かつて自分がそこへ身を投げる美しい女主人公になろうとした夢は色褪《いろあ》せ、もう一生、悲劇は決して自分の身に起らぬことを信じるようになった。着物を新規に誂《あつら》えないから、季節感もなくなった。皮膚にこもるぬくもりだけが春を展《ひら》いた。……今なら、ここへ来て、ここで暮していることの居心地のよさを、菊乃ははっきりと説明することができる。芸者をやめてここへ来てから、彼女はもう決定的に、「若さ」に対する恐怖を忘れて暮すことができるのだ。

背後に菊乃は、里見のみち足りた吐息をきいた。里見ははだけた胸もとへ手をつっこみ、自分の浅黒い乳房を揉み立てながら、手紙を読んでいた。何度も同じ行を辿《たど》る目は放恣《ほうし》に潤《うる》み、読みながらたびたび呟《つぶや》いた。

「これだけは誰にも読ませてやらんわ。本当に可愛い。……本当に可愛い」

読みおわった里見は電熱器に火をつけた。それから束ねた便箋《びんせん》の端を焼き、可愛い、可愛い、と言いながら、狐《きつね》いろに焦《こ》げた紙を粉にして、みんなの見ている前で、あらかた口の中へ入れて喰《た》べてしまった。


――何はあれ、里見はやりすぎた。三日のちの午後、里見は大槻に呼び出された。そのことを彼女は菊乃にだけ告げた。

「不良みたいなやり方ね。場所はどこ?」

「船着《ふなつき》だって。私、男から呼び出されたのははじめてだから、行ってみてやるわ。面白《おもしろ》いから」

事は無定見な男子寮の郵便係りが、昨夜弘子の二度目の手紙を無事に大槻に渡し、それに前便のことが書いてあったので、大槻が郵便係りに喰ってかかり、郵便係りがまた、里見の名を口に出したことから起ったのだ。

そうして里見は船着へ出かけたが、菊乃は男子寮の郵便係りを探そうと躍起になった。六十五歳のこの男は、小使が本業で、骨惜しみをして身を隠すので、なかなかつかまらなかった。正門のほうまで行くと、丁度郵便の包みを抱えて帰ってくる彼に会った。

「大変なのよ。一寸船着まで来て頂戴《ちょうだい》」

と道々、里見と大槻のことを話しながら、菊乃は郵便包みを盗み見た。それはぞんざいに古いモスリンの風呂敷《ふろしき》に束ねられ、幾通かは今にも落ちそうにはみ出し、点々とモスリンの虫喰いの穴が散っていた。

「その中に大槻さん宛《あ》ての手紙があるんじゃない？」

「あんたも欲しいのかい？」

「そうじゃないわ。もしあれば、大槻さんの気分が少しは和《なご》むのじゃないかと思って」

冬のあいだはがらんとした湖畔の一劃《いっかく》が、今は草におおわれて、蒲公英《たんぽぽ》が咲いている。女工員たちが四つ葉のクローバアを探しに来るのもここである。二人はそこに腰を下ろして、手紙を粗選《あらよ》りした。大槻あての男文字の分厚い手紙があったので、菊乃は胸を撫《な》で下ろした。

「これをあんたから渡して上げなさい。喧嘩《けんか》を納めるにはこれしかないんだから」

二人は湖のほうに言い争う男女の声をきいた。そこでおそるおそる岸へ近づいた。里見の権高な声がきこえた。

「まだわからんの？　私が喰べたって言ってるじゃないか」

大きな船はそのまま接岸できる岸壁であるが、和船やボオトのために数段下りる石段の船着があり、湖の光りのゆらめきが散るその石段で、里見と大槻は言い争っていた。

「ばか言うな。手紙を喰べたなんて、そらぞらしいことをよくも言えるな。本当のことを言え。本当のことを！」

と大槻は里見の胸ぐらをつかまんばかりにして叫んだ。

「本当だわ。私が証人になってあげる。里見さんが喰べちゃったのよ」

と菊乃が岸壁から顔をさし出して言った。大槻が呆《あき》れた顔を上げた。

「はい。お手紙」

と老小使がその濃い眉を目がけて手紙を投げ下ろし、大槻は巧みに顔を除《よ》けて受けとめた。そのとき忽《たちま》ち、二時半の先番の退場を告げる太鼓が工場のほうから轟《とどろ》き渡ったので、いさかいはそのままになった。

のちのち、大槻は、ついに誰から来たともしれぬこの匿名の手紙が、自分の心境に重大な変化を及ぼし、以後の行動を決定する動機となったと述懐したが、彼が寮へ戻り、まだ眠っている深夜番の同僚のあいだに寝ころんで、粗末なカーテンを透かす光りをたよりに、読み耽《ふけ》ったその手紙には、異様に心をそそり立てる文句が並んでいた。第一に、手紙の主は、駒沢紡績の人権侵害の事実を並べ立て、犯された人権を回復するために、若い力の団結が即刻要求されていること、その指導者としては大槻のほかにはないこと、などを力説していた。この大へんな事情通の筆者は明らかに左翼陣営の人と思われ、マルクスの「資本論」からの引用がながながとつづいていたが、無色の立場の大槻の反感を買わぬように細かい配慮がめぐらされ、人権擁護の戦いのためには、何も階級闘争の旗印を掲げる必要がない、と注記していた。

大槻は「資本論」を一度も読んだことがなかったが、引用されているのはわかりやすい実例ばかりで、それが一々、駒沢紡績の細かい生活上の事実と符合しているのであった。

たとえば英国十九世紀の工場監督官の報告に、労働者の食事時間の両端から五分十分と盗掠《とうりゃく》することによって、週六時間ちかくの労働時間を増している工場のことが出て来たり、又、スコットランドの捺染《なっせん》工場に就業した児童を、法定通学時間を小間切れにして工場から学校へ学校から工場へと小突《こづ》き廻《まわ》すやり方など、大槻自身の、試験勉強もままならぬ駒沢高校時代を思い出させたし、なかんずく、次のような一節は、入場の太鼓がいつも心持早く、退場の太鼓がいつも心持遅い、駒沢紡績の実情とよく見合っていた。

「一人の少年が、この工場の笛吹き番となっていた。彼は規定の六時前に笛を吹くことがしばしばあった。この笛が終ると門を閉めてしまう。それ迄《まで》に門内に入ってしまわないと、罰金を課せられる。工場建物には時計がないので、時間の決定権は、ハルップの掌中にあるこの笛吹き番によって握られていたのである」

手紙は大槻に何の具体的な方策をも授けていなかった。ただ、どこかしらに何とも云《い》えず甘いそそのかしの調子があって、この不幸な若者の一本気な心に媚《こ》びるようなものを潜ませていた。とりわけ次のような一行は、彼の心の奥底に届いて、動悸《どうき》を早めた。

「自分の不幸は忘れてしまいなさい。大ぜいの人間の幸福が、若い君の双肩《そうけん》にかかっているのです」

彼はその手紙を二三の同志に示し、彼らはみんな昂奮《こうふん》した。その中の考え深い一人は、手紙の筆者はきっと有名な知識人で、その人たちの強力な支援がすでに外部に盛り上っているのだ、と言った。その名をあれこれと思いうかべたが、京都学派のどの学者ともわからなかった。

——匿名の手紙をうけとったあとの大槻の変化について、知らせてくれとたのまれていた菊乃は、たまたま大槻を誘い出して、芹川堤《せりがわ》を歩く折を得たが、その五月の夕《ゆう》陽《ひ》を浴びて芹川を見つめる青年の姿を、菊乃が書き送って来た文章から思い描いて、ゆくりなくも岡野はヘルダアリンの抒情詩《じょじょうし》の一節を思い出した。それは千八百年頃《ごろ》に書かれたきわめて美しい「ハイデルベルヒ」という抒情詩で、その第四聯《れん》は次のようである。

「青年の河は平野の懐《ふとこ》ろ深く進んで行った、
　悲しくもよろこばしく。
　恋に死ぬには美しすぎる気高《けだか》すぎる心臓が
　時代の潮《うしお》へ身を投げ入れる時のように。」

正にそのとき、今までの善良な恋する青年は、夕日にきらめく芹川の面《おもて》を見つめながら、「時代の潮へ身を投げ入れ」ようとしていたのである。

彦根の町の南を流れる芹川は、築城のために川筋をまっすぐに、あたかも運河のように規矩《きく》正しく直され、多数の百姓町人に、赤土を運ばせ踏み固めさせてできた美しい堤には、欅《けやき》並木がつづいている。殊《こと》に青葉時の西日に欅の枝々が、こまかく透かす夕影の美しさは、比べるものがない。

二人は堤に腰を下ろし、河原のそこかしこの水たまりが、彼方《かなた》の金いろの河流の予兆をなして、風がわたるが早いか、すぐさま鋭く耳を欹《そばだ》てるように、その光りをけば立たせるのを眺《なが》めていた。それほど風が、夕景に近づいて強まっていた。

菊乃は何を望んでいたろう。昔と同じように、時に応じて駒沢の盃《さかずき》に酒の酌《しゃく》をし、岡野の盃に酌をする。時には平和をねがい、又、波瀾《はらん》を期待する。文学趣味と理財の趣味の兼ね合いから、こんなロマンチックな隠棲《いんせい》をはじめたものの、ほかの寮母とちがって、この仕事に縋《すが》って喰《た》べているわけではない。すべてをうっすらと愛し、うっすらと憎んでいる。菊乃はもう、自分たちの虚飾の象徴であった絹の源へ還《かえ》るなどという夢を喪《うしな》っているのである。この地点から、以前の生活の虚偽を見返してやるなどという張りも失《な》くしている。しかし二度と昔の生活にも戻《もど》りたくない。

つまるところ、菊乃は自分相応の、他人の情熱と他人の野心の観察家になり、恋や策謀の懸け橋になる他《ほか》はない。芸者のころには、富も栄華もみんな他人《ひと》のもので、それを自分のもののように錯覚する稼業《かぎょう》の莫迦《ばか》らしさに目ざめたのだが、よく考えてみると、今もすべてが他人《ひと》のもので、恋も野心も他人《ひと》のものだという境涯《きょうがい》には変りはない。初夏の夕風は決して寒くはないけれども、菊乃は自分の掌《てのひら》の白々とした空虚に改めて気がついた。

むかしからそうだが、こんな時には、急に、少しも愛していないものへ、身体《からだ》ごと引きずられて行く危険がある。全然愛していないということが、情熱の純粋さの保証になる場合があるのだ。……菊乃はそれを、芸者だけの知っている幾つかの人間の真相の一つだと思っている。

それにしても、目前の若者はどうだろうか。わざわざ散歩に連れ出した言訳に、菊乃は弘子の容態をしつこく訊《き》き、今度一緒に見舞にゆく相談をもちかけてみたりしたが、彼は生返事をして、傲岸《ごうがん》に黙っていた。

その己惚《うぬぼ》れた誤解はありありとその頰《ほお》のなかに、安っぽい絵蠟燭《えろうそく》のように灯《とも》っている。彼は寮へかえってから同僚に言うだろう。

『今日は芸者あがりの原さんに誘い出されてさ、芹川堤で色気を出されて弱ったよ』

菊乃はその予《あらかじ》めの仕返しに、急に大槻をつまらない己惚れから目覚《おどろ》かしてやろうと思って、こう言った。

「大槻さん、あんた何か大事《おおごと》を企《たく》らんでいるんじゃない?」

「え?」

と大槻は持ち前の鋭い目で菊乃を思わず睨《にら》んだが、すぐその顔に漲《みなぎ》った力を緩めて、ふんと鼻先で笑って、西日のかがやく川面《かわづら》へ目を戻した。しかしその一瞬には若さと精気が煮凝《にこご》り、問うた菊乃のほうがいつまでも胸に立ち迷う動悸を感じた。

何でも衝撃を色めいたものに置き換える永年の習慣から、菊乃はそのとき、自分がはじめて大槻の男に搏《う》たれたのかと思ってみたが、つらつら眺める若い顔は、菊乃の好みからは遠かった。寝不足と疲労とが、この青年の鼻筋に脂《あぶら》を浮かせて、却《かえ》って精力的な外観を与え、折から沈みかけた日が対岸に移ったため、まともに夕陽を受けた大槻の頰に、菊乃がはじめて気のついた夥《おびただ》しい面皰《にきび》が、その鈴なりの凹凸《おうとつ》を橙《だいだい》いろを含んだ金いろに、燦爛《さんらん》と輝やかせているのを呆《あき》れて眺めた。

＊

昭和二十九年六月、桜紡績社長の村川はニューヨークにいた。プラザ・ホテルの一室で目ざめたとき、秘書が名刺を持って来た。見ると、駒沢善次郎と書いてある。

「へえ、駒沢がニューヨークにいるのかい。そりゃ知らなかった」

「お会いになりますか。下のロビーでお待ちですが」

「通しなさい。この部屋で朝飯でも一緒にしよう。もっとも向うは、味噌汁《みそしる》と焼海苔《やきのり》の朝飯が喰《く》いたいんだろうが、プラザ・ホテルじゃ、それも無理だ」

寝起きのいい村川は急に笑い出し、髭《ひげ》を剃《そ》りに風呂場へ入ってまだ笑っていた。村川はヨーロッパで駒沢らしい赤毛布《ゲット》の噂《うわさ》をきき、駒沢が日本を発《た》つときのばかばかしい歓送の模様、少女ブラス・バンドが羽田まで出張したことなど、いろいろと耳にはしていたが、かけちがって会わぬままにニューヨークへ来て、ここで昨夜、岡野からの国際電話を受けた。むかしの聖戦哲学研究所員の秋山という男が、幸い繊維同盟の役員をしていることがわかり、この男も密々に動きだしており、準備は万全だから、数日中に吉報を齎《もたら》すことができよう、という電話である。その電話を受けた翌朝に、こうして駒沢のほうから訪ねて来たのである。もちろん村川は、駒沢がニューヨークにいることを知っていた。

朝の鏡に、村川の若々しい立派な顔が映っている。彼は自分の顔が好きで、鏡を見ているときだけ世界と和解していた。早朝から電話に責め立てられる東京の生活とちがって、ここでは自分で買物にゆく暇さえある。『今日はどこへ行こう』と彼は少女のように、鏡に映る自分の顔と相談した。『女たちへの土産物を買いに、すぐ隣りのバーグドルフ・グッドマンへ行かねばならぬ。何なら少し足をのばして、サックスまで出かけてもいいのだ』……彼は髭剃りは諸事古風なのが好きで、ドイツ製の狸毛《りもう》の刷毛《はけ》で丹念に泡《あわ》を立て、このごろは珍らしいジレットの片刃でゆっくりと泡を掃いた。駒沢を一から十まで笑うことのできる立場が愉《たの》しく、彼にはいつでも傍《かたわ》らに、笑いの対象を置くことが衛生上必要だった。「日本的なもの」は、多かれ少なかれ、滑稽《こっけい》な愛すべき様子をしていた。村川は今日、ストーク・クラブで、USナイロンの社長と昼飯を喰うだろう。そして又、午後五時にホテルで髭を剃るだろう。六月の太陽が高層建築の谷間に深々とさし入るとき、それは建築群を彫りの深い背の高い抽斗《ひきだし》みたいに見せるのだ。やがて窓々の映す夕暮が、白い憂《うれ》わしい書類をそこから引き出すまで。……彼の髭は、そっと、おずおずと、嘲笑《ちょうしょう》に充《み》ちて伸びつづけるだろう。

「そうです。花の種子《たね》です」

と、村川がようよう居間へ出て行ったとき、駒沢は秘書相手に大声で話していた。「やあ、おはよう」と村川は駒沢の前をとおって、中央公園を見渡す窓際《まどぎわ》の椅子《いす》に掛けた。彼は決して「お待たせしました」とは言わない男だった。

「よくいらっしゃいました。ニューヨークでお目にかかるとは奇遇ですな。それで朝飯は？」

駒沢は手を振って、すましていると答えたので、村川は秘書に早口で夥しい品数の朝食の注文を出した。秘書は寝室の電話へ、ルーム・サーヴィスを呼びに行った。

「英語の電話はとてもあきまへん」

と駒沢は旅の労苦を額に湛《たた》え、見得も外聞もなくくたびれ果てたような口調で言った。

「お一人で御旅行じゃないんでしょう」

「いや、営業部長を連れとりますが、これが又通訳つきで、二人つんぼの旅行ですさかいに」

「そりゃお困りでしょう」と村川は晴れやかな無関心を示して言った。それから、同じ無関心のつづきで、こう訊いた。「……さっき伺えば、花の種子をどうとか」

「そや、そや、秘書の方に話しとりましてん。ヨーロッパの五月は百花撩乱《りょうらん》どすなあ。どこの公園も花が咲き競うて、その間を子供連れの夫婦が悠々《ゆうゆう》と散歩してる姿なんど、旅人の目には、何やらこう、涙のにじんで来るようなええ景色やおまへんか。わしはつくづく日本のことを考えて、日本もいずれはこうならなあかん、今はあくせく働いてばっかりいるけれど、いずれはこないな悠々たる生活を愉しむようにならなあかん、……こないに思いまして、すぐ思い出したのが娘たちのことですわ」

「お嬢さん方ですか」

「わしが娘言うたら、工場の工員のことですがな。こらもう、ほんまにわしを慕うてくれて、目に涙を溜《た》めて送ってくれよって、どうぞ社長、旅行中は仕事のこと気にせんと、存分に骨休めして来ておくれやす、それが私らみなの願いで、留守はきっと引受けたさかい、と、まあ、こういう送別の辞を代表が読んでくれましたんや。飛行機が飛立ってから、しばらくは、涙で下界もよう見えなんだほどですわ。

その娘たちに何ぞ贈物をと思うても、予算には限りがあるし、ふと思いついたのが花の種子です。営業部長も、社長はん、こらええ思いつきや、言うて褒《ほ》めてくれました。娘たちにヨーロッパ各国の美しい花の種子を蒔《ま》いてもろて、工場の庭じゅうに花を咲かせて、せめてヨーロッパの生活を偲《しの》んで貰《もら》お、思いましてな、行く先々から花の種子を仰山工場の女子寮へ送らせましたんや。今ごろはみんなさぞ喜んでいまっしゃろ。それが又、生産の励みにもなるこってすし」

「そりゃいいことをなさった」

と村川は欠伸《あくび》を嚙《か》み殺しながら合槌《あいづち》を打ったが、ふと一つのことを思い出して、感じる筈《はず》のない大人げない敵意を駒沢に感じた。

それは昨秋彦根の工場見学の際、十大紡のどこもまだ使っていないアメリカ製の混紡用のブレンディング・マシンが、十何台実際に目ざましく動いているのを見て感じた不快である。大会社は、こんなワン・マン経営の工場とちがって、抱えた老朽設備を俄《にわ》かに廃棄もできず、新式機械にすぐとびつくこともできなかった。

村川は戦後の日本を風靡《ふうび》したアメリカ的経営学の草分けで、ソースタイン・ヴェブレンの制度学派の経営理論もいちはやく取入れ、世間にさきがけてオペレーションズ・リサーチのスタッフを養成したりしていたが、桜紡績は理論は新らしくても機械は古く、駒沢紡績は、世にも古めかしい理論の下に、新らしい機械を動かしているのだった。

村川はルイ十四世式の肱掛《ひじかけ》椅子に窮屈そうに坐《すわ》っている駒沢の、落着きを欠いているために斜視の目立つ、血色もややすぐれない気の毒な顔をつくづく見た。それはどこにでも見られる緊張過多の日本人旅行者の典型で、昨秋近江《おうみ》八景を案内したときのような自然さが、まるきり今の駒沢には欠けていた。

「やっぱり、なんですな、たまには海外へ出んことにはあきまへんな。日本にいると、目がくるくるして落着かんのが、外《そと》から見ると、静かに、はっきり物事が読めて来ますな。日本の紡績界の過当競争なんか、外から見れば、和気あいあい、という気がして来ますわ」

「そりゃあなたの目が、それだけ鍛えられて素早くなったからですよ。物事が動的にしか見えないのは、こっちの目がのろくて、動揺しているからかもしれんのでね。べーブ・ルースはね、廻《まわ》っているレコードのレッテルの字が読めたそうですよ」

「はあ、ベーブ・ルースがなあ、レコードのレッテルをなあ」

と駒沢はしきりに感心していた。

そこへ給仕がワゴン一杯に、アルコール・ランプ附《つ》きの洋銀の蓋附食器《ふたつき》やら、銀のポットやらを積み上げた朝食を運んできたので、村川は無礼を詫《わ》びながら、糊《のり》のよく利《き》いた白いナプキンを盛大に膝《ひざ》にひろげた。

食事のあいだ駒沢は、外国で会った偉い人たちの名を次々とあげたが、それがみんな日本人なのに村川はおどろいた。ニューヨークを含めた各都市で、彼は大阪商工会議所会頭や、農林大臣や、日本銀行副総裁や、リヴァストーン・タイヤの会長や、用もないのに文部次官にまで、洩《も》れなく刺を通じていたのである。

「会うてみれば、誰《だれ》もみんな、話せばようわかってくれるお方ばっかりや。肩書で怖がることはあらしまへん」

というのが駒沢の共通した感想であった。

旅のあいだは気軽に人にも会う要人たちに、大いそぎで面識を得ることが、今度の駒沢の洋行の目的だったのかもしれぬと思うと、村川は可笑《おか》しかったが、それだけにこうして訪ねて来た駒沢は、何の用事も持たないように見えた。

外国の風土の違和感と戦いながら、たえず日本に残してきた「家族たち」のことを語る駒沢。その不変の情念、その疑いのなさは、もしこれがそこらの雑貨屋の親爺《おやじ》のことででもあったら、ただ笑ってすませられたろうが、生憎《あいにく》資本金五十万円の田舎会社を、たちまち十億円の会社に盛り立てた人間のことだけに、人をいらいらさせるものをあたりへ撒《ま》き散らす。企業の成功と結びついた愚かしい情念ほど、確信に充ちて、大手を振って歩くものはないことを、村川はよく知っていた。誰かその確信を打ち破ってやりたくならぬ者があろうか？

実際、駒沢の経営理念くらい、村川の目から見て、一から十までまちがっているものはないのである。時代錯誤と云《い》うも愚かで、ことごとく日本の近代化と民主化に逆行しながら、しかも一等困ったことには、誰よりも金が儲《もう》かるのだ。

日本という古井戸の底は涸《か》れ果て、低賃銀労働を汲《く》み出す井戸はみんな閉ざされた筈であるのに、まだその底から、何ものかの力につながることによって、こんな利潤を生み出せるのは無気味なことだ。駒沢のやることは福利施設的偽善にみちみちているのに、駒沢はそれをつゆ偽善と思わず、民衆的心情に寄食してそこから利潤を得ているのに、毫《ごう》も民衆を怖《おそ》れていない。もちろん村川も、侮蔑《ぶべつ》や偽善は少しもきらいではないが、そこには相手を向うにおいての、こちらの心の技術的な操作が介在している。ところが駒沢は、その顔の絹の肌《はだ》のように万事がつるりとして、民衆を軽んじながら民衆と一体化し、古井戸を掻《か》い出しながら地霊と親戚《しんせき》附合をし、自分の善意を一度も疑ったためしがなかった。

「ようまあ、朝からそないに、油こいもんを仰山上りますな」

駒沢はワゴン一杯の銀器を朝日に燦然《さんぜん》とかがやかせ、アルコール・ランプの火を見えがてにしている、村川のイギリス風の朝食を、三角の小さな目でまぶしげに眺めた。その怒《いか》った小鼻は、彼にとって信じることの圏外にある外国風の匂《にお》いに、疑ぐり深そうにぴくぴく動いた。

その駒沢の信じている世界が、根底から引っくりかえるのも目睫《もくしょう》に迫っている、と村川は焦《こ》がし方のまことに適度なベーコンに、フライド・エッグスの黄身をまぶして、口へ運びながら考えていた。しかし今村川には、自分が引っくりかえしたい、根こそぎにしたいと望んでいるものが、単に駒沢の事業であるのか、それとも駒沢の確信とその根拠であるのか、どちらだかわからなくなった。

笑うことだけが、晴れやかに笑うことだけが、村川に残っている。彼はいつのまにか、さっき風呂場でこみあげてきた晴朗な笑いを、現物の駒沢を前にして、すっかり忘れていたのに気がついた。

「あなたは嫌《きら》いでも、あなたの『娘さん』たちは新時代だから、こういう油っこい朝飯のほうが向くんじゃないかな」

この皮肉は、しかし一向に通じなかった。

「そないなことはあらしまへん。うちの娘たちは親爺ゆずりで、沢庵《たくあん》と味噌汁ファンですわ、永久に」

「それで思い出したが」と村川は、又笑いを逸して、言った。「私の甥《おい》で三友銀行の支店長をしているのがおりましてね、市中に家が見つからなくて、ブロンクスに住んでいるんだが、この細君が日本料理が得意でね、特に材料を吟味して揃《そろ》えてきて、日本で喰《た》べるのと同じだと称する握《にぎ》り寿司《ずし》を、お客に喰わせるのが生甲斐《いきがい》なんですよ。明後日《あさって》の晩、私も行ってやらなくちゃならんのだが、どうです御一緒に。営業部長も御一緒に。相客は、日本新聞の特派員の三浦君だけで、全然気のおけない連中ばかりだから、ひとつ御気軽に」

「そらおおきに」

と駒沢は相好《そうごう》を崩した。

「明後日の晩六時にホテルへお迎えに上りましょう。いや、いいんですよ、旅先で遠慮は禁物」

と村川は言って、秘書にその旨《むね》の連絡を言いつけた。

――村川は甥の家の夕食を、その後何度もふしぎな感銘を以《もっ》て思い返した。それは実に何事もなくはじまり、三浦の来るのが遅かったので、さきに夕食をはじめようと村川が言った。甥の二人の子供は客のあいだを騒ぎまわり、このニューヨーク郊外の仮住いのごたごたした家庭的雰囲気《ふんいき》を、旅人のノスタルジヤに訴える何よりのもてなしと考えている家風が、気取り屋の村川の癇《かん》に障った。ただ駒沢を見ていて面白《おもしろ》かったのは、あれほどの家族主義にもかかわらず、彼が子供が好きでないらしいことだった。御愛想《おあいそ》は言ったが、子供の扱いも不器用で、度のすぎた悪戯《いたずら》をしかけると、うるさそうに横を向いた。

ここの子供の躾《しつけ》のよくないことも、村川には快くなかった。母親は寿司作りに熱中し、父親はそこらにあるものを蹴飛《けと》ばしながら、台所と客間を往復して、酒の給仕役に忙しかった。子供の一人がファイア・プレイスの灰の中へもぐり込み灰だらけになって現われたとき、もちろん父親は大声で叱《しか》ったが、村川はこれから喰べる寿司に灰の味がまじって来るように思って渋面を浮べた。

駒沢は何度も誇張を重ねた愛想を言った。

「旅に出てから、こないに打ちくつろいだ晩ははじめてですわ。ほんまに、これほど心のこもった御接待はあらしまへんな。わしのようなもんに、家族的なお附合をしておくれやす村川はんの御親切は、一生忘れようとしても忘れられるもんやないな、なあ、部長」と駒沢は、常套句《じょうとうく》で結ぶことを忘れなかった。「旅は道連れ、世は情とはこのことや」

寿司が出た。駒沢は喚声をあげた。それが又、この家の夫婦がその喚声だけを目当てに寿司を作った気持に、あんまりぴったり符合していたので、村川は一見いかにも素朴《そぼく》な駒沢の言動のすべてを疑う気持になった。近づけば近づくほど、駒沢はわけのわからない男になった。

子供はすでに寝室へ追いやられていたので、大人たちはゆっくりと食事ができた。村川も腹が空いていたので素人《しろうと》の手づくりの、握りのゆるい寿司を仕方なしに喰べたが、駒沢はよろこんで次々と平らげ、

「お代りをどうぞ」

という声にすぐ皿《さら》をさし出した。

そのとき日本新聞の三浦が来たのである。彼は大柄《おおがら》な快活な、ものにこだわらない男だったが、入って来方がちょっと変だった。寿司を二三つまんでから、さりげなく村

川をわきへ呼んだ。

「実は今、東京の本社からニュースが入ったんだけど、駒沢紡績の彦根工場がストに突入したらしい。どうしますかね。駒沢さんに知らせるのも、折角の席が白けちゃわるいし」

「まさか、君、駒沢さんはもう知ってるだろう。社長の耳にまっ先に入っていなけりゃ、おかしいよ」

そう答えながら、村川は自ら愕《おどろ》いていた。もし駒沢がそれと知っていて今夜の席へ出たのだとすれば、その沈着平静ぶりは只事《ただごと》ではないのである。村川はちらりと横目で駒沢を窺《うかが》った。彼は手づかみで、無邪気に鮪《まぐろ》の寿司を頬張《ほおば》っていた。

「まあ、それも考えられますがね」と三浦は言った。「現場も混乱していて、外国にいる社長にすぐ連絡をとれない状況らしいし、よし又とれても、永年の習慣で、工合のわるいことは社長の耳に入れずに処理してしまおうと思っているうちに、新聞社へ先に洩《も》れたということもありえますしね。何しろ事件は今朝早く起ったばかりで

……」

「ひろがりそうなの？」

「大分ゴツイ動きらしい。社長の留守を狙《ねら》ったんですな」

「君の言うほうが事実に近そうだ。彼はまだ知らないんだろう」と村川は多少安心して言った。駒沢をそれほどの怪物と考えるのはいやだった。「よし、私に委《まか》せてくれたまえ」

村川は大そう幸福だったが、その幸福感を隠すのに別に骨は折らなかった。それは十分に確かめられ訓練された結果のおどろきで、永い患《わずら》いのあとに死んだ友人の、友人総代の顔ができればよかった。彼はふと目を下し、洋服の襟《えり》に、さっきファイア・プレイスから出て来た子供がはね飛ばした灰の薄い飛沫《ひまつ》を見つけて、爪《つめ》で弾《はじ》いた。そしてますます今喰べた寿司に、灰の味わいが加わって来るような気がした。

甥夫婦のもてなしは、こんな風に、決して村川を満足させなかったので、彼はいっそいつもの流儀で闊達《かったつ》明快を心がけた。今夜の席が白ければ白けるで、それもよかろう。

「駒沢さん」と彼は寿司を喰べている男に呼びかけた。「今、三浦君から一寸《ちょっと》面白くないニュースをきいたんだが、やっぱり一刻も早くおしらせしたほうがいいと思うんで。ねえ三浦君、君から知らせてあげたら？」

甥夫婦は卓のむこうから呆然《ぼうぜん》とこちらを見ていた。三浦がそばに坐って、二言三言話し出すと、まず営業部長の顔色が変った。

「そりゃいかん、社長、早速飛行機の手配をしましょう」

このときの駒沢の反応ほど、村川に意外の感を抱かせたものはなかった。村川は三浦とひそひそ話をした一隅《いちぐう》の、ピアノにまだ肱《ひじ》を支えたまま、この瞬間の駒沢の表情を見つめていた。それは彼がたまたま見つけた最上の見物席で、そこに立って、かねて、ああもあろうか、こうもあろうかと想像したこの瞬間を、この目でじっくりと確かめることができるのであった。しかし美しかるべき絶妙の瞬間を駒沢は裏切った。

寿司をつまむ手こそ休めたが、出された手拭《てふ》きでその指の股《また》までも丹念に拭《ぬぐ》いながら、やがて、

「そら、何かのまちがえやろう」

と彼は言った。

「まちがいって、わが社はいいかげんなニュースなんか流しませんよ」

と三浦が自尊心を傷つけられて言った。

「いや、ニュースがまちがえや言うてるのやおまへん。何や若いもんが、誰《だれ》かにそそのかされて、何かのまちがえでやりだしたことや言うとるんです。うちに限って、そないなあほなことはあらしまへん。一時の酔いみたようなものでっしゃろ。すぐ目が覚めますわ。目が覚めたら、わしに泣きついて来よるやろ。そのときよう言い聞かせ

てやればそれですむ。わが子同然の連中やさかい、話してわからんことは何もないのや。……ま、大事ない。すぐ納まりまっしゃろ」

このあまりの確信に、きいている村川までたじろいで、海を隔てたニュースの不確かさが不安になった。ひょっとすると、折角のストライキも、たった一日で余燼《よじん》を納めているのかもしれなかった。

「私がお知らせした責任上、申上げておきますが、本社はこの火はひろがると見ているんです。余計な差出口ですが、この際早急にお帰りになったほうがいいと思いますよ」

と三浦が言った。営業部長が飛行機会社へ電話をかけに立とうとするのを、駒沢は押しとどめて、こう言った。

「あわてることはない。わしが納まるいうたら、きっと納まるんや。一日二日急《せ》いてもしようがない。殊《こと》に明日はワシントンへ行く予定やさかいに」

「ワシントンへ？」

と村川はおどろいて思わず尋ねた。

「はあ、ワシントンへ、フリーア美術館へ北斎を見に行きますんや。前から見たい見たい思うてたものやし、この際、何よりも大切なは風流の心やおまへんか。風景の心をえいと握っとる絵を見て、人の心をえいと握る自信をつけますんや」
と駒沢は言った。

第六章　駒沢善次郎の胸像

大槻《おおつき》たちは秘密の会合の場所に、木村重成《きむらしげなり》の首塚《くびづか》があるので名高い、上魚屋町の仏光寺を使っていた。繁華街にちかい寺であるのに、このあたりは昼から人通りが少なく、集まるのにも人目につかず、和尚《おしょう》も察していながらそしらぬ顔をしてくれていた。その秘密の会合の時刻は、前夜の作業中、背中を軽く叩《たた》く数で知らせ合った。それは深夜業の眠い辛《つら》い作業を、一ぺんにいきいきとしたものに変えた。彼らは工場の燈火《とうか》の無慈悲な明るさを愛するようになった。こうして生活は、新組合の結成のための冒険のくさぐさで充《み》たされた。

意味ありげな目くばせや合言葉が、どんなに彼らに活力を注《そそ》ぎ込んだことだろう。二十《はたち》そこそこの青年たちは、あんまり暗喩《あんゆ》を愛しすぎて、映画を見に行く約束にまで暗号を発明し、無用の煩雑《はんざつ》さをつくり出し、それが却《かえ》って会社側の目をくらませた。会社側はこの連中が、どこまで子供っぽい無邪気な遊びに熱中しているのか、見分けがつかなかった。組合員をふやすのには、大槻は慎重すぎるほど慎重だったが、一度加盟した青年は、この秘密のたのしさに我を忘れた。

かなり長期にわたったこの計画が、どたん場まで露《あら》われなかったのには、いろんな理由が考えられる。会社側のスパイは、いかにもスパイ然とした愚かな姿をしていて、永いあいだスパイ政策に馴《な》らされてきた青年たちに、すぐ裏をかかれた。大槻は無害な会合にわざわざ新生の袋を参加証として使い、光の空箱をまちがえて持って来たスパイを入れて、みんなでパリ宛《あて》に社長への感謝をつらねた航空便を出す相談をしたりした。こんなことを公然とやると、おもねるようで却っていやだから、秘密の相談でまごころを披瀝《ひれき》したほうがいい、と大槻はすまして言った。そこで却ってスパイが口を滑らせ、社長の旅程に関する情報が入った。大槻はすべての計画を早めなければならぬのを覚《さと》った。

彼はこんな忙しさのために、弘子《ひろこ》の見舞にも行けずにいた。しかし入院のときに彼女に誓った言葉は、たえず心に生きていた。弘子が全快して帰ってくる工場は、自分の手で新しい明るい工場に変っていなければならぬ。

幸い弘子の容態はよく、新薬のヒドラジッドは卓効を示していた。弘子の手紙は週毎《ごと》に無事に届いた。

大槻はもはや自分の悲境に煩《わずら》わされぬようになった。幸福の観念がたえずその若い心に湧《わ》いた。同志は彼を信頼しており、彼も亦《また》、自分のなかの未知の透明な力を信じた。

何一つしかとこの手に握らず、まだ何一つ成就《じょうじゅ》していないのに、大槻は年のはじめに自分を襲った悲運が、もはやあらかた償われているのを感じた。彼はもう駒沢《こまざわ》に対する怨恨《えんこん》を怖《おそ》れなかった。怨恨はすでに彼の自由を失わせ両手を痺《しび》れさせる厄介《やっかい》な感情ではなくなっていた。駒沢が外国にいるせいもあって、彼は何の感情も含まずに高所から眺《なが》めることができる自分を信じた。

実際、冒険と愛とがあったら、他《ほか》に何が要ろう。大槻はひとたび物の見方を変えると、世界が一変して見えることにおどろいていた。自分たちを威圧するように思われた紡績機械は、電源を握る同志を得た上は、いつでも従順に動きを止めるだろう家畜の群にすぎなかった。すると辛い労働は、俄《にわ》かに、従順な機械との馴れ合いの遊戯のようにも思い做《な》された。

彼は若さに加えて、人の悪さをわがものにしたことを、一つの成長だと考えざるをえなかった。純粋さの固執は、生きるために苦労したことのない青年たちに委せておけばよいのだ。組合運動を、会社の不純な意図をくつがえす純粋さの一揆《いっき》だとは、彼はさらさら考えなくなっていた。彼は自分の育ちの悪さから来るものと卑下していた多くの欠点を、有効な水路へみちびく方法を発見した。もし自分に卑屈さがあったら、それをみんなのために、有効に活用すればそれでよかろう！

こんな心の動きは、多分大槻の男性的な資質を語るもので、彼は決して自分の得た「人の悪さ」を、会社の偽善的なやり方の「人の悪さ」に影響されたものだと思わなかった。自分の中に発見するいやなものを、人のせいにするなどとは以《もっ》ての外だ。

或《あ》る日、大槻は湖畔に立って、湖の対岸の山々を眺めた。岳山は蛇谷《じゃや》ヶ岳《たけ》と重なり、蛇谷ヶ岳は北のかた武奈ヶ岳に連なって、けだかい比良の峯々《みねみね》の霞《かすみ》立つ山尾へつづいていた。山々の高低と濃淡が、見つめるほどに、彼の心の高低と濃淡をはっきりと示し、それが直《じか》に青空に接していることが、自分に対するのびやかな寛容を教えた。

湖上を渡ってきて、彼のはだけたシャツの胸にまともに吹きつける五月の風、これを弘子の蝕《むしば》まれた胸へ贈ろう。この紫の幔幕《まんまく》のような祝典的な風は、たちどころに彼女の胸を癒《い》やすだろう。スパイを前にして彼の考えた、社長への感謝と激励の文面を思い出そう。あの言葉の一つ一つにこもる偽善は、この五月の風のように明快ですばらしく、もしそれを書き送れば、社長は涙を流して読むだろう。大槻は自分の一挙手一投足が、かつては解きがたくもつれて腐りかけていた事物の、すべてを癒やすように感じた。自分の手はあの山々の麓《ふもと》の若葉の、風にまつわる青くさい匂《にお》いをも癒やすすだろう。彼は深夜業の苦痛を癒《なお》すと共に、頭上にひろがるこの救いがたい青空をも癒《なお》すだろう。

船着の外れにひろがる葭《よし》のあいだで、葭切《よしきり》が小まめに囀《さえず》っている。『あのとき俺《おれ》は何て人がよかったんだ』と過去の自分を思い出して、大槻は微笑した。『八景亭《はっけいてい》の社長の前で、親爺《おやじ》に打明けるような気持で、会社の非を拾いあげた無邪気な俺。その結果の懲罰は、むしろ俺にとっていい教育だったんだ』

秘密は彼を鍛え、前よりも心の透明さを増したようだった。ふと足もとを見て、数日前あらたに結《ゆ》われた垣《かき》に、半ば足を踏み込んでいたのに気づいた。

それは最近ヨーロッパの社長から、航空便で女子寮へ送ってきた花の種子《たね》で、その袋に刷られたフランス語の読めない寮母たちは寄り寄り相談し、一年草も二年草もわからず、正しい播種《はしゅ》期もわきまえぬまま、女子工員を総動員して、この湖畔の空地いっぱいに、その種子を蒔《ま》かせたのであった。

寮母たちはむやみと急いで、女子工員を督励して、除草させ、耕させ、種子を蒔かせ、垣を結わせた。

「社長がおかえりになる前に、花が咲いて、ここがいちめんの花園になっていたらねえ！　どんなに社長はお喜びだろう。まあ、それはもちろんむりとしても、せめてきれいに揃《そろ》って芽吹いているようにしなくては」

と里見が大声で、種蒔きにうつむいていた顔の卑俗な赤らみをさらして、言っていた。

しかし永年踏み固めたこの草地を、大いそぎで除草して作った花壇に、雑草以外のものは生い立ちそうもない。

大槻は靴先《くつさき》を垣の内へ踏み入れたまま、柔らかい土にぞんざいに埋めた種子が、きのうの雨にところどころ露われているのを、軽く蹴散《けち》らした。しかしそうして、あちこちと踏みしだいて、寮母たちの顰蹙《ひんしゅく》を買うまでもなかった。彼はそのいやらしい花々が、決して咲かないだろうことを知っていた。

*

六月六日の夜、大槻は午後七時五十分の深夜番の出舎に加わらずに、工場を脱《ぬ》け出して、仏光寺に泊っている秋山のところへ連絡に行った。その前にすでに工場各棟《かくとう》への主要人物の配置と、深夜の蜂起《ほうき》の打合せを固めていた。

事務系統に同志ができていたので、外出証は難なくとれた。むしあつい星月夜を、門衛から見えぬところまで来ると、バスを待つ暇が惜しくて、白いワイシャツ姿の大槻は、北野神社の角から城の外濠《そとぼり》ぞいに一散に駈《か》けた。やっと歩を緩めたのは、下片原町を走りすぎ、濠のむこうに駒沢高校の屋根が迫《せ》り出してきた時である。あの屋根こそは、彼の哀れな向学心を日々あからさまに利用した偽善の隠れ家《が》、屈辱にみちた教養の厩舎《きゅうしゃ》だった。尤《もっと》もたのしい日々もあった。一人反骨のある戸川先生という教諭がいて、特に大槻に目をかけてくれたが、御用教育を施さなかったこの人はやがて学校を追われた。しかしなぜ先生が追われたかという理由をも、さだかに知らないほど大槻は幼なかった。

彼はその屋根のはるか上方、杉《すぎ》、椎《しい》、松などの鬱蒼《うっそう》とした茂みの頂きに、星あかりの下の小さな天守閣の白を仰ぎ見た。それは夜の闇《やみ》に犯されない最後のもの、夜の濃密な潮《うしお》から身をもたげた高波《たかなみ》の白い波頭であった。この晩、天守閣を仰ぎ見たときのことを、生きているあいだ決して忘れぬだろう、と大槻は思った。又勢いよく駈け出して、京橋の袂《たもと》を右折する。仏光寺はすぐそこである。

寺には秋山が繊維同盟の二人の同志と共に大槻を待っていた。暗い電燈の下で、国産の安ウイスキーを茶碗《ちゃわん》で呑《の》んでいて、大槻にすぐその一杯をすすめて言った。

「前祝いだ。一杯呑んで元気をつけて行きたまえ」

大槻は呑めないと言って断わったが、彼らが酒を呑んでいたことに小さな拘泥《こだわり》を持ち、そしてそんなことにこだわる自分をすぐに恥じた。このところ、知り合ったばかりの秋山は彼の太陽だったのだ。

秋山は肥《ふと》って、ひしゃげた顔をして、全身に鬱屈したものが凝《しこ》っているような、ひどい近眼の、四十五歳の男である。声だけが光って細い。この男が過去にどんな変転を隠し、どんな絶望を檳榔子《びんろうじ》のように甘く渋く奥歯で噛《か》みつづけてきたか、大槻には知る由《よし》もない。ただ繊維同盟のそんなにえらい役員が、わざわざ彦根《ひこね》へ来て、彼に声をかけてくれたことに感動していた。

秋山は来るとすぐさま、寺に相当のお布施を出し、貧しい若者たちの秘密の会合の費用をも払ってくれた。会ったとたんに大槻が思ったことは、秋山がとっつきにくい外観にもかかわらず、しんからの「青年好き」らしいことだった。彼は多分、つぎつぎと若者たちの無鉄砲な情熱に点火することで、自分の暗い性格を救ってきたのだ。言葉の合間々々に、歯の洞《うろ》に空気を通して、蛇《へび》の威嚇《いかく》のような音を立てるのは、秋山の癖だった。

「準備は？　しーっ。できたかね。しーっ」

と彼はいきなり問うた。

「はい。いよいよ午前二時に決行します」

と大槻は答えた。

秋山はこまごまと注意を与え、戦術をさずけ、青年をはげましたが、微妙な注意を払って、左翼用語を使わぬようにした。たとえば大槻の素朴《そぼく》な自尊心を尊重して、彼をオルグと呼ぶ代りに、指導者と呼んだ。都会の労働者なら、オルグという名を喜ぶだろうが、大槻はそれを、自然発生的な独立心の侮辱と感じるかもしれないのである。彼をオルグと呼ばぬことによって、却って彼の同盟への忠実さを手に入れることができるのだ。

秋山は十万円ほどの当座の資金と、同盟の名を白く染め抜いた赤旗と、たくさんの赤い鉢巻《はちまき》と腕章を与えたが、大槻はこの旗をひろげてみて、新任の聯隊《れんたい》旗手のように、多分その旗の赤の反映のせいであろうが、頰《ほお》を紅潮させ、目をかがやかせた。こんな青年のはりつめた目の輝やきが、秋山の昔からの冷たい苛々《いらいら》した酩酊《めいてい》を、たえず自分の鬱屈の冷たい泥《どろ》の中へ手をつっこんで搔《か》きまわすような陰気な酔いを、何ほどか慰めた。

もし大槻に、人の過去の投影のほのかなものを捕える眼力があったなら、纖維同盟の有力な役員である秋山の、その「青年好き」の情緒が右翼的な影をとどめているのを見抜いたろう。秋山はかつて聖戦哲学研究所のもっとも過激な所員で、青年達を死に追いやることに、しかも一つの狂的な哲学の魅力によって彼らを死に追いやること に、人知れぬ喜びを感じていた。彼は取り巻きの青年の一人一人に赤紙が来て、やがてのちに彼らの戦死の報が届くと、人前も憚《はばか》らず大声で哭《な》き、一人一人に百首ずつの悼歌《とうか》を作り、しかもそれを一夜で作った。歌は万葉調の、ほとんど没個性の作品ばかりだったが、彼の語彙《ごい》の豊かさはおどろくべきものがあった。

それについて、当時岡野《おかの》が正木にこう言ったことがある。

「秋山君は左翼運動をやっていたころ、自分が小林多喜二《たきじ》みたいに死ねなかったことで、ひどく心に傷を受けたらしいんだよ。あいつはするりと転向してのけたからね。その傷あとがいつまでも残って、取巻きの青年たちに自分を同一化して、彼らが片っぱしから戦死してゆくのを、むしろ快としているのじゃないのかね」

それはともかく、秋山は今以て実に青年好きで、面倒をよく見てやるところから、青年たちの敬愛を鍾《あつ》めていた。ただ一つ残念なことは、今の青年たちは戦死しなかった。それでは本当は面倒の見甲斐《みがい》がないというものだが。

大きな風呂敷《ふろしき》包を抱えて、大槻が辞そうとすると、

「そこまで送ろう」

と秋山は立って来て、下駄《げた》をつっかけて、寺の門のところまで送って来た。

彦根の町は、盛り場を除いて、燈火も暗く、軒は低く、人通りは乏しい。秋山は甃《いしだたみ》に下駄を響かせて無言で歩き、口の中でしーっ、しーっという音をさせた。大槻は送られてゆく身の、出発の戦慄《せんりつ》を全身に感じ、自分の出てゆく空が昧爽《まいそう》に彩《いろど》られていないのを残念に思った。

「とにかく夜明けまでに組合を結成したまえ。電光石火にやるんだ。一旦《いったん》組合を結成したら、われわれがすぐに応援に駈けつける。ピケの張り方一つでも、そこは経験が物を言うからね」

「はい」

大槻は人目に立たぬようにそこで別れようと、寺門の内側で立止った。

「もう二三時間もすれば、大阪の組合からの応援が車で来る。俺がこの連中を指揮して巧《うま》くやるから、しーっ、大船に乗ったつもりでね」

「はい。いろいろありがとうございます」

秋山はこの青年の夜目にもしるく輝く目、全身の緊張を、ふたたびわがものにしたいと思った。彼の青春はずっとむかしに冷えた粕汁《かすじる》のように澱《よど》み、目の前の青年の白いワイシャツの胸にうごく松の枝影のようなものは、二度とわが身に還《かえ》っては来なかった。

大槻はこの瞬間の自分の充実が、人生で何度でも飽かず思い出される、澄み切った独楽《こま》の充実だとはっきり感じた。今の自分には卑《いや》しさも怨恨もなく、一つの感情の正義だけがあった。そしてそれを秋山が知ってくれているということが、彼の矜《ほこ》りを充《み》たした。

「じゃ、頑張《がんば》って来ます」

と大槻は言って、背《そびら》を反《かえ》そうとした。そのとき秋山は一寸《ちょっと》不似合な動作をした。その肩を力強く叩《たた》こうとしたのである。しかし瞬時にして秋山は、自分の胆汁質《たんじゅうしつ》に似合わぬこんな誇張した仕草を諦《あき》らめ、すでに背を向けた大槻がこの動作の起り端《ばな》に気づかなかったのを喜んで、羽搏《はばた》きかけた手を不器用に引っ込めた。羽搏くこと、それは彼の領域の埒外《らちがい》にあった。彼は百首の悼歌のおのおのにちりばめた古代の枕詞《まくらことば》を思い出した。玉鉾《たまほこ》の。あしひきの。勇魚《いさな》取《と》り。青旗の。……彼はしーっと歯の洞《うろ》に音を立てた。酒のために多少の熱を持った口腔《こうこう》に、彼は自分の癒やしがたい理想主義の、この「しーっ」という擦過音の在りどころを、いつものように厚い鈍感な舌で探った。

*

十時すぎに工場へかえった大槻は、旗などの入った風呂敷包みと十万の金を、電源をあずかる同志のもとへすぐに預けた。これが適切な処置であったことは、間もなくわかった。

彼はそれから寮へ戻《もど》り、病臥《びょうが》を装って、蒲団《ふとん》にもぐり込んだ。舎監がたちまち来て、その蒲団を剝《は》いで、声を荒らげて言った。

「今ごろどこへ行ってた」

「急に腹が痛くなって、医者へ行ってたんです。工場のお医者さんが休暇をとってることは御承知の筈《はず》です」

「ばか。工場長が呼んでいるぞ。言訳があったら、そこへ行って言え」

舎監に連れられて工場長のところへ行くと、いきなり又同じことを訊《き》かれた。

「今ごろどこへ行ってた」

大槻は外出証をさし出して、自分の冷静さを喜びながら、答えた。

「医者です。急にひどく腹が痛くなったので、外出証をもらいました」

「どこの医者だ。大山内科か？」

「そうです」

「今どき御立派な医者もいたもんだなあ。こんな時刻に、見も知らない患者を上げてくれたのか。まだ痛いかね」

「はあ」

「そりゃ気の毒だ。じゃ俺が診《み》てやろう。服を脱ぎたまえ」

大槻は一歩退いた。この応接間へ入ったときから、工場長を央《なか》にして、居並ぶ部長たちや旧組合長の顔つきに、彼は只《ただ》ならぬものを感じていたのだ。何かが、すでに気《け》取《ど》られていた。

工場長は乙に構えて、なぶるような口調で、微笑さえ浮べているのに、額には汗がにじみ、顳顬《こめかみ》には青筋が立っている。あかあかと点《とも》した灯《ひ》が、人々の目の下に、黒い雨垂れの跡のような影を宿している。大槻はちらと目をあげて、部屋の一隅《いちぐう》の硝子《ガラス》箱に納まっている駒沢社長のブロンズの胸像を見た。

「さあ、工場長があゝ言われるんだから、素直に服を脱ぎたまえ。身体検査ぐらいは覚悟しているだろう」

と旧組合長が言った。大槻は舎監の姿を探したが、すでにいなかった。のろのろと服を脱いだ。脱ぎながら、どこかに重要な書類を入れていなかったかどうかを、頭だけを栗鼠《りす》のように俊敏に働らかせて考えていた。

どんなに完全な自意識でも、それを自分のポケットの中のごみにまで及ぼすのは至難なことだ。一枚の簡明な地図のように、自分の現在の所持品の一覧表を、いつでも頭に浮べるという訓練を、ときどき大槻は自分に課していたが、今日一日はあまりの忙しさにそれを怠っていた。尻《しり》のパス入れの中の細目を思い浮べようとしても、そのパス入れの擬革の角《かど》の擦れ具合ばかりが思い起され、手帖《てちょう》のメモのあるなしを考えようとしても、鏡のないところで不安のあまり触ってみる面皰《にきび》の数ばかりが思い出された。……

『あ、あれが入っている！』と大槻が心に叫んだとき、すでに脱がれたズボンから、パス入れは旧組合長の手に抜き取られていた。青年は急に自分の裸の腹の冷えを感じた。

それはパス入れの中の弘子の手紙であった。渡された工場長は、さすがに声に出しては読まなかったが、ひどく冒瀆《ぼうとく》的な目で弘子の幼ない文字を辿《たど》っていた。大槻は屈辱のために体が慄《ふる》え、脚がわなないた。彼が諳《そら》んじている手紙の文句が痛切に心をよぎった。

『このごろは雨が多いけれど、雨の日は殊《こと》に、朝から晩まで、ずっとあなたのことを想《おも》いつづけているので、疲れてしまいます。たのしいけれど悲しくて、疲れてしまうのです。恋愛する体力さえまだなくて、心が燃えるとそれが病気の熱になってしまうのでは、本当に困りますね。でも、もし、あなたのことを全然想わないようにしようと努力したら、結局その努力のためにひどく病気が悪くなるでしょうから、やはり想っているほうが、体にいいのだわ。雨がつづくと、てるてる坊主《ぼうず》を作ります。あなたに似た顔を描《か》こうと思ったのだけれど、下手だから、へんな顔のてるてる坊主になってしまいました。……』

こういう文面の手紙を、工場長がだまって旧組合長に渡す。旧組合長がだまって読んで、部長の一人に渡す。部長が読んで、又ほかの部長に渡す。……誰《だれ》も冗談を言う余裕もなく、口もとを綻《ほころ》ばす人もいない。大槻は、それをひどく滑稽《こっけい》で陰惨な儀式を眺めるように眺めた。

「返して下さい。私信ですから」

と大槻は、縫目まで調べられて返されたズボンを身に着けてから言った。即座の返事はなかった。とたんに大槻は、一つのことに思いついて、吹き出しそうになった。居並ぶお歴々は、少女の手紙に暗号文の疑いをかけ、しかもこんな疑いを大槻に笑われることを警戒して、何も言い出せずにいたにちがいないのである。

やっと手紙が戻されたとき、舎監が部屋にかえってきた。

「どこにもありません。どこかへ隠したにちがいない。帰ったとき、たしかにこいつが大きな風呂敷包を抱えていたと、門衛から報告があったのです」

「そのことについちゃ、ゆっくり訊いて行こう。椅子《いす》に掛けたまえ」

と工場長が言った。大槻は人の輪の中央の、すすめられた椅子に腰を下ろした。

二時までにはまだ三時間の余もあった。大槻はちらと目を閉じた。瞼《まぶた》の裏に白光が逆巻いていた。

「大山内科へ電話をしてみましたが、そんな患者は来なかったと言っています」

と舎監が重ねて言った。

——それからの三時間、大槻は五人の男からかわるがわる激しい詰問を受けた。そのほとんどは意味のない言葉になって頭上を通りすぎ、心はたえず午前二時の蜂起の時へ向けられていた。

そして見ていたのは人々の顔ではなく、丁度目の正面にある社長のブロンズの胸像である。社長の大きな顔写真には、工場でしじゅうお目にかかっていたが、この応接間へはじめて入った大槻には、この胸像はもちろん初見である。

それは名高い彫刻家の作品で、駒沢の仕立のわるい背広の胸の、縦の数本の皺《しわ》すら忠実に写されている。半ば禿《は》げた頭、三角の小さな目、小鼻の怒った鼻、への字に結んだ唇《くちびる》までが、人目をくらます理想化と、意地のわるい写実との、精妙な兼ね合いで彫られているが、その絹の肌《はだ》だけはブロンズの材質に裏切られている。本来そのままに置くべき胸像を、ガラスの箱に入れたのは、駒沢の配慮であるが、そのために室内の灯がガラスの表に映って、おぼろに宿る建具や家具のなかに、胸像が却って幻のように浮んでいる。

大槻は苦しい時の移りゆきに、ただこの胸像だけを見ていた。その愛嬌《あいきょう》を含んだ傲岸《ごうがん》、その涙もろい冷血は、彫刻の表情に絶妙に活《い》かされていた。それはこの重苦しい室内に飛び交う罵《のの》りの言葉の向うから、自分のブロンズの沈黙が、実は一番多く語っているのだぞと恫喝《どうかつ》しているように見えた。

しかしむしろ、まわりの罵詈《ばり》は消え去って、大槻と胸像とのあいだの直接の無言の会話が交わされだしたようでもあった。その歯痒《はがゆ》い会話。人にあらゆる不幸と悲運を投げつけておき、自分はブロンズの固まりの中へ逃げ込んだ怯惰《きょうだ》な魂。その魂は今こそ叫び出し、青年にのしかかり、圧服し、闘うべきだった。しかるにそれは、冷たい金属の自己満足のなかに閉じこもり、年二回のおごそかな賞与授与式の折、「只今社長様よりありがたくも……」という工場長の口上につれて、社員の一人一人に賞与を手渡すときの、あの尊大な顔つきをそのままに、公平きわまるガラスを透《とお》して、無表情な愛を身辺にひろげていた。

『お前を愛していたと云《い》っては誇張になるが』と大槻は心で呼びかけていた。『俺も一度は、お前に心をゆるした時があるんだ。お前の柔和な父親らしい微笑に、望みをかけた時もあるんだ。しかしそれがお前の欺瞞《ぎまん》で、却って俺にきびしい卑怯《ひきょう》なしっぺがえしを喰《く》わして来たとき、お前はもう一段、本当の父親になったのかもしれない。俺にはもう怨恨の感情はない。今俺はお前を理解してやることだってできるんだぞ。もう一息でお前の権威が崩れようとしているこの瞬間に』

ああ！　午前二時が来たら、どうなるだろう。このぶざまな胸像は、その暗黒の時の閃《ひら》めきを受けて、どんな風に変貌《へんぼう》するだろう。それはたちまち飴《あめ》のようにとけてしまうだろうか。

午前二時。午前二時。彼はひたすらその時を待っていた。その時が来れば、彼の手で世界が変り、山々は奔流となり、湖は火となるのだ。

我に返ると、彼は引きもきらない詰問を聴き分けて、「午前二時」の蜂起《ほうき》が知られているかどうかをしらべようとした。

「その風呂敷包はどこへ隠したか？」

「社外の連絡場所はどこにあるのか？」

「繊維同盟の指導はどの程度受けているか？」

「黙っていてはわからん！　秘密組合員の数を言え。数だけでいいから」

「風呂敷包の内容は何か？」

「爆発物だったらお前はたちまち刑事犯だぞ」

「やるときにはピケを張るつもりか？」

「社長の留守を狙《ねら》うとは、忘恩行為じゃないか。第一卑怯だ」

「どうだね。会社側の人間になって、みんなで平和にたのしく、いい工場を作って行こうじゃないか」

「風呂敷包を持って入門しながら、寮へかえるまでにどこへ立寄ったか？」

大槻は急に耳を澄ました。

「それでいつ決行の計画なんだね？」

この質問を一瞬うけとめて、掌《てのひら》につかまえた蟬《せみ》みたいに、羽をむしってゆっくり点検したい気が彼にはした。それは「午前二時」を知っての上の、白ばくれた問いかけだろうか？　それとも無邪気な、何も知らない質問だろうか？

すると大槻は尿意を催おして来たので、その旨《むね》を愬《うった》えた。

工場長が目じらせをし、舎監と部長の一人が大槻について廊下へ出た。廊下の一端に、係長が一人立番をしていた。事務所の玄関の前をとおるとき、別の係長が二人そこに立っているのが見えた。係長クラスがこの真夜中に全部召集されているのを大槻は知った。

便所の窓が幸いに開いていたので、大槻は小用をしながら、その窓から見えるだけのものを見ようと試みた。棟《むね》つづきの事務所の窓の一つが灯を点し、その窓が窓掛にぴったり覆《おお》われていて、人影が由《よし》ありげに動くさまは、そこにも大槻と同様、囚《とら》われの同志のいることが想像される。反対側の広場の外燈の下の人影が、長く伸びて、その影の頭がここから見える。張番をしている係長の一人らしい。その位置を考えたとき、大槻はほっとして小便が止った。それは計画のなかで、事務所を占拠する際の要路として、特に大槻が朱を点じた地点だったのである。

腕時計を見た。一時をややすぎていた。もう一時間の辛抱だ。そのときになれば勝か負かはっきりわかる。

うしろで、舎監と部長が黙って大槻の小用を監視していた。手を洗うときも手もとをじっと見ているので、青年はわざとゆっくり洗った。そしてそこらに水を散らして、無骨な大きな手を振った。部長が黙ったまま、自分の手巾《ハンカチ》を引き出して、青年に与えた。すべては鄭重《ていちょう》な敬意に似ていて、彼は自分の一挙手一投足の重要性を快く感じた。世間は今はらはらしてそれを認めていた。

小用をすませて応接間へかえってのちは、人々の訊問《じんもん》はやや低調になった。大槻の小用に誘われたように、引きつづいて小用に立った人が二人もいた。三十分もたつうちに、大槻《おおつき》は午前二時の時刻が、誰の念頭にもないということに確信を深めた。

夜は深まり、人々の顔は眠たさに緩んできた。妻子のある人たちの、その妻子の静かな夜と、ここの夜との、距離の不可能なもどかしさが顔に刻まれていた。無駄なことをしているという思いが、みんなの見交わす目に澱んでいた。ここも窓掛は深く垂れていたが、戸外の何事もない静けさは自明に感じられ、深夜業の機械の小止《こや》みない廻転音《かいてんおん》もここからは遠かった。それにそれらの機械は、危険な機械ではなく、夜を徹してやさしく光る絹を紡《つむ》いでいる大人しい機械だった。それらが急に殺意に目ざめるということは、ありそうもなかった。

大槻は応接間の電燈を何度も気にして見つめたいという誘惑と戦った。彼が目に立つほどにそれをすれば、察しのいい工場長は電源の危険に気づくかもしれない。あと十五分。電燈はまたたきもせず平明にともり、言葉寡《すく》なになった人々は、一人の欠伸《あくび》の口の暗がりを、潤《うる》んだ目で非難するように見つめた。

午前二時、突然、電燈が消えた。大槻は全身に撓《たわ》めた力が一ぺんに弾《はじ》き出されたのを感じたが、まだ動くべきではないと思ってじっとしていた。窓外に遠く音のうねりがきこえ、すぐそれが近づいてくる叫喚だとわかった。工場長が立上って窓掛を引裂くようにひらき、一同が窓へ走り寄った。

事務所前の広場の外燈は、外から引かれているので点っている。その薄黄の微光の下に、群がり出た人影が大きく揺れている。さっき係長の一人が張番をしていた要路である。それをちらと瞥見《べっけん》すると、大槻は身を翻えして廊下へ駈《か》け出し、人のいない玄関をまっすぐに駈け抜けて、夜の海へとび込むように、体ごと、その叫んでいる群衆の中へ身を投げ入れた。

「大槻だ。よくやってくれた！」

と彼は叫んだ。みんなが赤い鉢巻や腕章をしているので、彼は電源を切った同志の、ここ数時間の遺漏のない働らきを察した。

人の波はすでに広場いっぱいに溢《あふ》れていた。赤旗が頭上に落着きなく揺れたが、それは旗竿《はたざお》の代りに、曲った木の枝に結びつけられているのだった。押し合う人の足もとは、ただ一つの外燈の照明に、長い撚糸《ねんし》のような影を織った。コンクリートの地面には、影が鋭く錯綜《さくそう》していた。ワッショ、ワッショという声は、次第に一糸乱れぬものになった。

大槻はもっとも信頼する同志の久保と竹内に会った。若者たちは木型を合わせたような握手をした。

「久保は指揮して、ただちに事務所を占拠しろ！　竹内は女子寮を占拠しろ！」

と大槻は怒鳴った。一隊はまっすぐ事務所の玄関へ向ったが、そこで起った小さな爆発音にいくらかひるんだ。係長の一人が玩具《おもちゃ》の焔硝《えんしょう》ピストルを射《う》ったのである。事務所の闇《やみ》のなかからは、バリケードを築くために家具を手さぐりで動かす音がとどき、そこからいろんなものが投げつけられてきた。玄関の棕櫚《しゅろ》皮《かわ》の靴拭《くつぬぐ》いもそこから飛んだ。

＊

菊乃《きくの》は只《ただ》ならぬ音に眠りをさまされた。火事だと咄嗟《とっさ》に思った。同室の寮母の江木の眠りは深い。菊乃はぞんざいに江木をゆすぶり起して、起きぬと見ると、立上って電燈をつけた。電燈はつかない。窓外に男女の入りまじる悲鳴とも笑い声ともつかぬ叫びが高まるのをきくと、菊乃は恐怖に搏《う》たれて、泣くような声で江木をゆすぶった。

「江木さん！　江木さん！」

そうしているうちに、ようやく菊乃の耳は叫び声に威丈《いたけだか》高な喜びを聴きわけ、争議の勃発《ぼっぱつ》を知った。

ところで菊乃の四十年の教養のうちには、火事や地震が起ったときの心得は多少あったが、争議が起ったときどうすればよいかはわからなかった。それはたしかに或《あ》る人たちにとっては喜びの頂点であるのに、その喜びの実感は、丁度深夜にきく救急車のサイレンが、他人の災難を伝えるほどにも、遠かった。

とにかく早く身じまいをすることだ、と急場の判断が彼女に教えた。身じまいに三時間もかけることもできれば、素人《しろうと》の女の決して及ばない素速さでやってのけることもできるというのが、一種の特技だったから、菊乃はもはや江木をそっちのけにして、闇のなかで寝巻を脱ぎ捨て、素袷《すあわせ》に附《つ》け帯で瞬時に身ごしらえをし、足の指先でさぐって足袋を穿《は》き、踝《くるぶし》に当る真鍮《しんちゅう》の冷たさをたよりにコハゼをかけた。そして肌身《はだみ》離さず持っている銀行通帳や印形を、帯揚のなかにたしかめて、一旦坐《いったんすわ》った。

するとはじめて感動みたいなものが胸に湧《わ》いた。この争議は彼女が起したようなものである。彼女が自分の人生の終点のように思い做《な》したこの場所で、他人の出発を促したのは、別に深い意味があるわけではない。一つには岡野がそれを望んだからだし、菊乃自身も自分をロマンチックな存在に仕立てるために破局を望んでいたのでもある。

ここに群立つ若さは、花柳界のそれのように、菊乃に敵対し菊乃を蹴落《けお》とそうとする若さではない。それは何か、安全で、安心して応援できる若さで、彼らがいかに勝利を占めようとも、菊乃の傷にはならないのである。『焚出《たきだ》しでも何でもやってやるわ。

何なら少しぐらい闘争資金を出してやってもいい』と彼女は思った。

部屋の戸を激しく叩いて、数人の寝巻姿の女工員が、懐中電燈の光りをひらめかせ、そこへ飛び込んできたのを迎えた菊乃は、考えられるかぎり平静な様子をしていた。

「先生！　大へんです。争議が起ったんです。この女子寮はすっかり囲まれています」

そう叫ぶことができたのは気丈な一人で、あとの数人は泣きながら菊乃に抱きついてきた。

「先生。どうしよう」

「しっかりしなさい。どうしようって、何をどうしようというんです」

「私たちなんかどうなってもいいんです。ただ原先生が心配で、お護《まも》りしたいと思って」

この泣きじゃくりながら言われた真情は、菊乃を感動させるどころか、却《かえ》ってその心を冷やした。彼女には憐《あわれ》まれる理由などみじんもなかった。彼女は誰からも感謝されてよかったのだ。

「冗談じゃないわ。私のほうこそ護ってあげますよ」

と菊乃は懐中電燈の落着かない光りの中に、ひどく蓮葉《はすは》な笑いをうかべて言った。

江木は寝呆《ねぼ》けて、寝巻のまま、手さぐりで押入れの中を掻《か》きまわしていた。六畳の部屋に大ぜいが固まっているので、若い娘の匂《にお》いとコールド・クリームのきつい甘い匂いが闇に立ちこめていた。

菊乃はこの女たちを率いて大槻に会いにゆき、何かしら特権的な自由を与えてもらえる自信があった。それは擾乱《じょうらん》が一応治まって、夜が明けてからでも遅くはない。娘の一人の夜光時計をした手首をとらえ、それを掲げて蛍《ほたる》ほどの明りの数字に、二時すぎの時刻を読んだ。手首は重たく、菊乃の指に逆らったが、ふと納得すると、柔らかにもたげられて菊乃の目に接した。

そのとき廊下を只ならぬ男の跫音《あしおと》が踏み鳴らし、女たちの悲鳴や笑い声が応じて起った。菊乃は胸を張って、近づいてくる跫音に向って叫んだ。

「ここは女の部屋ですよ。男子は入って来ちゃいけません。いくらストライキだろうと許しませんよ。それより早く電気をつけたらどうなんです」

男子工員は五、六人もいるらしく、菊乃の叫びには答えない。一人が一人ずつ、抵抗する女を引き立てていて、その女たちをこの部屋へ押し込もうとしているらしい。

そのうちに一人の男子工員が、室内へ懐中電燈の光りを差向けて言った。

「何だ。女子従業員もいるんじゃないか。君たちは早く広場へ行って、新組合の参加証に署名するんだ。ここはどうしようもない小母《おば》さんだけにいてもらう部屋なんだ。さあ、君らは早く外へ出ろ」

このいざこざのあいだに、菊乃は部屋の一隅に身を退《ひ》いて、江木にじっと抱きつかれていた。泣きわめく若い娘たちを室外へ出し、代りの女たちを無理強《むりじ》いに室内へ入れる動きのあいだに、懐中電燈の光りはあちこちへ乱れ飛び、菊乃は突然そのもつれた人影のなかから、

「原さん！」

と叫ぶ聴き馴《な》れた野太い声をきいた。それは里見の声で、あとの三人の悲しげに澄んだ声の罵《のの》りとはちがっていた。

戸が蹴られるように閉められたのは、男たちのわけのわからぬ仕事が一段落ついたことを示していた。菊乃ははじめて立上って、戸を内側から叩いて、呼びかけた。

「私たちを閉じこめてどうするの？　大槻さんを呼んで来て頂戴《ちょうだい》。あの人が私をこんな目に会わすわけはないんだから」

板戸のむこうの声はなく、男たちの中の何人かが戸に背を凭《もた》せ、押えの机を動かしてくる音も廊下にきこえた。部屋の中では、閉じこめられた寮母たちが、声をあわせて泣いていた。

里見だけは平静を保っているらしく、しきりに寝巻の腋《わき》の綻《ほころ》びについてこぼしていた。

「男の手でこんなところをつかまれて、気持がわるいったらありゃしない。ここの工場の男子工員はみんなならず者だってことがわかったわ」

彼女は肩から提げたズックの鞄《かばん》の中から数本の蠟燭《ろうそく》を出して畳に置き、蠟燭は玉《ぎょく》のぶつかるようなのどかな音を立ててぶつかった。里見は燐寸《マッチ》を擦って、その一本に火を点じた。光りを見て、女たちはいくらか心が安らいだ。見ればきちんと身仕度をしているのは菊乃ばかりで、あとはみな帯代裸《おびしろはだか》のしどけない姿である。

「私たちは殺されるんだろうか」

と肥《ふと》った、受け口の江木が、郵便係りとして重ねた罪過を思い出したように言った。

「ばかね。まず大槻さんたちと連絡をとることだわ。あなたは知らないけど、少くとも私はこんな目に会う義理はないんだから」

と菊乃が冷然と言った。

「自分だけ助かると思っているんだわね」

と江木は怨《うら》めしげに言ったが、その言葉に力はなかった。

里見一人は幾分面白《おもしろ》そうにしていた。

「主義だの思想だのって娘たちにわかるわけはないよ。可愛《かわい》がった子が救いに来てくれるよ。一寸の辛抱だわ」

夜の肌寒《はだざむ》さにみんな衿元《えりもと》を掻き合せていたが、蠟燭の光りは女たちの衰えた胸乳の凹《へこ》みへ分け入った。里見だけはその褐色《かっしょく》の豊かな乳房を、胸もとからあらわに覗《のぞ》かせていたので、光りはその粗い乳嘴《にゅうし》に紫の濃い影を隈取《くまど》った。

それぞれの思惑はちがっていたが、外部へ連絡をとる方法については、

「私たちは不法監禁されました、寮母一同」という文句を紙片に書いて、誰《だれ》かに伝達をたのむほかはなさそうに思われた。厠《かわや》に立って、厠の窓から外へ投げるという方法は、第一監視者の許しを経なければ厠へも行けないし、第二に拾ってくれる人間がいなければそれまでだ、というので否決された。

とりあえず蠟燭の光りで、里見がこの文句を紙片に書きはじめるのを見ながら、次第に菊乃は怒りにかられた。おそらく誤解にもとづく処置だとはいえ、自分がこんな連中と十把《じっぱ》一からげに扱われるのは、いかにも不当である。

何のために寮母たちが一堂に集められ、監禁されたかと云えば、それは会社側の人間と見做《みな》されているからである。菊乃一人は一度も自分を会社側の人間と考えたことはない。いつもバランスをとり、月に一回駒沢を訪ねて適当な報告をしたり、かたが

た、岡野《おかの》に手紙を書いて情勢を報告したりしながら、均衡と自由を保ってきたのである。そしてそういう菊乃の、空に稀《うす》く棚引《たなび》いた煙のような自由の感覚は、もともとは文学から学んだものだ。好きなのは西洋の、理想主義の濃い小説だの純愛の小説だのであったが、芸者のころ彼女を人よりも気むずかしい孤立に置いたこんな影響は、彦根へ来てからは、生活すべてに行き亙《わた》るようになった。夢はすでに見失ったけれども、自分が思いもかけない存在になる夢だけはまだ残していた。小説の中の女主人公の有《う》為転変《いてんぺん》のありさまを愛してきた菊乃は、一旦芸者から寮母になった以上、今度は寮母から組合運動の同調者になっても、理窟《りくつ》の合わないことでは五十歩百歩で、うまくやって行けそうな気がした。

——書きおわった里見は、それを誰に伝達するかということで、菊乃と衝突した。菊乃は大槻へと言い、里見は工場長へと言ったのである。

「工場長がこんな場合、私たちを助けてくれるもんですか」

そう言ううちに、騒がしい窓の隙間《すきま》に顔を当てていた一人が、思い切ってその磨《すり》硝子《ガラス》の窓をあけた。窓のすぐ外に十五、六人の男女の組合員が立っていて、星あかりの下で大口をひらいて罵った。

「逃げようったって逃げられやしないぞ。鬼婆《おにばば》ア」

額の赤い鉢巻ばかり目にしるく、顔のさだかでない一少女がこう叫んだ。

「大人しくしといでよ。今度は私たちがいじめる番だよ。スパイはどんな目に会うか知ってるだろ」

その罵言《ばげん》に菊乃は唇《くちびる》を嚙《か》んだ。自分だけは罵られる筈《はず》がないのに罵られていると思ったのである。しかし外のけしきに好奇の気持が抑えきれず、そのほうを横目で窺《うかが》った。

窓からはもともと湖のほうは見えない。古い煉瓦《れんが》造りの絹紡工場が、渡り廊下の向うに、深夜も古風な蔦《つた》のからむ窓に灯《ひ》をともして、鈍い機械音を伝えてくる筈なのが、今は黒く静まりかえって、祭のあとのようにそこらを大ぜいの男女が声高に喋《しゃべ》って歩きまわっている。闇の声にも鋭さと活気があって、数人で合唱している労働歌もきこえる。

そのとき里見は、窓ぎわに果敢に立上り、窓の外の群に向って野太い声でこう叫んだ。

「鬼婆アでも何でもいいからさ、ラヴレター届けてくれる人いないかね。ほら、その代り、いいものを見せてあげるわよ。これを拝んでありがたいと思ったら、事務所までラヴレターを届けてよ」

里見は、どんな種類の勇気かはしらないが、星あかりのわずかに届く、腰の低い窓辺に立ちはだかり、突然その寝巻の衿を左右へ大きくひらいて、豊かな乳房を若い男女の工員の前にさらした。それは黒い葡萄《ぶどう》の房のように重々しく揺れて、人々の眼前に在った。息を呑《の》んだ気配のあとに、たちまち冷やかしの口笛や笑いが起った。

里見は紙片を窓の外へ放《ほう》ると、忽《たちま》ち磨硝子の窓を乱暴に閉めて、呆《あき》れている同僚の間へ戻った。一同はその成果については甚《はなは》だ疑問だったが、里見のこんな「政治的行動」に、今さらながら目をみはった。

＊

事務所前の広場では、外燈の下に机が持ち出され、一人一人が参加証に署名しているあいだ、腕を組んで並んだ青年たちに向って、工場長が反応のない説得の演説をつづけていた。しかし事務所はすでに包囲され、係長たちは木刀を持って、蠟燭の光りの中で金庫を守っていた。

蜂起《ほうき》後一時間のうちに新組合が結成され、すでに説得をあきらめた工場長の前で、新組合の結成宣言が読まれた。そしてこの争議が人権争議であることが確認され、次のような七項目の要求が出された。

一、われわれの駒沢紡績労働組合を即時認めよ。
二、会社の手先である御用組合を即時解散せよ。
三、会社が指名せる労働者代表の締結せる一切の規定を撤回せよ。
四、拘束八時間労働の確立。
五、夜間通学等教育の自由を認めよ。
六、結婚の自由を認めよ。
七、外出の自由を認めよ。

——このときあがった万歳の叫びは、菊乃たちの耳にも届いたが、彼女たちの閉じこめられた部屋には、何の吉報も届かなかった。

大槻は秋山が約した応援のおそいのにいらいらしていた。組合の結成と同時に、秋山のところへ人を連絡に走らせてあったのである。

しののめの四時半に、三台のトラックに分乗した応援隊が到着し、秋山が先頭に立って、ピケ張りがはじまった。しかし工場の一棟《ひとむね》の前で、五時の先番に入場しようとする旧組合派の女子工員とのあいだに、最初の小競合《こぜりあい》が起った。工場長が出てきて、ピケ張りに抗議した。徹夜に憔悴《しょうすい》したその顔には、朝の光りが残酷に当ったが、秋山が出て、合法的手段であることを主張すると、工場長はすぐさま寮母たちの不法監禁の事実をあげた。

菊乃たちの部屋へ男子組合員が釈放を告げに来たのは、朝の六時である。苦しい夢のうたた寝を目覚《おどろ》かされて、寮母たちはこの若い工員の、きのうに代る主人顔をおそるおそる仰いだ。

「荷物をまとめて事務所へ行きな。あっちの監禁と、こっちの監禁と、どっちが味がいいか試してみるんだな」

彼女たちが柳行李《やなぎごうり》や鞄を抱えて、一トかたまりになって事務所へいそぐあいだ、そこかしこで嘲《あざけ》りの言葉が放たれたが、これを見送って泣いている少女もあった。里見はいかついスーツを着て、胸を外《そ》らせて歩き、美しい少女に大胆に笑みかけたりした。

菊乃が事務所へ入る前に、どうしても大槻に会いたいと言ったので、赤い鉢巻《はちまき》をした大槻が、作業服の上着の袖《そで》をたくし上げて現われた。その姿を凛々《りり》しいと菊乃は思った。

しかし大槻は菊乃をまともに見ようともせず、

「おはよう」

と間の抜けた挨拶《あいさつ》をした。

「おめでとう」と菊乃は言った。「うれしいでしょう、宿望を果して。私前から大槻さんを後援していたんですものね。でも夜中じゅう閉じ込められたのはやりきれなかったわ。何かのまちがいでしょう。私だけはこんな目に会う筈がないもの。ねえ、焚《たき》出《だ》しでも何でもするわ。手伝うことがあったら、何でもそう言って頂戴」

「お断わりだな」と大槻はあらぬ方へ目を向けたまま答えた。「あんたが月に一回、社長のところへ密告に行ってたことは、もうわかっているんだ」

彼の冷たい頬《ほお》に、朝日がまばゆくその面皰《にきび》を輝やかせているのを、再び菊乃は眺《なが》めた。すると男としての彼の、性的未成熟のさまが思い描かれて、極度の軽蔑《けいべつ》を感じた。

「そう、そんならいいわよ。さよなら」

と菊乃は背《そびら》を反《かえ》した。そして疑わしそうにこちらを見ながら待っていた寮母の一団のほうへ、又重いトランクを提げて、小刻みに駈けながら、

「すみません。お待たせしちゃって」

と故《ことさ》ら朗らかに言った。

——事務所の一同から、寮母たちは気味のわるいほどの温かいねぎらいを受け、工場長自ら、応接間へ案内して、こう言った。

「やあ、えらい目に会ったね、皆さん。ここへ来ればもう大丈夫だから、ゆっくり休んで下さい。ソファが一つしかないが、床《ゆか》に今、薄縁《うすべり》でも敷いてあげるから。十分休

みをとったら、いろいろと手伝ってもらいますよ。こちらには女手が足りないんでね。それはそうと、腹が空いてたら、そう言って下さい」

そして床を眺めて、

「こりゃ危いな、まだ硝子が落ちてる」

と言った。

「あ、私たちで掃除しますから」

と一人が急に元気になって箒《ほうき》をとりに立った。

菊乃たちは、はじめて部屋の一隅の駒沢社長の胸像に気がついた。

「闇《やみ》のなかであれこれ動かして、硝子箱を壊してしまってね。お気の毒に、胸像が裸になった」

「この硝子のかけらはそれなんですね」

と里見が柳行李に腰かけて言った。じっと胸像を見ていた江木の顔がふいに歪《ゆが》んだ。笑うときと同じように、桃いろの歯茎をむき出して泣いた。

「社長様！　社長様！　お気の毒に。……みんな私たちが至らなかったんです。お詫《わ》びいたします。こんなことになってしまって、みんな私たちの監督が足らなかったんです。どうかおゆるし下さい。こうしてお詫びいたします」

「あら、硝子が……」

と菊乃はあわてて注意しようとしたが、すでに江木は床に崩折《くずお》れて、土下座をして、胸像に向って深く頭を垂れて、泣いていた。涙はすぐみんなに波及し、里見までも泣いた。菊乃は自分一人泣かないつもりでいたが、さっきの大槻の冷淡なあしらいを思い出すと、反抗心から涙を誘われ、涙を透《とお》して見る駒沢の胸像が、いつにかわらず小鼻を怒らせ、口をへの字に結んでいるのが、この際、比べるものがないほど頼もしく眺められた。

第七章　駒沢善次郎の帰朝

女子工員に対する新組合の働きかけは猛烈で、事実加入者は半数を越したが、ひどく頑固《がんこ》な少女たちもいて、正面切って、工場のモットーと同じことを言った。

「私たちはストをやる余裕なんかないわ。生産を上げ、良い品質の糸を作ればいいのよ」

「それじゃ君らは機械か。人間らしく扱われたくないのか」

「何が人間よ。あんたたちは恩も義理も知らない獣じゃないか。獣になるより、今のままのほうがましだわ」

彼女たちは、事の当否はともあれ、男たちの強制に屈しないことに、純潔の強い喜びを感じていた。そして工場や寮のいろんな小うるさい規則や、相互監視的な秩序だけが、自分たちの純潔を護《まも》ってくれることを信じていた。新組合が声を大にして反対し、世間がそれをきいておどろいている「信書の開封」にしても、それを会社側の行き届いた親代りの配慮と考え、会社に感謝してくる親たちもいれば、その親の感謝を尤《もっと》もだと思っている娘もいたのである。

娘たちが本能的に無秩序をきらう傾向は、こんな場合に男子工員たちの心を悩ました。もともと男子寮と女子寮は、工場をはさんで、敷地内の北東と南西の両極に分れていた。はじめて女子寮の生活に接した男子工員は、この争議の最中に、娘たちがむやみと片附《かたづ》け物に時間をかけたり、洗濯《せんたく》にかかりきりになっていたりするのを見た。彼女たちは洗濯場へ出て、盛大に下着を洗った。赤い鉢巻《はちまき》に泥《どろ》がついたと云《い》って、それを洗った。そのうち、鉢巻の染料が落ちて、白い下着を染めてしまったので、その一人が執行部へ抗議に来た。赤い斑《まだ》らの染《し》みついた下着を見て、若い組合員が、折柄《おりから》さかんな気勢に乗って、多少度のすぎた冗談を言ったことから、彼女は泣きだし、このさわぎが波及した。折角新組合に入ったばかりの娘が三人まで、この事件に憤慨して旧組合に戻《もど》ってしまった。大槻《おおつき》はこれをきいて、若者を戒めた。

大槻はそんな風に、自分の作った組合はがっちり握っていたが、争議全体については、秋山の老練な指揮に譲ることに、何の抵抗も感じなかった。刻々にピケ隊に加わる増援部隊は、みんな秋山の指揮どおり動き、次第に明らかになる秋山の顔の広さにおどろかされた。

まず、ほかの有名な繊維会社、十大紡のうちの数社の組合員が、百数十人到着した。

大槻は同じ仕事の同志を得て感動したが、どうしてこの人たちが、仕事を休んでまで、会社の黙認の下にやって来たのか、そこまでは考えるゆとりがない。握手と、肩の叩《たた》き合いと、同じ赤鉢巻の同志愛が彼らを融《と》かした。

大槻たちにとっては、それは谿谷《けいこく》の細流《ささなが》れが、ついに大河に合したような感動であった。秘密の囁《ささや》きは公然たる叫びになり、ここそこした合言葉は朗らかな会話になった。それでも大槻たちには、今自分たちが大声で喋《しゃべ》っている言葉が、何となく、使ってはならない言葉を使っているという感が拭《ぬぐ》えなかった。それは本来公明正大な思想の筈《はず》であり、自分の透明な正義感から出たものであるが、あんまり人々の口から簡単に、自明の事柄のように言われだすと、今度は自分の独創性をおびやかされるような気がしたのである。

繊維同盟の友好団体だという海員組合の同志が応援に来たときには、まことに腕っ節の強いたのもしい連中だったが、これがずいぶんみんなの空気を変えた。かれらは暗い絹の湿った世界に、荒々しい海の力を齎《もた》らしたのだ。梟《ふくろう》労働の青年たちに比べて、かれらの際立《きわだ》った特徴は、遺憾なく日に灼《や》けていることだった。

かれらは小むつかしい理窟《りくつ》は言わなかったけれど、日本の下級船員の置かれている悲惨な境遇について語った。船員法も船舶職員法ももものを言わない漁船の生活。ひどい食事。個人船主の搾取《さくしゅ》。南の海の低気圧のなかで操業が続行されるときの言語に絶した労働。その一人が、ガリ版刷りの雑誌の、船員の手記を見せてくれた。こう書いてある。

「私自身船に乗っている間、詩にうたわれたような海を、その詩人の心で見たということはなかったようです。どんな素晴らしい景色、どんな荘厳《そうごん》な光景に出会っても、所詮《しょせん》それは鉄の箱にとじこめられた悲哀を抜きにしては眺《なが》められませんでした。船乗りの歌はもっと別なところで暗く醱酵《はっこう》しているのです」

梟労働に疲れた青年たちにとっては、これはかなり絶望的な事柄だった。駒沢《こまざわ》紡績の悲惨は、深夜も動きをやめない無表情な機械に、いつまでも明けない夜に、この湿った絹の牢獄《ろうごく》にあったのに、そして太陽の光りと広大な世界の中へ出てゆけば、それで問題の大半は片附くと思われたのに、今や、あれほど憧《あこが》れた太陽と海を友にする仕事にも、同じ悲惨がついてまわることを知らされたからである。

しかし大槻には、こんな発見は一種の新鮮な印象を与えた。夜も昼も、内も外も、牢内も広野も、陸も海も、すべてそういう風だとすれば、世界はまだ生乾《なまがわ》きなのであった。いたるところで、凭《よ》りかかろうとする上着の背には、べったりと悲惨のペンキがつく。それならまだ、思っていたほど、世界は竣工《しゅんこう》していないのではないか？

おもしろいのは警察の態度で、会社側は取締りを要求していたのに、何の動きも見せていなかった。ふだんののろのろした態度を、この際になって、倍加させたのである。

こうした警察の気のきいたやり方は、彦根《ひこね》の市民すべての態度を、はなはだ「民主的に」反映していた。商人はみな駒沢を憎んでいた。それは一つには、駒沢が聡《さと》すぎる商人だからでもあったが、ほんとに駒沢紡績のおかげで倒産した材木屋や塗料屋があり、うっかり注文を受けると、叩かれ叩かれて出血受注を余儀なくされ、しかも支払は三月《みつき》あとの手形を押しつけられた。駒沢はかつて町のために「貢献」したことがなかった。

小さな地方都市では、有力者の「精神的庇護《ひご》」やちょっとした寄附行為が大いに物を言うのだが、無用の費《つい》えがきらいな駒沢は、市民を親戚《しんせき》同様に遠ざけていた。政治的にはまったく保守的な市民が、今度の蜂起《ほうき》を、まるで赤穂《あこう》浪士の討入りなんぞのように、こぞって支持したのである。そして市中の旅館は、ストの応援部隊と新聞記者たちで満員になり、この人たちがいよいよ町を潤《うる》おすことは明らかになった。

子供たちの間ではたちまちスト遊びがはやり、人望のある子はヒーローの大槻の役をとり、きらわれ者の子は悪役の駒沢の役を演じた。ましてこの町の大学生は昂奮《こうふん》し、すぐさま新組合の応援を決議したが、これは決して親の反対に会わない稀《まれ》な政治運動と云えたであろう。

組合結成のあくる日は、秋山の指示によって、会社側のスト破りを警戒することにすごされた。一方、団交が申込まれていたが、会社側は、繊維同盟がすっかり手を引くことと、ピケを解くことと、二つを条件にして来たので、拒否と同じ結果になった。

夜あけ前が危険であったので、大槻たちは増援部隊から交代で寐《やす》むようにすすめられたが、とても眠れなかった。果して再び、旧組合の女子工員が百数十人、早番へ出動を準備しているという情報が入ったので、男子工員たちは会社側のバリケードを乗り越えて、旧組合員の女子寮へ踏み込み、闇《やみ》の中で悲鳴にさいなまれ、引っ搔《か》かれたり、嚙《か》みつかれたりしながら、工場への出動を喰《く》い止めた。

「われわれの作った状況をしっかり守り、一歩も譲らぬこと、その上ではじめてわれわれの要求が力を持つのだ」

というのが秋山の断乎《だんこ》たる訓《おし》えであった。

その午後、ちょっと油断をしていた隙《すき》に、工場の捲糸《けんし》工程の仕上室に、旧組合の二三十人の女子工員が入り込んだ。大槻は秋山の指示を仰いで、なるべくその女子工員たちと顔見知りの仲の四十人の男子工員を選んで連れて行った。

その部屋ではいつもなら、捲糸機が見えるか見えぬかの神経質に慄《ふる》える糸を錘《つむ》に捲《ま》きながら、瀬戸の受皿《うけざら》のなかでは青いビー玉が廻《まわ》りつつ糸に緊張を加え、それぞれの錘の下に西洋梨《なし》の形をした黒いおもりを垂れて、ほかの部屋よりは一きわ物静かに、最終製品のチーズにまで仕上げてゆく動きが見られるのであった。

今、機械は死んでいた。しかしそれらの動かない機械のまわりに、白い鉢巻をした女子工員たちが、あたかも動かぬ機械の糸切れを見張るように、蹌踉《そうろう》と歩いていた。

赤い鉢巻をそろえてその部屋へ入って行った大槻たちは、入口でわざと靴音《くつおと》を高鳴らせたが、娘たちは振向こうともしなかった。

晴れた日で天窓からは幅広に光りが落ちていた。常のとおり上履《うわば》きの娘たちは足音さえ立てなかった。

「おい、スト中だよ。仕事はやめるんだ」

大槻は遠くから、つとめて荒々しくなくそう呼びかけた。返事がなかったので、もう一度呼んだ。

一人が立止って、こちらを向いて、激した高い声で言った。

「仕事なんかしていませんよ。仕事の真似《まね》をしているだけです」

「なぜ？」

「私たち、仕事がしたいんです」

この言葉には女らしい執着がからんでいて、大槻は柔らかい説得の無効をさとった。

新組合員は大槻を先頭にゆるゆると室内へ入った。合繊を扱っているので、アクリル系の特殊な匂《にお》いが残っていた。かつて誰《だれ》も外履《そとば》きのまま入った人はいないので、木の床《ゆか》に散らばる男たちの靴音は、それだけでも只《ただ》ならぬ響きになった。

娘たちは眼尻《まなじり》を引きしめた、蒼《あお》い緊張した顔つきで、幽霊のように黙って捲糸機の間を経廻《へめぐ》っていた。男がかわるがわる、知るかぎりの名を呼びかけた。

「ゆりさん！」

「おい、珠江《たまえ》！」

「まきちゃん！」

「高田はなちゃん！」

「小泉しげ子さん！」

「おい、和枝ちゃん！」

呼ばれても呼ばれても答える者はなく、二度とこちらへ向けられる顔もなかった。

中には、憑《つ》かれたように、ありもせぬ糸の糸切れを手にとって、つないでいる仕草をしている者もある。

やむをえん、むりやり連れ出すんだ、という目配せを大槻がした。若者たちは飛びかかって、娘の腕をとり、あるいは肩を抱えた。娘たちは体をくねらせ、丸い豊かな腰を踏んばって抵抗したが、捕える方も捕われる方も、繊細な壊れやすい捲糸機をいたわって動くので、一人に数人がかかっても、あがきが自由にならなかった。

大槻は自分が引きずって行こうとする娘が一きわ手強《てごわ》く、ほかの娘のように悲鳴もあげず、泣き出しもせず、ただしぶとい力で跳ね返るのをもてあました。彼女は泣くまいと唇《くちびる》を引き締めていたが、汗ばんだ顔に乱れた髪は大槻の鼻をくすぐり、彼が顔を離して見たときに、幻のように、女の口もとに浮んでいる微笑を見た。彼はそのとき、自分の腕、自分の指さきに逆らう力が、正確に弘子《ひろこ》と同じ娘らしい肉から放たれているのを感じた。それに喜びがにじんで来るのを怖《おそ》れて、娘の腕をつかむ力に苛酷《かこく》さを増し、滑らかな木の床を引きずって行くときに、娘の体から力がすでに萎《な》えているのを感じて、喪《むな》しい、いやな気持になった。

しかし、これは大槻一人の幻覚でないこともわかった。二十五人の娘をようよう工場から引きずり出して、寮へ戻すのに成功したのち、大槻は同志の一人がこう言うのをきいた。

「あいつら、いっとき喜んでいたのとちがうかな。俺《おれ》の扱った子なんて、わあわあ泣いて抵抗しながら、一瞬間ぴたりと泣き止《や》んで、笑っているような顔をしたのを、俺はたしかに見たぜ」

そのあくる晩、会社側はついに工場閉鎖《ロック・アウト》を宣言し、正門その他に鉄条網を張って男子寮を隔離し、かたがた地方裁判所へ仮処分の申請をした。

＊

駒沢と営業部長の乗った飛行機が羽田に着いたのは、争議勃発《ぼっぱつ》五日後の夜である。この出迎えの人選はむつかしく、工場長は工場を一歩も離れることができず、結局大人しい技師長に菊乃《きくの》がついて、羽田へ行くことになった。こうして選ばれたことに、菊乃はくすぐったい思いをした。それはおそらく工場長が、彼女と社長との間柄《あいだがら》に気を廻しすぎたためでもあるし、非常の際のこんな人選は、ますます同僚が気を廻すたねを作ったようなものである。

固く心に決していただけに、菊乃はこの久々の上京にも、もといた土地の連中を訪ねようとはしなかった。たまたま飛行場で、駒沢を出迎えに来ている芸者に会ってしまったら、それはそれで仕方がないが。

飛行機は一時間半延着になり、菊乃は一人でロビーのざわめきの中を歩いた。そこで八ヶ月ぶりで岡野《おかの》に出会った。

いつもの通り、お供も連れぬ身軽な岡野は、軽蔑《けいべつ》的な目つきでノー・タックスの店のショウ・ケースをのぞいていたが、ふと顔をあげて菊乃を見ると、きのう会ったばかりの人のような顔をして、

「やあ。こりゃいい話相手ができた。時間を持て余していたんだ」

と言った。

岡野も駒沢を迎えに来ていたことは尋ねるまでもなかった。二人は肩を並べて、ざわめいている喫茶室へお茶をのみに入った。

二人はあたりを見廻したが、外人の旅客や家族連れの見送り人ばかりで、「密会」を妨げるものはなかった。ようやく落着いた菊乃は、地味な袷《あわせ》の梅雨《つゆ》湿《じめ》りの襟《えり》を掻《か》いつくろった。

「新聞で読んでるよ。いろいろ大変だね」

「どうせ新聞より先に、一々御注進が行ってるんでしょう。なにしろ火元はあなたたな

んだから」

「おいおい。物騒なことを言ってはいけない」

こんな調子の会話は菊乃にとって本当に久々だったが、ほとんど忘れかけている筈の軽口が、岡野の顔を見ると、滾々《こんこん》と湧《わ》いた。

「一時は殺されるかと思ったわ。ほんとにあの連中ったら、カッとすると、何をするかわからないんだもの。岡野さんなんかあの場にいたら、『わが身可愛《かわい》や』で、さっさと私を置いて逃げ出すでしょうよ。何よ、憎らしい。人をさんざん利用しておいて、いざとなると助けにも来ないで」

と菊乃は岡野の膝《ひざ》を軽く抓《つね》ったが、もちろんこんな報告には、目撃者の誇張が存分に籠《こ》められていた。

「苦労をかけたね」

と岡野は重からず軽からぬ情《じょう》のこもった言い方をすらりとし、その多少芝居がかった真実が、今正に菊乃がほしいと思っていたものにぴったりはまった。

二人は冷たい珈琲《コーヒー》をとり、あたりの蒸れた空気が水滴で覆《おお》った窓硝子《まどガラス》に、ゆるゆると虫のように動く飛行機の赤い尾翼の灯《ひ》を眺めたりした。菊乃は彦根での切羽詰った数日間から、今ここに放《ほう》り出されていることの、現実感になかなか馴《な》れなかった。自分は一体何なのかわからない。鳥なのか、獣なのか、それとも現実と夢との堺目《さかいめ》を選んで揺れ動く絹の帷《とばり》のような存在なのか。……嘗《かつ》て自分が「何か」であったという記憶は甚《はなは》だ薄弱で、芸者をしていたときもその通りだった気がした。

この二三日に菊乃は俄《にわ》かに文学がきらいになっていた。そこで岡野がそういう話題の代りに、彼女の財産管理の話をしはじめたときには助かった。岡野はいつでも求めるがままのものを呉《く》れて、それでいて、ちゃんと距離を保っているのである。

「彦根の取り込みの最中へ送るのもなんだと思ったし、多分飛行場で会えるような気がして、書類を持って来たんだ」

と岡野は紙入れから、彼のおかげで着実な利殖をつづけている菊乃の株券の証書を出して示した。

「これくらいあれば、将来の心配は何もないだろう。どうだい。そろそろ東京へ帰って来ちゃあ」

そのすすめを菊乃が頭から無視する態度をとったので、

「誰に忠義立てするのかね」

と岡野は重ねて訊《き》いた。すると菊乃は、ふいにわけもなく涙を滾《なが》した。駒沢のための涙だと云っては嘘《うそ》になる。ただ、菊乃はいつでもやめればやめられる身分でありながら、何かわからぬものに忠義立てしているような自分の健気《けなげ》さに泣いたのである。

岡野はその涙を見て、思いつきの忠告をすぐ引込めた。彼が二度とそのすすめを繰り返さぬだろうことが菊乃にはわかっていた。

菊乃は指先を立てて天幕《テント》のようにした白い手巾《ハンカチ》を、頰骨《ほおぼね》に支えたまま、泣いた目で俄かに笑ってみせたが、岡野の目はそのとき隣りの卓の外国婦人の菫《すみれ》いろに染めた髪に銀粉を撒《ま》いた面妖《めんよう》な頭を見つめていた。

「ありゃどういうつもりだろうか」

と岡野は言った。

「ほかに見せ場がないんでしょ」

「なるほど。それもそうだ」

とたちまちこちらへ向いた皺《しわ》だらけの顔が、濃い口紅を唇から縦横にはみ出させているのを見て、二人は笑いを忍んだ。

こういう笑いから、彦根の擾乱《じょうらん》はいかにも遠かった。しかしその笑いは、菊乃からも、岡野からも遠かった。それはどちらも動こうとしない澱《よど》んだ関係の水溜《みずたま》りに、一滴泛《うか》んだ油のような異質の笑いで、菊乃はこの男がどこまでも「芸者の友達」のタイ

プの男だと感じる一方、彼の前でだけ芸者になってしまう自分のふしぎな護身術にもいや気《け》がさした。彼女はひどく不機嫌《ふきげん》になり、

「今度の争議で一体あなたいくら儲《もう》けるの」

と思わず訊いた。

「ただの社会奉仕さ」

と岡野は恬然《てんぜん》と答えた。


二人は駒沢の前で、この機会に、旧知の仲だとはっきり見せておいたほうが、のちのちの為《ため》によいという点で一致した。今数年ぶりで二人が飛行場で出会ったことにすれば、すべてに辻褄《つじつま》が合うからであるし、彦根で一旦《いったん》岡野が大槻を駒沢に引合せたりした以上、これからは岡野が菊乃の線にはっきり結びついて、駒沢の味方の立場を闡《せん》明《めい》したほうが都合もよく、菊乃にとっても、隠し事が一つ減るのである。

それに今日岡野がわざわざ飛行場へ迎えに出たのは、駒沢に善《よ》かれと思ってのことで、彼を新聞記者の攻撃から救い出そうとしていたのである。各紙の論調から、駒沢が受ける「歓迎」の程は察しられた。岡野は二三の大新聞の社会部長に当ってみたが、駒沢とりわけ攻撃的な一紙を別にしても、駒沢の味方に立つ新聞はなさそうである。客観

的な論調の裏にも、たまたま好餌《こうじ》を得た社会正義が雀躍《こおどり》していた。岡野はこんな社会正義の臭みには、鼻をつまんで通るほうであったが、今度はそれは、自分の匂《にお》いに鼻をつまむようなものだった。尤《もっと》も、ずっと以前から、彼はこの種の二役を演じて来たのだ。

記者たちは通関前に駒沢をつかまえるであろうから、岡野も外務省の伝手《つて》で、税関を素通りできる腕章を手に入れていた。いよいよ到着の時刻も近づき、会社の連中のところへ戻る菊乃は、税関入口で一旦岡野と別れた。

岡野は、雨こそ止《や》んだが、湿った風の立ち迷う濡《ぬ》れた飛行場へ歩み出して、活潑《かっぱつ》なプロペラ機の四発《よんはつ》の始動のひびきに、引きちぎられた水溜りが飛ぶのを見、給油車やジープのあわただしい往来《ゆきき》を見た。羽田の夜の海の方角に、瑠璃《るり》いろの光点が並んでいた。

群がる腕章の記者やカメラマンたちの、お互いの会話はこの轟音《ごうおん》のためにほとんどきこえなかったが、呼び捨てにされる「駒沢」という名が、それらの口から吐き出される様子には、殺人犯人の名を口にするときの重みがあった。彼らは明らかに、会う前から怪物の像を思い描いており、岡野はひそかに彼らの落胆を怖《おそ》れた。

だが、岡野の心には、そうして迎えられる駒沢への軽い妬《ねた》みもひそみ、自分が一度もそういう「公然たる怪物」になりえなかったことに思い当った。戦争中は公然すぎて怪物にはなれず、戦後は怪物になったかもしれないが世を忍んでいた。

そのとき岡野は、すでに滑走し去った飛行機のあとの空白を、ふいに濃い潮《うしお》の香《か》が、夜闇まぎれに占めたのを鋭く感じた。それはいつも彼の心の傷を押しひろげまた癒《いや》す海風、心の萎えたときに必ず彼を襲うあの爽《さわ》やかな留保、ヘルダアリンの頻発《ひんぱつ》する「しかし《アーバー》」だった。

「しかし

海は記憶を奪い去り且《か》つは与える」

それをハイデッガーは、「海は故郷への追想を奪うことによって、同時にその富裕を展開する」と註《ちゅう》している。

『しかし……』と岡野は口の中で呟《つぶや》いた。たちまち頭上の曇った夜空に轟音が近づき、一《ひと》トめぐりして又海のほうから、翼の灯が次第に低まるのを見て、彼のまわりの腕章の人たちはざわめいた。

——駒沢は徐々に迫《せ》り上る羽田の灯を見下ろしながら、先程ステュワーデスから手渡された英語のメモの意味を考えていた。英語も読むほうなら達者な営業部長が、こう訳してくれたのである。

「お出迎えの方が来ておられますから、一番最後にお降り下さい」

彼はなお工場の忠実な娘たちの出迎えを夢みていた。見送りのときにあれほど涙を流した女子工員総代をはじめ、少女ブラス・バンドの面々《めんめん》は、こんな際にも、会社側と新組合との話し合いによって、きっと迎えに出してあるにちがいない。あの涙が涸《か》れる筈はない。悲しみの涙はやがて涸れるが、感恩報謝の涙は、時に応じて何度でも新鮮によみがえる筈である。何故《なぜ》なら、悲しみよりも、感恩報謝のほうが、民衆にとって本質的なものの筈だからである。

彼はホノルルでさらに情勢の緊迫を知ったが、知るほどに希望と確信は高まった。今夜の出迎えこそ一時的休戦を意味しており、それがすべての争いを氷解させる緒《いとぐち》になるかもしれないのである。

旅でますます迫り出した腹が、シート・ベルトに締めつけられて苦しい。地上の灯を見せるために機内は灯を消し、ものやわらかな音楽を流している。洋行から帰るという明治風な感慨を、彼は帰朝匆々《そうそう》「わが子」たちの前に率直に吐露して、二時間にわたる演説を聞かせるのをたのしみにしていた。旅の道すがら、演説の腹案は、修正され、拡大され、推敲《すいこう》されて、ワシントンを発《た》つ頃《ころ》には、すみずみまで磨《みが》き抜かれていた。社長がこれほどたのしみにしていることを、何かの力が妨げるなどということがありえようか？

駒沢の心には、どうしても薙《な》ぎ倒すことのできない強い楽天主義の雑草が生い茂っていた。その雑草のおかげで、彼は人間を愛することができた。寒帯に住む人が象を見たことがないように、彼は孤独というものの姿を見たことがなかった。人間世界はひろびろとしていて、まことに景色がよく、彼が呼べば谺《こだま》が答え、要するに、人間同士の心の交流などというものはあまり意に介しなかった。もちろん悪意や害意は、のびやかな波を描いて人の心に届くことなどは覚束《おぼつか》なく、それ自体が閉塞《へいそく》状態にあって、従ってたとえ悪意を抱いても、それが人に通じる心配もないわけだが、善意や慈愛は、必ず人の心に届くのだ。あるときは日光のようにまっすぐに。あるときは蜜蜂《みつばち》に運ばれる花粉のように、さまざまの迂路《うろ》をえがいて。

その返信は、よしんば長い時間を経ても、必ず届く。これはかなり神秘的なことだが、駒沢は自分が善意を施している相手方の反応を、あんまり当然なものと信じていたので、詳しく検証して見ることもせず、その反応には言葉も要らず、証文も要らず、微笑さえ要らず、善を授けた側の直感によってそれと知るだけで十分だと考えていた。

『何しろ広重《ひろしげ》みたいに、風景の心をぐいとつかんでるさかい』

こちらが悪意を与えた場合の反応は、厳密に検証する。何故なら、それは商売上の取引その他、いずれにしろ金がからんでいるからだ。しかし彼が無際限の善意を与える相手は、貧乏に決っているから安心である。心は一方通行で足り、水は低きへ流れる。それが自然というものだ。

駒沢は自分の築いた楽園を信じていた。それと比べると、ヨーロッパの個人主義は悲惨を極め、パリの街頭を、助ける人もなく、よろめき歩く老人の数の夥《おびただ》しさは彼を怒らせた。『嫁はんは一体何をしとるんや』黒衣の老婆《ろうば》が片手に杖《つえ》をつき、片手は建物の壁に縋《すが》って、口のなかで何事か呟きながら、一歩一歩、定かならぬ歩を運ぶ有様は、彼には人間世界の終焉《しゅうえん》と感じられ、その呟く言葉はきっと経文にちがいないと思われた。

彼は若い者は苦労するのが当然で、若い者の楽園こそきびしい道場であるべきだと考えていた。若さが幸福を求めるなどというのは衰退である。若さはすべてを補うから、どんな不自由も労苦も忍ぶことができ、かりにも若さがおのれの安楽を求めるときは、若さ自体の価値をないがしろにしているのである。そして若くして年齢のこの逆説を知ることが、人間に必須《ひっす》な教養というものだった。

いつか菊乃にも読ませてやった「新入社員歓迎講話」の中で、彼が、

「教養、人格、道義がそなわって、はじめて我が社の社員として、人に恥じない存在になれるのであります」

と言っているのは、その意味である。

――機はなかなか着陸せず、低く羽田上空を旋回している。営業部長は何も語らないで目を閉じている。こうしている間が、自分にとって最後の安息の時間だということを知っているのである。

駒沢の心は今度は去年の秋の回想をめぐってさまよい、彼の事業家としての光栄の日、あの「一流の」お客たちによって飾られた琵琶湖《びわこ》周遊を思い出していた。夏の名《な》残《ごり》をとどめた厳《いか》めしい雲。瀬田川の下りにかかったとき、あのように輝やかしく西日に照らし出された河岸の木叢《こむら》。……そこまで考えて、駒沢は二十一人のうら若い死者を出した怖《おそ》ろしい事件に思い当った。晴れやかな祝賀が、陰惨な死の呻《うめ》きとまざり合ったのだ。しかし、そういうことはありがちのことだった。誠意のこもった敬《けい》虔《けん》な慶《よろこ》びが、一瞬のちに、血みどろの死へ転落するのは。

『恐れ多いたとえやけど、ついこないだも、二重橋の年賀の人波が、十六人も死人を出したもんや。まことに恐れ多いたとえやけど』

それは一つの事故にすぎず、駒沢の心はあの事故のために悲しみ、「わが子」たちの死を悼《いた》んだが、彼の慈愛はそれによって挫《くじ》けるということがなかった。彼の「わが子」は補給が利《き》いた。慈愛の対象がこうして補われるものなら、慈愛も亦《また》、悲しみによって徒《いたず》らに毀《こぼ》たれず、たちまちにして活力を取り戻し、公平を保ち、不屈のものになったのである。

駒沢はこの不屈の愛が、多少とも人の怨《うら》みを買うなどという事態を、想像することもできなかった。たしかにあの事件以後、会社の中には云うに云われぬ暗い影が生じ、拭《ぬぐ》っても拭ってもあらわれる壁の汚点《しみ》のようなものが感じられた。寮母の控え目な報告にも、スパイのあいまいな復命にも、どことなしにこれが窺《うかが》われた。彼が、しかし、もっとも明快でさわやかな抗議を耳に直《じか》に聴いたのは、唯《ただ》一度、八景亭《はっけいてい》の庭で、あの若い男女からだった。

あいつらは何と果敢だったろう！　羨《うらや》ましいほどの善意に充《み》ちていたことだろう。会社を良くしようという大それた善意。自分の個々の労働の細いパイプを通してではなく、中軸の太いパイプを通して、それを敢《あえ》てしようとした向う見ずの善意。……なるほど駒沢はそれを喜んで聴き、喜んで罰したが、それというのも、これを機縁に彼らこそ、持ち前の勇敢さで、「教養」への道をゆくと信じられたからだった。

その結果、彼らはどこへ行った？　女はサナトリウムへ入り、男は、ホノルルで読んだ日本の新聞によると、新組合のリーダアになったのである。彼はそんな若者の感情の浮薄さにおどろいたが、信じられない思いはますます強まった。少くとも人間はそんなに浮薄である筈がなかった。ただ一つ考えられることは、この世の中には特別の人間がいて、その人間の心は光を影と感じ、まちがえようのない駒沢の善意を、悪意と受け取ってしまうのかもしれない。しかし、何にせよ、例外を認めることは、駒沢のまことに広大な、包括的な哲学に背いた。

「いよいよ着陸ですな」

と英語のアナウンスを聴いて、営業部長が言った。一旦海上へ出ていた機は、岸壁の上の紫の光点の列へ向って、まっすぐに機首を下げた。

「やれやれ、懐《なつ》かしい日本や。ふるさとや」

と駒沢は胴間声で言った。少しも愁《うれ》いの色のない場ちがいなこの歓声に、営業部長は、一瞬自分の不安が慰められるのを感じて、自ら愕《おどろ》いた。

二人は最後まで機内に残った。窓から見下ろすと、タラップのまわりにカメラマンや腕章の人が群がっていた。手に手にかざすライトの笠《かさ》の内側が銀に光った。

駒沢が先に立ち、タラップへ踏みだした。たちまち閃光《せんこう》がはじけ、駒沢の影は大々《だいだい》と銀いろの機の胴体に印《いん》された。営業部長は最初の一枚を撮られたとき、不安のあまり、自分が半ば口をあけていたのに気づいた。

部長は只《ただ》ならぬ気配に社長を税関のほうへ誘導しようと試みたが、税関には長い列ができており、二人を取巻いた人たちの力で、待合室のほうへ押しやられた。ふと見ると駒沢は傲岸《ごうがん》に口を結んでいたが、糊《のり》の利いていないワイシャツの襟《えり》は揉《も》まれて歪《ゆが》み、土産のカメラの革紐《かわひも》に肩を扼《やく》されて、背広は甚だしく抜衣紋《ぬきえもん》になっていた。

「帰国がこんなに遅れたのは何故ですか？」

「ストが起ったのは知らなかったんですか？」

「工場じゃ工員の信書を開封していたそうですね」

「私物検査で女の子を裸かにしていたというのは？」

「外出の自由も認めていなかったそうですね」

「労働強化を強制する各種の対抗競技というのは？」

「去年の集団圧死事件と今度のストとの間に関連はありますか？」

「結婚の自由もなかったらしいですが」

「一切の文化サークル活動が禁じられていたそうですが……」

「垣根《かきね》や！　垣根や！」

と駒沢が急に叫んだ。一同は気を呑まれて、駒沢の顔を見戍《みまも》った。

「垣根や言うとるんや。あんた方が垣根や。わしと従業員との間には気持が通じとるんや。会うて話せば、すぐ誤解も解ける仲なんや。何やかや言うて、仲を割《さ》いとるのはあんた方や。え？　そやないか？　従業員代表も迎えに出とるやろ。話せばすぐわかることを、あんた方が垣根になって隔てとるんや。ここを開けんかい！」

「ストの渦中《かちゅう》に帰国された感想は？」

「飛行場へ着いたばかりで、感想も何もあるかいな。会社へ行《い》て、事情をよう調べてからお答えしましょう」

「社長もああ言っておられるのですから……」

と営業部長は身を以《もっ》て庇《かば》いかけたが、たちまち若い男に邪慳《じゃけん》に押しのけられた。

「これだけの事件で感想なしか！」

「社長は責任をとらないんですか！」

「日本の新聞は見てないんですか？　英字新聞ばかりですか？」

蒸し暑い混乱にまぎれて発せられたこの質問の、小さな皮肉の吹矢が駒沢の心を刺した。そこで言わずもがなの答を言った。

「見とるわ。ちゃんと読んどります」

「どこで？」

「ホノルルで、一ト揃《そろ》えしてもろうて、みんな目を通してます」

「争議勃発《ぼっぱつ》後の新聞全部ですか？」

「全部や」

「それでどう感じられました」

「今日までの報道ぶりを見てると、新聞社には赤い人がいるのやろう」

このあとの一同の沈黙に、部長はひやりとした。喧騒《けんそう》が俄《にわ》かに静まり、紙を走る鉛筆の音がはじめてきこえたのである。ややあって一人が発した質問は、口調も冷静なら、声も澄みやかで、今までの怒声に等しい尋問とはちがっていた。

「それで……新聞記者は赤だ、と言われるわけなんですね」

「そらまあ……全部が、とは言わんが……」

「そうですか」

又ザラ紙のメモを走る鉛筆の音に、部長は総毛立った。これで駒沢はすべてを敵に回したのだ。

そのとき駒沢の腕をとって、静かに税関のほうへ押しやった者がある。駒沢は目を怒らせて見返ったが、そこに岡野の顔を見ておどろいた。岡野は目くばせで、黙って誘導に従うのが得策だということを呑《の》み込ませた。

岡野の心は躍っていた。

駒沢は正に、岡野がもっともその口から言わせたかったような一言を、腹話術師の人形さながら、これ以上はない効果的な身ぶりで忠実に言ってのけ、それとは知らずに、われとわが身に斧《おの》を打ち込むようなことをやってのけたのである。そればかりではない。自分が何をしたとも知らない彼は、岡野がもっとも救いやすい状態と機会に於《おい》て、岡野の救いを受け入れることになったのだ。これはのちのち深い感謝の思い出となるような、又とない機会だった。

岡野の心が躍るのは、いつもこう行くとは限らぬが、他人が正に望んだような役割を果し、自分も亦《また》、たまたまそこに居合わせて、自分の存在の役割にぴたりとはまる、このような瞬間である。岡野は正にそこにいた。目前の奇禍《きか》を助ける人のように、たまたま居合わせて、自然な親切を尽すだけで十分なのだが、その時間の兼合はむつかしく、遅すぎても早すぎてもいけなかった。彼はそこに滑りだし、相手が致命傷を負ったのを見計らい、しかもはじめてそのとき、そこにいるのでなければならなかった。

岡野はこういう存在様態の洗煉《せんれん》を、戦後の時代と社会のおかげで身につけた。「現われる」ことを拒まれた人間は、こうして「いる」ことの重みを増した。その上岡野は、「いる」ことによって必須な、多少の場ちがいをも決して忘れなかった。

「待って下さい。まだ訊きたいことがあるんですから」

と追いすがってきた若い記者を営業部長が持て余しながら、

「わかって下さいよ。社長はあのとおり疲れているんだから」

と哀願的に押し戻していたが、岡野は黒い背広の両袖《りょうそで》の双の翼に抱きかかえるように、駒沢と部長を二人ながら税関のほうへ押しやりながら、腕には これ見よがしに腕章を際立《きわだ》たせ、特に彼が手配して入口に待たせてあった二人の税関吏の手に二人を引渡した。行列はまだ長かったが、税関吏と岡野に守られて、二人は行列を無視して別の戸口から、やすやすと税関の中へ入った。静かな燈下《とうか》へ来たとき、駒沢の額には、蛍光燈《けいこうとう》のせいで泥濘《ぬかるみ》の色にみえる汗が吹き出ていた。

「岡野さん、助かったわ。こりゃおおきに。ほんまに、おおきに」

と駒沢は、肩で息をしながら、微笑も忘れて言った。

＊

その晩の岡野は至れり尽せりで、彼がいなかったら、どんなことになったかわからなかった。東京事務所長は、その晩、社長を三田の社員寮に泊らせるつもりでいたが、飛行場へ電話の連絡があって、すでに社員寮は新聞記者に囲まれているというしらせが来たのは、まさに駒沢が税関から出てくる直前であった。社長がロビーへ出てきてから、愚図々々宿の予約を取り付けていては、又囲まれる惧《おそ》れがある。

こんな心配はすべて岡野一人が解決していた。妙な鳥打帽に、眼鏡をかけ、皺《しわ》くちゃのトラヴェラース・コートを着た男が出てきて、ややあとから現われた岡野は、菊乃の姿を見かけて、通りすぎざま、一枚の名刺を渡した。

見ると、

「社長は私が責任を以て安全な場所へ案内する。営業部長にも同じ名刺を渡してある。君は営業部長と相談して、会社の出迎え人を、表記の場所へ案内すること、二子玉川《ふたこたまがわ》、蓬亭《ほうてい》」

とあって、そこへの詳しい地図が書いてある。菊乃は、そのときはじめて、さっきの鳥打帽の妙な男は、岡野がさせた駒沢の変装だと気づいたが、すでにその姿も岡野の姿も、人ごみの彼方《かなた》に隠れていた。わざと遅れて出て来た営業部長が、ほかの連中の歓迎の言葉や、社長の安否をきく質問には耳も貸さず、菊乃の袖《そで》をつかんで傍《かたわ》らの

柱のかげへ連れてゆき、

「今きいたところだが、君もあの男を昔知ってるそうだね。地図の名刺はもらったね。大した男だ。実に大した男だ」

と言った。


出迎えの技師長、菊乃、東京事務所長、同次長に、営業部長を加えた五人が、二子玉川の蓬亭に着いたときには、駒沢はすでに浴衣《ゆかた》に着換えて寛《くつ》ろいでいた。一同は階下の八帖《じょう》の茶室に集まった。

「いいところを御存知ですな。ここなら大丈夫だ」

と営業部長があたりを見廻《みまわ》しては感心していた。

「うちのゴルフ・クラブのかえりに、会員がよく立寄る鮎《あゆ》料理屋でね。ふつうは泊めないんですが、ここなら顔が利くものだから」

と岡野は謙譲に答えた。

それは二子玉川の鉄橋の東寄りの、川にすぐ面した木深い家で、茶室の障子をあけると、木々に覆《おお》われて川は見えぬが、濡縁《ぬれえん》のすぐ先には櫟《くぬぎ》の薪《たきぎ》を積んで田舎家の趣を出し、前栽《せんざい》の紫陽花《あじさい》の花ざかりが明るんで見えるのは、空が晴れて、木の間《こま》を洩れてくる月かげのためである。

部屋の中央の炉をめぐって、卓代りに四枚の舟板を組み、灰のまわりに黒い那智石《なちいし》の礫《こいし》を積み、法印探幽の小菊と蝶《ちょう》の釜《かま》を、備長炭《びんちょうずみ》のかよわい火の上に懸けてある。

今の駒沢の心を安らわすには、これ以上の場所は考えられない。

「日本やな。ほんまに日本やな。岡野さんには、どないに感謝したらええかわからん。さっきも急場を救うてもろて、今は又。……お前らは一体何をしとるんや」

「さっきのインタビューも」と岡野はわけ知りらしく、一同の心持をほぐして言った。「私もそばで伺っていたが、それほど心配なさることはないんじゃないですか。私も今夜家から、各紙の社会部長に電話をかけて、取扱い方をきいてみましょう。できれば、表現を柔らげられるところは、柔らげてもらうようにして」

岡野は決して自分がそんな電話をかけないことを知っていたが、菊乃だけは自分のそういう心事を見透かしているような気がして、末座につつましく控えている菊乃の顔をちらりと見た。菊乃はこの一瞥《いちべつ》にみごとに応じた。

「岡野さん、見直したわ。ねえ、社長、案外たのもしいわ、この方」

これをきっかけに、岡野は飛行場における菊乃との三年ぶりの「偶然の」出会を駒沢に語り、彼女の変貌《へんぼう》におどろいた気持を冗談まじりに述べ、その残《のこ》んの色香をからかって、席の空気を和らげた。一同ははじめて笑った。

岡野の退《ひ》き際《ぎわ》もまことによかった。彼は営業部長をかたわらへ呼び、勘定を岡野が持っては却《かえ》って出すぎたことになろうから、そちらでしていただきたいと行き届いた挨拶《あいさつ》をし、これからいろいろ社内の相談もあろうから、これで失礼する、と言って程よく立上った。駒沢は彼を玄関まで送って、その手を握った。

残った一同は、争議の報告をこもごも述べ、駒沢はひどく冷静にこれを訊《き》いた。

「わかってる。わかってる」と駒沢は言った。「そんなことやろうと思った。さっきのさわぎはみんな新聞記者の創作や。会社の若い者《もん》は、潜入した赤のオルグに、いっときだまされて、気勢をあげとるだけで、わしが顔を出せば、みんな丸う治まる。わしが行《い》て、話し合いのつかなんだことが、一度でもあるかいな。あったら言うてみい」

「はあ。……しかし……」

「何が『しかし』や。一度でもあったら言うてみい、と言っとるんや。どや。一度でもあったか」

「それは一度もございません」

「ないやろ。わしが帰れば治まるに決っとるんや。今ここで悲観的材料ばかり並べ立てても何にもならん。そりゃ、争議の現場にいれば誰も動顚《どうてん》する。火事場やさかいに、動顚せんほうがおかしい。しかし、それをここまで持ち込まいでも、ええやないか。新聞記者の創作にふりまわされて、お前らまで泡喰《あわく》った顔を並べることはないやないか。こういうときこそ信念を持たなあかん。わしを見い。争議の勃発をきいてのちも、悠々《ゆうゆう》とワシントンへ行《い》て、北斎を見て来よった。ここにいる営業部長も、呆《あき》れてつい て来よったわ。大事に当っては、まず心を静めることが第一や。それがほんまの風流心いうもんや。ま、きゃあきゃあせんと、わしに委《まか》しとき。わしが帰った以上は、千人力やさかいに」

これに抗弁する言葉はみんなの胸に煮立っていたが、まさかと思いながら、駒沢の確信に引きずられる気持もおのおのに芽生えた。

ここにいる誰よりも実情をよく知る菊乃をさえ、しらずしらず不合理な確信へ引きずり込むこの超現実的な力を、菊乃ははじめて眩《まぶ》しく眺《なが》めた。

駒沢は浴衣のはだけた衿元《えりもと》から、アメリカ土産の合織のシャツをのぞかせ、心もち光沢の褪《あ》せて却って堅固に見えるその顔は、菊乃にあのブロンズの胸像を思い出させた。彼はそこで、依然として、人を痺《しび》れさせる光源の役を演じていた。その確信が単純で理不尽であればあるほど、まわりの人間の「現実を知っている」という自信をくつがえし、理の通った不安を払拭《ふっしょく》し、今は背理しか救いようのない事態を、つかのまの希望で眺め変えさせる力になった。その力はありありと駒沢自身にも作用していた。自分の言葉で鼓舞されるときの駒沢は、実に多くのものを、天賦の単純な見かけに負うていた。彼は自分の外見に、「不安」なんかの似合う筈のないことを、よく知っていたのである。

――深夜、人々は駒沢と菊乃を残して帰った。菊乃が残るについては、すべてが自然に運んだ。菊乃はその自他の自然さにおどろき、そんな処置にまともな自尊心を働らかせる余地もなかった。怒るべきか、喜ぶべきか、そのどちらかでありそうなものが、どちらでもなかった。

二階へ案内される。二人の床が接して敷かれている。明らかに岡野の指図である。

「いやね。岡野さんたら、へんな風に気を利かして」

と口にも出したが、そのとき軽い嘔気《はきけ》のような屈辱が、そう言っている咽喉元《のどもと》を走る感じがした。菊乃はそれを、岡野に対する屈辱と考えることを拒んだ。……それでも菊乃は女中に蒲団《ふとん》を敷き直させはしなかった。

駒沢はそのとき麦酒《ビール》を命じ、すでに和風の露台へ出ていた。露台の軒には、いくつかの泥鰌筌《どじょうせん》を提げて、なかに電球を仕込み、趣きのある夕涼みの明りにしている。望《もち》まであと五日の月が、川空高くかかっている。菊乃もそこへ出て、欄《てすり》に倚《よ》った。

大松の葉末が軒に迫り、竹の若葉が月のために黄いろに馴染《なじ》んでいる。ここからは、大きな洲《す》を挟《はさ》んで流れる二条の川水がひろびろと見える。川岸の蛇籠《じゃかご》の上に奔放に架した牛枠《うしわく》が、黒々と角立《つのだ》って、奇怪な影を河原に落している。

対岸は遠く、黒く連なる木立の間に、灯《ひ》もごくまばらである。きのうまでの彦根の擾乱《じょうらん》と、今夜の羽田の記者団の喧騒とを、おのがじし、今の信じられぬ静けさと引比べているうちに、突然、警笛が起って、鉄橋を渡る電車のひびきがきこえた。

「まだ電車があるんですね」

と、折柄《おりから》麦酒を運んできた女中に菊乃が言った。

「あれが終電車なんです」

菊乃が酌《しゃく》を引受けて女中を退《さが》らせようとすると、駒沢が引き止めて、こう訊いた。

「さっきの階下《した》の部屋の舟板はええな。木目《もくめ》の美しい、実にええ舟板やった。それに、何で、ひとつも虫が喰《く》っておらんのやろ。あないな舟板は見たことないわ」

「前にもお客様にそう訊かれましたけど、川の舟の舟板は虫が喰っていないんだそうです。虫喰いのあるのは、海の舟の舟板に限るんだそうです」

「さようか。こりゃ学問をした」

女中が退ってから、麦酒を呑みながら、二人は又舟板の話をした。菊乃が、

「川の舟板は虫がつかないって、いい話ですわ。私なんか、さしずめ川舟ですね」

「海へは出たし、虫は怖し、いうところやな」

駒沢の手は菊乃の着物の八ツ口へ入って来ていた。海老《えび》が着物の中へ入ってくるような気が菊乃はした。

――その晩、家にかえってから岡野が考えるのに、菊乃をこの機に駒沢と寝かせた計算は、いろんな点で当を得たものであった。菊乃は駒沢と深くなればなるほど、自分の誠実の根拠を疑われぬために、岡野との通謀《つうちょう》の一条は、駒沢に隠し通すにちがいない。莫迦《ばか》正直な素人《しろうと》女であれば、惚《ほ》れたついでに、みすみす自分の損になることものこらず打明けるおそれがあるが、菊乃に限ってそんなことはあるまい。従って、これは菊乃の口を封じるには何よりの良策であった。

それでは、菊乃が自分だけ好《い》い子になって、岡野の策謀を駒沢に告げることがあるだろうか。そうすれば却って、駒沢に、彼女と岡野との深い仲を疑われることになる。よそから聞いた態《てい》にしても、これは菊乃にとって得策ではあるまい。

菊乃はきっと秘密を守り通すにちがいない。そしてあの女は、あの女らしい心の動

きで、それを決して自分のためとは考えず、岡野へのささやかな心づくしと考えるほうを選ぶだろう。岡野は今までもそういう心づくしだけを、(いろんな煩《わずら》いは貰《もら》わずに)、貰うことに長じていたのである。

第八章　駒沢善次郎の憤怒《ふんぬ》

社長を、それでも、どうにか思い止《とど》まらせたことが一つある。帰朝のあくる朝、一刻も早く彦根《ひこね》へ帰って、みんなに直《じか》に会って説得したいという、社長の心逸《こころはや》りに対して、『組合側は手ぐすね引いて待っているから、何とか一日おくらせて、相手の裏を掻《か》かねば、門内へも入れない』という説得が効を奏したのであるが、自分の会社の「門内へも入れない」というこのすばらしく奇抜な「空想」が駒沢《こまざわ》を笑わせた。仕方なしにあくる日は銀行や取引先へ帰朝の挨拶《あいさつ》に出かけたが、どこでも、当人には病名もうっかり言えない重病人を迎えるような扱いをされた。

この日の朝刊各紙で、駒沢のいわゆる「新聞記者の創作」は、一せいにあでやかな花をひらいた。昨夜の駒沢の赤呼ばわりが、記者たちに、駒沢を罵《ののし》るどんな過激な記事でも公然と書く自由を与えた。その攻撃、その憤激は、自分たちが赤でもないのに、赤呼ばわりは何事だという正統性に基づいているので、もしその筆を柔らげさせようとすれば、多少とも駒沢の言い分を容認したことになり、自分を赤と認めることにもなりかねないから、新聞社の上役たちも手控えざるをえなかったろう。結局、駒沢のやったことは、自分を攻撃する記事に、進んで免罪符を与えたことなのである。

世間にはたしかに、そういう古い、もう頽《すた》れたかとみえる罵りの言葉がある。実はすでにその罵りは、人をそんなに本心から怒らせはしないのだが、怒りを装うキッカケに使われるには、なお有効で便利な言葉というものがある。

「新聞記者はみんな赤」という大見出しを、岡野《おかの》はその朝、自宅の食堂で半熟卵とトーストの朝飯を喰《た》べながら、趣き深く眺《なが》めた。「赤」という五倍活字は、ずいぶん久々に新聞紙上に現われたものであるが、その色彩の強烈、印象の新鮮はあたりを払っていた。

女剣戟《おんなけんげき》から軍艦マーチまで、すべてがよみがえるこの時代に、駒沢が又一つ人の心に、古い嫌悪《けんお》をよみがえらす手助けをしたのだった。結果としては嫌悪の代りに、却《かえ》って古い由緒《ゆいしょ》のある自己是認の旗じるしを。

岡野は銀の匙《さじ》で破《わ》った殻《から》の中から出た卵の黄身に、一条の血が浮き出ているのを見て、家人を呼んでいそいで退《さ》げさせた。その朝の卓上の、つややかな黄身に添うた赤い糸は、実にいきいきとしていて、新鮮な嫌悪をそそった。

彦根の大槻《おおつき》たちは、しきりにかれらに厚意を寄せてくれる新聞記者連中の情報によって、社長が帰朝のあくる晩、工場へやってくることを信じていた。秋山は、絶対に社長を工場へ入れてはならない、と命じ、その晩、ピケ隊は徹夜して門を固めた。朝になっても社長は来ない。数人を門に残して、ピケ隊が眠りに就いた隙《すき》に、駒沢の車が入って来て、堂々と事務所の玄関に横付けにしたのである。

駒沢は車が門を入るときに、蹴散《けち》らされた数人の若者たちが、険しい充血した目で車内をのぞき込み、何か罵声《ばせい》を放つのを見た。曇った朝であったが、風が募って前庭には紙屑《かみくず》が飛び、時折駒沢が訓示を与えた演壇も横倒しになっていた。それでも駒沢は、

「門は難なく通れたやないか」

と一言《ひとこと》言った。

二階から、アンダーシャツにステテコだけの男が、転がるように降りてきて、いきなり駒沢に抱きついて、

「社長」

と叫ぶなり涙に暮れた。それは工場長の変り果てた姿であったので、駒沢は彼を促して、二階の社長室へ上って行った。従う技師長や営業部長も菊乃《きくの》も無言だったが、

駒沢の目に映るすべてのものが、多くを語っている以上、口に出すべきことは何もない。

そこらじゅうの壁に貼《は》られた闘争ビラ、泥靴《どろぐつ》の跡でいっぱいの廊下、その廊下にも男子工員たちがゴロ寝をしており、ひろい会議室も荒い寝息に充《み》ちている。社長室へ入る。寝ころがっていた数人の見知らぬ汚れた男が、忽《たちま》ち立上って、駒沢を囲んだ。地下足袋をはいたこの連中は、「社長防衛隊」と書いた腕章をつけている。工場長が雇った土建人夫たちである。

「こんな姿でお恥かしいですが」と工場長はようよう言った。「洋服もワイシャツも、争議団にズタズタに破られてしもて、仕様ことなしですわ」

駒沢は黙って、顎《あご》を一寸《ちょっと》こすって、うなずいた。

菊乃はこれから数十分の間に起ったこと一切を、鮮やかな夢のようによく覚えている。それはたしかに、条理の立たぬ夢らしい起り方をしたが、感覚はいちいち鮮明で、自分の目が見たどの一齣《ひとこま》にも疑わしいところはなかった。

――一昨夜、駒沢はその年輩の男にはふさわしくない、餓《う》えた性急な求め方をした。菊乃はすぐ目をつぶってしまう癖がついており、肌《はだ》だけから感じたところでは、それはまるで円滑でゆるやかなわけ知りの手とは遠く、性的気品の片鱗《へんりん》もなかった。そうかと云《い》って、駒沢には何らの異常な嗜癖《しへき》もなかった。彼は藁《わら》の上の病気の犬のように、唸《うな》りながら身を慄《ふる》わせていた。

これが郷愁というものであり、自分はその郷愁の対象の代表になっているのだと菊乃は思った。自分の寝姿は、いわば弓なりの、桜いろの日本列島であり、彼女は風景になっていればよかったのである。

こうした一夜の印象は、こちらにとってはかなり非情緒的なもので、それをどうこう文句を言わぬ教養は積んでいたけれども、あくる朝の自分の微笑に、どことはなく平板なものがあるのが菊乃には気にかかり、お化粧を一そう濃い目にした。

しかし駒沢の朝の睦《むつ》み方は、愛らしいと云ってもよい程だった。彼は早朝から下の部屋に来ている営業部長たちを永らく待たせ、わずかの間でも修羅《しゅら》の巷《ちまた》から遠ざかろうとして、菊乃にまつわった。彼女の裾《すそ》をまくって、太腿《ふともも》を叩《たた》き、「こりゃ本絹や」などと冗談を言った。菊乃は独り寝のときにはいつも冷たい太腿が、曇った朝であるのに、体内から旭《あさひ》が射《さ》したように、明るんで軽く熱しているのにおどろいた。

もともと菊乃は、明るい膝《ひざ》をしていると人にも言われた。朋輩《ほうばい》と一緒に風呂《ふろ》に入ったときなど、膝をすぼめて慎《つつ》ましく坐《すわ》っても、太腿の照りが相映じて、暗い湯殿をも

明るませるようで、

「きれいね。菊乃姐《ねえ》さんの膝から腿ったら、寝室の間接照明に丁度いい明るさだわ」

などと言われた。

この朝の戯《たわむ》れが、ふいに菊乃に、彦根へ来てからついぞ思い出さず、又思い出さぬようにつとめて来た大亜貿易の社長の面影《おもかげ》をよみがえらせた。それはとうとう囲われもせずに二十年ちかくつづいた交情であるが、人からは「腕がない」と言われ、何一つ物欲しそうにしなかったおかげで、死後にそれだけのものも貰《もら》った。きけば奥さんとの間に約束事があって、妾《めかけ》にさえしなければ女には応分のものをやるという生前からの約束を、奥さんが実行したのである。

東京を捨ててきたとき、彼の写真も銀行に預けてきて、菊乃は過去を葬《ほうむ》り去った気持でいたが、思いがけなくこういう朝が来ると、どうしても昔が偲《しの》ばれる。それに大亜貿易社長は年をとっても恋人気取を忘れない男で、仕事へ行く時間が迫っているこんな朝に、若者のようにわざと未練たらしく見せる習癖が死ぬまで残っていた。そうやって後朝《きぬぎぬ》を修飾して、囲ってやらない負目《ひけめ》をその都度ごまかして来たのが、習い性となったのかもしれないけれど、悪くない特質ではある。

それを思い出して少しも涙が出ないのもふしぎなら、この場合、前の晩の駒沢の姿態は少しも心に残らず、今朝の駒沢にはまた、ずっと昔に訳《わけ》のあった人のような、超越した親しみが生れているのもふしぎである。してみると、ゆうべはたしかに何か起ったにちがいなく、しかもそれがゆうべのこととは信じられないのである。

――この同じ感情を持ち越して、彦根の事務所の朝、駒沢の放心したような後頭部の形を眺めていると、菊乃にはますます、すべての現実感が喪《うしな》われてくる。永の年月、男というものを、安定した地位の側面からしか眺めたことのない菊乃は、こんなにっちもさっちも行かぬ状況に置かれている男を、どう考えてよいかわからなかった。

忽ち窓外に喚声が湧《わ》き、これに応じて、会議室や廊下からもどやどやと人の起きる気配がした。数旒《すうりゅう》の赤旗が朝風になびいているのが窓から見える。

駒沢は胸に一ト息、深すぎる息を吸い込んだ声で、こう言った。

「出て来よったらしい。皆の中へ入って話そう。話せばわかることやし」

工場長が制《と》め、そこで口論が起った。結局荒くれの社長防衛隊が附添《つきそ》って出ることを条件にして、工場長は折れた。菊乃も従おうとしたが、駒沢に厳しくとめられた。

菊乃は社長室の窓から、一部始終を見下ろした。すでに前庭は押し出してきた組合員に占められ、事務所の入口、工場の出入口、女子寮への通路は悉《ことごと》く塞《ふさ》がれている。

「社長帰れ！」

「社長を通すな！」

「くたばっちまえ、老いぼれ」

「会社は私物じゃないぞ！」

などの罵声が湧き起り、赤鉢巻《はちまき》の若者が腕を組んで、社長を阻《はば》んでいる。駒沢が何か叫んでいるが、その声は少しも聴きとれない。最前線の組合員が駒沢の背広の肩先をつかみ、ネクタイを引張ろうとしたのを、社長防衛隊が手を出して殴りつけたので、混乱が起った。赤旗の一つがずり落ちて、竹竿《たけざお》の先があらわになった。菊乃はその旗手が紅《あか》い頰《ほお》をした女子工員であるのを認めた。そのときその女子工員の、さし上げた腕のうごきがつぶさに見えた。旗竿の先で、半ば禿《は》げた社長の頭が乱打され、赤い粉のようなものが飛び散った。咄嗟《とっさ》に前額部を押えた駒沢の指は、嬰児《えいじ》の指のように、五本をはっきりと無邪気にひろげ、一瞬、菊乃の目に、その指の形は何かふざけた合図のように映った。

「兵糧攻《ひょうろうぜ》めや。それより他《ほか》にあらへん。兵糧攻めや」

と、ワイシャツや背広に散った血の跡はそのままに、頭の傷に繃帯《ほうたい》を巻かれているあいだ、駒沢は営業部長や菊乃に言いつづけていた。あれからすぐ、救い出された駒沢は、市内の病院へ来たのである。

「食堂閉鎖や。即刻、給食停止や。奴《やつ》らも口が干上ったら、すこしは頭が冷えよるやろ」

医者はそこで鎮静剤の注射をした。医者は最短半日の静養をすすめたが、駒沢が俄《にわ》かに彦根城の天守閣へ行きたいと言い出したので、会社側の大ぜいのお供と一緒に、注射器や薬を入れた鞄《かばん》を看護婦に持たせて、附添った。誰《だれ》も駒沢が突然そんなところへ行きたがる理由を訊《き》く勇気はなかった。

その日、天守閣を訪れる旅客はほとんどなかった。風が募るにつれて雨が加わり、お供がさしかける傘《かさ》の下で、駒沢の頭の繃帯はしばしば濡《ぬ》れた。それでも駒沢の心は熱して、人に先がけて、廊下橋の下まで長い石段を一気に登った。

太鼓楼門をくぐって、はじめて天守閣の全貌《ぜんぼう》があらわれる。その牛蒡《ごぼう》積みの石垣《いしがき》は濡れ、白壁は曇り、唐破《からは》風《ふ》や千鳥破風をいろいろに組み合わせた三層楼の複雑な姿は、風雨のなかで、威風というよりは、不機嫌にうずくまっている鎧武者《よろいむしゃ》のように見えた。

それを見たとき、駒沢は自分の遣《や》り場《ば》のない怒りの、形と輪郭をはっきりと知った。

天守閣のなかの暗い急な階段を、縄《なわ》にすがって昇ってゆくと、駒沢の額にはまた痛みが著《しる》く、あたかも闇《やみ》のなかに、その傷口から一条の光りが放たれて、あたりを照らすような幻覚を持った。光りを放つ者にとっては、その光りは多分痛みなのだ。太陽はひどく痛んで、苦痛の叫びをあげつづけているにちがいない。

痛みは駒沢の感情を醇化《じゅんか》して、彼の日ごろの落ちつき払った心境の一切を、迷蒙《めいもう》と斥《しりぞ》けるほどの力があった。今、一人きりだったらどんなによかったろうとも思うが、依然彼には聴き手が必要だった。聴き手には依然、（すでに少数の人間しかいなくなったが）、共通の感情が必要だった。そのために、もしここに金槌《かなづち》があったら、自分を扶《たす》けて天守閣へ上ろうとしている七、八人の額に、それぞれ自分と同じほどの傷の穴をあけてやりたいと思った。

菊乃は看護婦と話しながら、ずっとあとに従って階段を昇った。井戸の底から空を見上げたように、高みに灰白色のおぼめく光りの矩形《くけい》があり、そこへ迫《せ》り上ってくる駒沢の頭の鮮やかな繃帯の白を仰ぐと、いつかその最上階で岡野とあいびきをした日のことが思い出され、急に自分を罪深く感じた。今まで騒動にまぎれてそういう感想も浮ばなかったのに、駒沢の傷は自分が間接に手を下したもののような気がしたのである。

「何日ぐらいで治るんでしょう。社長のお怪我《けが》」

「さあ、よくわかりませんけど」

と看護婦は重い鞄を持て余して、ものぐさな返事をした。

最上階へ昇る階段の踊り場に、むかしの鯱《しゃちほこ》が飾られていて、狭間《さま》のあかりがそこへわずかに届いている。駒沢は通りすぎざま、その薄闇にたけだけしく尾を立てている茶褐色《ちゃかっしょく》の怪魚の顔をちらりと見た。十八世紀初頭の宝永年間の改築の砌《みぎり》、取り換えられたその元の鯱がこれだと解説の札に書いてある。天守閣の屋根の頂きに朝陽《あさひ》夕陽を受けて金色《こんじき》に輝やいていたものが、取り払われてから二百数十年のあいだ、こうしてここに無為にすごして来た姿を、駒沢は忌《いま》わしく見た。

見まいとしても見、思うまいとしても頭に残った。その怒った怪魚の口には、鋭い歯が並んでいたが、金箔《きんぱく》は消え、鱗《うろこ》は埃《ほこり》に埋もれ、置かれるべきでないところに置かれて、雲の去来とも隔てられ、……いわば世界のもろもろの意味のある配列から外されていた。

「あれや。ここからあれを見たかったんや」

もとよりそれが、ここへ来た理由のすべてではなかったが、みんなにわかりやすいように、最上階の西むきの窓へ来るなり、駒沢は眼下の湖畔の工場の煙突を指呼して言った。すでに彼に新らしい感情が生れ、そう言うにも他人の感情をしらずしらず顧慮していた。

湖は雨に霞《かす》み、沖も雲霧に包まれて、対岸の山々は見えなかった。駒沢紡績の大煙突の煙は絶え、絹紡工場の赤煉瓦《れんが》ばかりがわずかな色彩で、綿スフ工場も、ところどころの倉庫も、女子寮の古い瓦屋根《かわらやね》も、黒ずんで濡れていた。そこはあたかも無人の工場のようで、ここから見下ろせばあの騒動の影もなかった。

「あれは何や」

と駒沢は湖畔の火を指さして訊いた。

「組合員が何かを焼いているんだと思います」

「あれほどのものを焼くときは焼却炉で焼けと言うてあるのに。あれは焼却炉のすぐ近くやないか」

駒沢はそのあたりに、彼の送った花の種子《たね》が大いそぎで蒔《ま》かれ、又忽《たちま》ち踏《ふ》み躙《にじ》られたことも知らなかった。

火は雨に爆《は》ぜて白い煙を夥《おびただ》しくあげ、風に巻かれる煙の合間に、媚《こ》びるようにちらりと身をあらわす焔《ほのお》の輝く朱は、こんな遠くからもつぶさに見えた。それは灰いろのあいまいな風景の膜の一点が破れて、強いなまめかしい実質をあらわしたかのようで、いわばこの風景の輝く内臓の色であった。

菊乃は直感で、その火がもしや、各工場の社長の大きな肖像写真（あの大きさでは焼却炉にも入らない）を焼いている火ではないかと思ったが、駒沢の心は過去へ向って、終戦直後に、多くの機密書類と共に息子の形見の千人針を妻に焼かせた、あの同じ雨中の火、同じ夥しい白煙を思い浮べていた。するとこの遠い煙もたちまち身近に立って、目を痛く蝕《むしば》むように感じられた。

そんな風に駒沢の硬い心と柔らかい心が、定めなく交代してゆく果てには、つい先刻烈《はげ》しい揉《も》み合いの渦中《かちゅう》で見た、かつての「息子」や「娘」たちの群がり立った顔の記憶へ、否応《いやおう》なしにぶつかった。

あの若い組合員たちの顔、かれらがあんな顔をしているとは、今まで考えたこともなかったのであるから、ここ数日のあいだに急にそう変ったとしか思いようがない。尤《もっと》も駒沢が彼らの顔をあんなに近くで眺めたことははじめてなのだ。押しあいへし合いしながら、時間的にはわずかの間だが、耳垢《みみあか》まで見え、口臭まで嗅《か》がれるほど、あんなに身近に接したことははじめてである。それらの顔が憎悪に充ちていたからというよりは、駒沢にとっては、それらのひしめき合う若い顔が、彼の顔にそれほど接近することができるという感覚の異様さが怖《おそ》ろしかった。大切な距離が、しらぬ間に何ものかに喰《く》いつぶされていた。彼が公平な肉親的な感情を働らかすには、その相手側の愛憎はさておき、こんなに毛穴の一つ一つまで読まれる近さでは不可能だった。かがやく目、怒った鼻孔、残忍な白い歯列、舌苔《ぜったい》のある舌の舞うさま、無精髭《ぶしょうひげ》に取り巻かれた唇《くちびる》、……こんな顔の無数の堆積《たいせき》を眼前に突きつけられて、いかにも駒沢の口惜《くや》しく思ったことは、自分の溢《あふ》れ出る善意の、あいつらの貪《むさぼ》るような目に立ち向う小ささと弱さである。あいつらはもう、何も「公平さ」を欲しがっていないように見えた。

駒沢は風雨の窓へ繃帯の頭をさし出し、自分の工場の、煙の絶えた大煙突の方へむかって、二度三度唾《つば》を吐いた。医者は鎮静剤の利《き》かなかったことを憾《うら》み、繃帯の濡れるのを憂《うれ》えたが、その場の誰もが駒沢の勢いに押されて、手出しもできずにいるので、黙っていた。後ろ髪は繃帯で固く留められていたけれど、その稀《すく》い毛の中を風が浸《し》みとおって、貧しげにふくらむのが眺められた。

駒沢が、怒りを本当に自分のものにしたのはこの時である。

「恩知らず！　外道《げどう》！」とはるか眼下の工場の屋根へ向って叫んだ。「お前らのやっとることは天道に背いとるのを知らんか。田圃《たんぼ》の稲が、日照りと雨の自然の恵みに叛《そむ》いてどうなるんや。え？　考えてみい。赤の手先に惑わされてからに、お前らはおのれでおのれの首を絞めよるんやぞ！」

彼はそれから縷々《るる》と父なる自然の恵みを述べ、争議を真向から「自然への反逆」と規定した。その声は風雨に遮《さえぎ》られ、あまつさえ感情の泡立《あわだ》つがままに起伏して、うしろを取り囲む聴衆の耳には聴き取りにくく、菊乃は又、窓に身を乗り出して嘔吐《おうと》をつづけているようなその背広の後ろ姿にはらはらしているばかりだったが、駒沢の身を押しゆるがしている怒りは、誰の目にも見え耳にもきこえた。あの慈愛に充ちた冷たさから駒沢がこれほど遠く、われを忘れた熱情の擒《とりこ》になっているところを、人々ははじめて見た。

駒沢は気まぐれな自然の、時には苛酷《かこく》にわたる仕打に比べて、自分がいかに思いやりの深い理想的な自然の役を演じ、ほどほどの雨やほどほどの日照りを塩梅《あんばい》よく配分し、ひよわな稲も人並に育つように、いかに夜の目も寝ずに精進を重ねて来たかを説いた。彼が管理していた自然は、多数者のちぐはぐな意見や、時代の流行に目をくらまされやすい若い者たちの考えとは隔絶して、一本の賢明な手綱に操られ、もし本来の自然に悪というものがあるならば、その悪だけを注意深く払拭《ふっしょく》した調和的な自然であった。彼はつまり自然から、その純粋な理法のみを抜き出して、人に施してきたのである。その理法を司《つかさど》る駒沢の立場は、時には日照りが望まれているときに雨を降らせ、雨が乞《こ》われているときは日照りをつづけたりせねばならず、目先だけでは理解されようもないが、いつも遠い調和へ目を放って、そのときの理解をたのしみに暮すほかはなかった。サークル活動は風紀を紊《みだ》し、文化的なたのしみは青年を腑《ふ》抜《ぬ》けにし、その害毒はいずれも年配になればわかることだが、彼は自由の意味もわからぬ年ごろに自由を与えたりすることが、自然に反する行いだとよく知っていた。

そうだ。彼はよく知っていた。どこに、いつ、どのくらい雨を施し、日照りを施すべきかをよく知っていた。本来の自然も、彼に比べれば無知であり、よりまちがいを起しやすいと云えたであろう。そしてこの知識こそ、人間が人間から享《う》ける恩恵というものだった。

「その恩も忘れて、恩人の頭を旗竿で叩《たた》いて怪我をさせよるとは、誰に教わったことや」

人の世界でそんなことが通るとすれば、それは直ちに自然をないがしろにし、天地の運行を狂わせることになり、日は西から昇り、子供の胎《はら》からおふくろが生れ、蛾《が》は羽根を畳んで繭《まゆ》の中へもぐり込み、燕《つばめ》は秋に来、鶴《つる》は春に訪れるようになるであろう。

彼は無知を弾劾《だんがい》し、忘恩をののしり、この世に正義が行われなくなったことを大声で慨《なげ》いた。いやらしい黴菌《ばいきん》が若い者の心に巣喰い、美しい情誼《じょうぎ》を足蹴《あしげ》にかけさせ、腐敗と怠惰が世界中にはびこり、謙虚が色褪《いろあ》せ、女の股倉《またぐら》が真黒になり、懐疑と反抗が男の叡智《えいち》を曇らせ、喰ったものはみんな洟汁《はなじる》と精液になり、勤勉は嘲《あざけ》られ、誠意はそしられ、嘘《うそ》の屁《へ》と欺瞞《ぎまん》のげっぷをところかまわずひり出し、ために健全な母親の乳房も爛《ただ》れてしまう。そういうペストが、ついに駒沢紡績をも犯したのだ。

「ええか。もうお前らを見捨てたぞ。今日からは自然はもうお前らの味方につかず、護《まも》ってくれる親もない。わしも程のよい恵みをやめて、天と同様の無慈悲を身につけんにゃならん。兵糧攻めや。食堂封鎖や。今日からは旱魃《かんばつ》や。田という田が干上るんや」

人々は幸いほかの見物客の一人もいない暗い最上階を見まわしたが、雨風《あめかぜ》は容赦なく室内へ吹き込み、窓を閉めに来る管理人もなかった。太い柱や梁《はり》は部屋に重々しい影を畳み、四方の窓は、灰白色の鳴動する空間を穿《うが》っていた。無人の城の天守閣のどこかしらで、軋《きし》む音や羽搏《はばた》くような音があった。たとえば小刻みに慄《ふる》える音は、階段の踊り場の隠し狭間《ざま》の戸が鳴るらしかった。

人々は顔を見合わせたが、駒沢の弁舌は、ときどき咳込《せきこ》んで途絶えるほかは、いつ終るともしれなかった。営業部長の目くばせで、医者が彼の肩に手をかけて、はねつけられた。そのとき医者は、心もちふりむいた駒沢の頰《ほほ》が雨ではなくて、しとどに濡れているのを見た。その涙を、一緒に覗《のぞ》き込んだ菊乃も見たのである。

菊乃が駒沢の背に抱きついて号泣したのは、そのすぐあとである。駒沢は菊乃を振り払うことはしなかったが、間着《あいぎ》の背広地をとおした彼の背の肉の小さな歔欷《きょき》が、敏感に菊乃の体に伝わり、菊乃は床に崩《くず》折《お》れて、まだ拭《ぬぐ》いもやらぬ暴徒たちの泥《どろ》にまみれたそのズボンに縋《すが》って泣いた。この泣き声はあまり旺《さか》んに天守閣の天井に谺《こだま》したので、駒沢もとうとう黙ったが、顔は頑《かたく》なに窓外へ向けつづけたままであった。

＊

駒沢の帰朝後一週間目に村川もアメリカから帰り、岡野は羽田へ迎えに行った。その晩村川は岡野と懇談し、さらに岡野は村川の意を承《う》けて京都へ行き、彦根からひそかに秋山を呼び寄せて話をした。

村川は岡野の詳しい話をきき、薬の利きすぎたような感じも持ったので、自分の桜紡績への飛火をおそれ、早速二つの対策を立てた。一つは組合の過激分子に好きなだけ休暇を与えて、駒沢紡績の争議の応援に熱中させ、その精力の捌《は》け口《ぐち》を与える一方、いくら比べられても安心なほど悪い駒沢紡績の労務管理の実態をよく見聞させて、かれらの愛社心を改めて振い起させることである。

もう一つは、桜紡績の女子工員の公式の呼名を「お嬢さん」あるいは「お嬢さん

方」と改めることである。帰朝の挨拶《あいさつ》で、早速村川は社長自ら範を垂れ、満場の女子工員に、

「お嬢さん方……」

と呼びかけたので、みんなはこの気の利いたアメリカ土産におどろかされた。

しかし、永年の癖は革《あらたま》らず、帰朝匆々《そうそう》の工場視察の折も、村川は工員たちが出入りする自在扉《ドア》の、どこを触っても汚ならしい気がして、いつものとおりドアの中央部を人差指一本で押して通った。

＊

新入患者がすぐ噂《うわさ》に立つのはどこでもあることで、宇多野療養所への弘子《ひろこ》の入院は、その日のうちに房江《ふさえ》の耳に届いており、弘子もまた、入院の翌日には、会社では上層部だけしか知らぬ社長夫人の所在を知った。争議の勃発《ぼっぱつ》まで、しかし、二人は全く没交渉に暮した。

やがて社長が外遊する。工場へ花の種子が送られる。その数粒を、女子寮の友だちが見舞状に挟《はさ》んで弘子へ送る。弘子はよろこんで、枕《まくら》もとの植木鉢《うえきばち》に種子を蒔《ま》いたけれども、数日のうちに土は黴《か》びて、芽生える由《よし》もなかった。

弘子は病棟《びょうとう》もちがい、房江の顔を見る機会はなかったが、実に悪口だけはたっぷりきき、会社における駒沢はまだしも何分かの支持者を持つのに、療養所における駒沢夫人の嫌《きら》われ方は徹底していると思った。二ヶ月もすると、弘子の回復は目ざましく、まず庭の散歩がゆるされ、所外の散歩がゆるされる日も間近になった。

争議が起って数日のち、弘子のところへ房江からお使者が立った。ぜひ会いたいから、病室まで来てくれと云《い》うのである。おそるおそる出かけた弘子は、そこでいともやさしく甘い、噂とは正反対の可哀《かわい》そうな衰えた患者に会った。

人にしじゅう嫌われている人間の鋭敏な直感が、あるとき必要に迫られて、その嫌われている細目をのこらず裏返して見せようと企てるときには、こんな風に思いがけない成果を挙げることがあるものだ。

房江はすでに弘子が、新組合のリーダアの恋人であることを調べ上げており、この娘から探りを入れるのが得策だと思ったのである。

「この枕や」と房江は言った。「この枕に耳をあてがうと、みんなわかるんや。会社のほうできつい音がしてる。あんたの耳にもきこえてるかもしらんや思うて、一ぺん訊《き》いてみなならん思うとったの」

弘子は争議のことを房江がどれだけ知り、又病院側が重症患者にどれだけ知らすま

いと努めているか、量りかねたので、
「えらいことになりましたわ。社長さんのお留守に」
と当らずさわらずの返事をした。

房江が枕のことを言ったのは比喩《ひゆ》ではなかった。とりわけ夜、枕だけが房江を外の世界へつないだ。枕の下には汽車も通い、花園から嵯峨《さが》へ渡る山陰本線の汽笛も届いた。松籟《しょうらい》や夜鳥の鳴音《なきね》もきこえ、嵐《あらし》の夜には折れる小枝の音が、その青い切口をいたましく目に浮ばせた。夏は又、梟《ふくろう》の声、夜の蟬《せみ》が寝覚めに松から松へ移るチチともつれる声を聴くこともあった。

争議の勃発を知ってから、房江はこうして枕にじっと耳をあてていると、その枕が気味わるく温まるにつれて、別の音がきこえてくるような気がする。その音は、熱の多少高いときの顳顬《こめかみ》の脈搏《みゃくはく》の音のようでもあるが、砂地を行進する夥《おびただ》しい軍靴《ぐんか》の響きのようでもある。枕をとおして、房江の内部が外部と入れかわって、休止した機械のしんとして黒く油に光っている有様が、自分の内部にありありと感じられるのと同時に、息の昂進《こうしん》や乱れが多人数の叫喚とまじわり、脈搏までが、刻々と崩壊の時を刻んでゆくように聴かれるのである。房江はこの数夜、世界が確実に崩壊してゆく音を枕に聴いた。

枕にまつわる赤茶けた後れ毛や、抜け毛を見ても、それが先細の枝毛になって、寝汗が深夜しらぬ間に浸しては退《ひ》いてゆく波打際《なみうちぎわ》に、のこされた藻《も》のように思われると、房江は鋭い生活の喜びを感じた。この世で滅んでゆくものは自分だけではなく、健全な会社というのも健康人の妄想《もうそう》と同じことで、そんなものはどこにも存在しなかった。しらずしらず、彼女は妻として、旺んな会社を嫉《ねた》んでいたのかもしれない。

争議は新聞で読んだばかりで、会社からも何の知らせもないことが、彼女の享楽《きょうらく》を完全にした。力と火はただここの病室のベッドの上だけに残っていて、房江が久しく見舞を拒んできた無力な蔑《さげす》むべき連中は、これを機会に二度と起《た》ち上れない打撃を受けるであろう。

「社長さんが帰っていらしたら、きっと見舞に来られますわ」

と弘子が慰め顔に言うと、

「来いしまへん。又、こないな際に、見舞になど来てはならんのや。それはあの人もようわかっとることやし、万が一来はっても、わてが会いまへん。……それより、あんた、たびたび遊びに来てエな。あんたら若い人の顔見てると、わても力づけられるさかいにな」

「ええ、これからときどき伺います。奥さん、怖い方のように伺ってたけど、お会いしてみたら、こんなにやさしいいい方なんで、おどろきましたわ」

「そないに言うてもらうと、嘘でもうれしゅおます」

房江はこの娘のあまりの軽信に動揺し、そのしたたかな心にも、一瞬、予期しない陥没が起った。以後、弘子は少しも怖がらずに何度も見舞に来、房江も亦《また》、最初に作ったやさしい顔をおいそれと崩すことができなくなった。

社長がかえったという記事が新聞に出て一ト月近く経《た》った。房江の言うとおり、社長は来なかった。

十時半からの安静時間に入る前、朝食のあとの一日で一等さわやかな時刻に、弘子は房江のところへ見舞に来ていた。空は曇っており、やや肌寒《はださむ》かった。梅雨はなお明ける気配がなかった。

この日は丁度七夕で、陽暦でこれを祝う若い人のためしに倣《なら》って、弘子が色とりどりの短冊《たんざく》を下げた小笹《こざさ》を見舞に持ってきたので、房江は喜んだ。そして力を得て、二階の東端の見晴らしのいい長椅子《ながいす》まで行ってみたいと言った。

景色はいちめん灰いろにおぼめいていて、庭のさかんな葉桜のみどりばかりがなまなましかった。雨後の夕日などには赤銅《あかがね》いろの幹が雄々しく映える雙《なら》ヶ岡《おか》の松も、今朝は煙っていた。

「今夜は、こりゃ星は見えへんな。星はストライキで忙《せわ》しゅうて、顔も見せへんのやろ」

それまで一言も大槻《おおつき》のことに触れなかった房江が、ついそう言って、弘子の額に浮ぶ翳《かげ》りを見たときに、いつも欠けた食慾《しょくよく》を補うために自分の中に掻《か》き立ててきた、他人の悲しみに対するあの旺んな食慾を、房江はわれながら健やかな思いで味わった。そういうとき、房江は生きていた。

忽《たちま》ち雙ヶ岡の空から爆音がきこえ、低空を来る単発の飛行機が、旋回している形が眺《なが》められた。鳴滝《なるたき》の上まで来たとき、何かが投げ落された。見る間《ま》にそれは投網《とあみ》を打ったような無数の紙片になり、東風に吹き迷わされて、こちらへ飛び散ってきた。丁度すぼんだ裳裾《もすそ》が、風の加減でひろがったのを下から見上げるように、彼方《かなた》の空に密集していた紙片が、急にこちらへ疎《まば》らに思うさまひろがって襲ってきた。

ビラは松の枝々にかかり、一つの枝に休まるかと思うと又翔《かけ》った。見上げる空は俄《にわ》かに奥行を増したかのようだった。

病院の庭の桜の葉ごもりにも、ビラは身をひるがえしては、吸いつくように止り、そのころはほうぼうの病室の窓から手が出て、争って取ろうとする若い声々に咳《せき》がまじった。

弘子はもとより、窓から体を乗り出して、つかもうとする手をすりぬけるビラに、子供らしい叫びをあげていたが、ようやく窓框《まどかまち》に貼《は》りつこうとした一枚を捕えて読んだ。

「何の広告? 見せとくれやす」

と房江が言った。弘子は躊躇《ちゅうちょ》していた。

房江が強《し》いて受け取って読むと、こう書いてある。

「卑劣、悪辣《あくらつ》、恥も外聞もない、法律も

警察もない、繊組の目茶苦茶ストライキ。

○上部団体でもない繊組が押かけ女房《にょうぼう》で駒沢紡績に入り込もうとし、

○友好団体の仮面で海員組合、炭坑組合や共産党まで仲間に入れ、

○工場の門や塀《へい》をハンマーでぶちこわし、トラックをひっくり返し、電気を切断し、

○製品や原料の運搬や輸出まで妨害して、不法な国民経済破壊を強行し、

○暴力ピケ隊で社外の人々に怪我人《けがにん》を沢山出し、非組合員を袋叩《ふくろだた》きにし、

○女子工員を何百人も食堂に押込め強迫して、織組加盟の判を無理に押させ、
○ピケ隊の暴漢が寝室侵入、「結婚の自由」をよいことに風紀を紊《みだ》し、
これが織組ストの実情です。民事裁判で時間のおくれる間に、不法暴力でカタをつけようとする。こんな国情では日本の産業はつぶれてしまうではありませんか？

駒沢紡績株式会社」


房江は愉《たの》しげに何度もくりかえしてこれを読んだ。読んだのち、紙を光りに透かし紙質を検《あらた》めた。そしてこう言った。

「ばか金《がね》使うとるわ。こないなもの誰《だれ》に読ませたかて、洟《はな》をかまれてしまうがオチや。あほくさ」

「これはみんな本当でしょうか」

と弘子が訊いた。

「本当や嘘やより、自分に都合のええことばっかり書き並べて、世間様が喜んでくれる思うたら大まちがいや。ほんまに知恵の足らん」

房江は目を閉じて、若い荒々しい力があの古い工場を片端から叩き壊してゆく新鮮な響きをきいた。それはもしかすると、彼女が久しく望んできたお祭だった。

弘子は房江の心の中を読みまちがえ、さっきも星祭の小笹を見て房江の暗示した男

の名が、このビラの粗暴な文字の裏にちらついているように思われているのではないかと案じた結果、熱くなった指先をしっかりと組合わせて、一気に言った。

「大槻さんっていい人なんです。やさしい人なんです。こんなひどいことをする筈《はず》はありません」

一瞬、房江の、視点のはっきりしない目がひらき、狡《ずる》そうな色が動いた。彼女が誰か知らない人間を「いい人」だと決めるには、怖《おそ》ろしい決断が要った。しかし自分の予期しない遠いところで共感が動いて、その「寒餅《かんもち》のように硬い心」を持つ年頃《としごろ》の若者が、房江の好きな力強い偽善を頒《わか》ってくれるような気がしたのである。それこそ彼女が権力というものにふさわしいと認める唯一《ゆいいつ》の特質だ。

「そうらしいわね。駒沢もいつかそないに言うとった。あんたのことも褒《ほ》めとったわ」

「社長さんがですか？」

と弘子は信じられぬように目を瞠《みは》った。

一旦《いったん》屋根に落ちて、又軒を離れた数葉のビラが、窓をよぎって庭の外れへ向って散った。

「見とおみ。泥で書いた文字は、すぐ又泥だらけになって腐るのがオチや。掃除人夫が苦労しよるやろ」

世にも教訓的な口調で、房江はそう言った。

この年の梅雨は永くつづいた。七夕のころから居直って、七月の末ちかくまで、むし暑かったり肌寒かったりする不順な気候がつづいた。雷があって、積雲が眩《まぶ》しく湧《わ》いて、二階の東端の窓から、衣笠山《きぬがさやま》の横に比叡山《ひえいざん》の山頂がくっきり見えるようになると、夏である。春から梅雨明けまで、この山はほとんど姿を隠してしまう。

弘子は時間決めの所外の散歩に出られるようになり、房江はその都度買物をたのんだ。それは駒沢紡績の争議に関する雑誌類の蒐集《しゅうしゅう》で、左翼系の新聞はもとより、暴露記事を売り物にするいかがわしい雑誌にまで及んだが、はじめは附添《つきそい》がたえず買いにやらされるのを、弘子が代ったのである。

医者の目を盗んで、房江は競馬きちがいが競馬新聞を読むときのように、それらの記事を貪《むさぼ》り読んだ。

それからわかったところでは、駒沢の食堂封鎖が一そう問題をこじらせ、組合に対する世間の同情を呼び、工場ではまた、製品搬出を強行しようとするスト破りの暴力団との間にたえず小ぜり合いがくりかえされ、市民も組合側に加わり、そのたびに怪我人が出て、いつ解決するとも知れなかった。会社は頑なに団交を拒み、中労委の斡《あっ》旋《せん》は何度も失敗していた。

雑誌のゴシップ欄によれば、駒沢は次第に自他の不信に蝕まれているらしく、あれほど多弁な人間が、このごろは人が変ったように黙りがちだということで、それを読んだ房江は心に喜びの叫びをあげた。ついに良人《おっと》も、人間というものを知る時が来たのである。良人はつねに遅く来る。房江がずっと以前から住んでいた地点に、今やっと彼は到達したのだ。……

——房江が弘子に買物をたのみだしたころには、すでにこの貧しい娘と、しっかりした経済的な絆《きずな》で結ばれていた。房江は会計主任を呼んで、弘子の未払の療養費をみな払い、又退院迄《まで》のあらゆる費用を請合うように取決め、このことは会計主任から後で弘子に知らされたが、もちろん彼女にはそれを拒む力はなかった。もしこれが大槻に知れたら、どんなに怒られるかわかっていたが、争議がはじまってのちの大槻からは送金も途絶えていたので、致し方がなかった。もともと弘子は人の厚意をこだわりなく受ける娘で、しかもその結果人におもねったり、へつらったりすることがない。その上、買物のたびに房江はいつも余分の金をくれ、決して釣銭《つりせん》を受けとらない。

そこで弘子は、雑誌や新聞の頼まれものの他《ほか》に、小さな土産を携えて帰る癖がついた。大沢池のほとりに風車売が出ていたと云《い》って風車を買って来る。仁和寺《にんなじ》門前で水中花を買って帰る。あるときは夏萩《なつはぎ》などの野の花を摘んで戻《もど》ったり、蟬《せみ》の抜殻《ぬけがら》を大事に持ち帰ったりして、房江の枕頭《ちんとう》を飾った。

房江の枕上《まくらがみ》には、埃《ほこり》のいっぱい泛《う》いた水の中で水中花の洋紅の花や緑のモール細工の葉が、こまかい気泡《きほう》を宿して動かずにいたが、附添はコップの水を換えることもせず、房江もそれを命じなかった。次に来たとき、弘子は小さな溜息《ためいき》をついて、自分で水を換えに行った。その弘子も、決して房江が水中花に飽きたかと訊きもせず、自分の贈物の養生をいつまでも頑固《がんこ》につづけた。

ある朝、弘子はその埃だらけのコップの水の表面の、やや色褪せた花弁の端が水を突き出て醜く萎《しお》れたところに、蟬の抜殻が鋭い爪先《つまさき》をかけて浮び、割れた背中を水と埃で充《み》たして、たゆとうているのを見た。

「あら、きのう取ってきた蟬の抜殻が、こんなところに」

「どないしたんやろ。折角のあんたの心づくしやいうのに。ああ、きっと附添や。あの附添がいやがらせにしよったんや」

と房江は、その場にいない附添に罪を冠《かぶ》せて言った。

「これじゃ花も何だか汚なくなったみたいですね」

と弘子はこだわりなく言って、水中花を捨てに立った。

弘子は房江が決して枯れない花を憎んでいることを知らなかった。房江も亦、以前とはちがって、自分の意志をこんな人を傷つけないやり方で通すようになった。房江は、他人の気持を、いつでも手の内で握りつぶすことができる鶉《うずら》の卵をでも扱うように、大事に扱うことを学んでいた。弘子のそれほどやさしい振舞の中に、経済上の感謝の念もさることながら、この種の療養所に永くいる間に自然に身に着ける、自分よりも重症の患者に対する感謝の念がひそんでいることは知らずに。

弘子は房江に雑誌類を渡す前に、そっと全部に目をとおしている形跡があったけれど、めったにその内容について房江と話し合うことはなかった。房江も亦、一人ひそかに読みひそかに味わう愉《たの》しみのほうを選んだ。日々、満山の蟬の声の中で、このしんみりした熱中に引き込まれ、しかも房江の病状は去年の夏よりも良く、これほどの疲れから不意に高まる熱もなかった。

雑誌を渡すときの弘子の顔の張りつめ具合で、房江はその内容を占うことができるようになった。ある日、弘子が雑誌を渡してそこそこに立去ったあと、ひらいた頁《ページ》に、房江は次のような見出しを見た。

「駒沢社長の陰謀と淫蕩《いんとう》

妾《めかけ》を寮母に入れてスパイさせていた！

もと芸者原菊乃の秘密の役割」

房江はこの記事から、争議が起ってのち、菊乃が女房気取でいる事実まで確かめ、例の探偵社《たんていしゃ》の男を、争議が起ると同時にお払い箱にした自分の賢明な処置に感じ入った。今はもうこれだけの「事実」が、百五十円の雑誌代だけで手に入るのだ。

――一きわ暑い或《あ》る夕刻に、突然弘子の友達が訪ねて来て、その娘《こ》を弘子が、房江の病室へ連れて来た。

この彦根時代の弘子の同僚は、とうとうストライキに耐えかねて脱落し、帰郷の道すがら、ここへ見舞に立寄ったのである。この娘の口から、房江も弘子も、はじめて血なまぐさい争議の実状をつぶさに聴いた。

「ええ、もうひどかったですわ。たえず怪我人が出るんですもの。給食停止になってから、会社側も暴力団を繰り出すし、私も何だか知らない間《ま》に新組合に入ってましたから、もう、戦ったわ。戦って戦い抜いたという感じですわ。

会社の門を守っていた数十人の当番の人が、見たこともないチンピラ風の団体に、いきなり石や棒切れでなぐられはじめたのが、最初の時だったわ。誰かが、会社の廻《まわ》し者《もの》だ、大変だ、って叫んだんで、私、みんなに知らせたんですけど、それからはもう乱闘ですわね。同県から来ているお友達が、鼻血の出るのを手で押えて、赤旗を倒されないようにしっかり竿《さお》を握っているのを見て、涙がこぼれましたわ。食堂奪還の乱闘もあったんですわ。食堂入口で、チンピラどもと押しあいへし合い。チンピラったら、腰かけから茶瓶《ちゃびん》まで投げるんですからね。このときも重傷者がずいぶん出たんですわ。

塀を乗り越えて出ようとすれば、下で足を叩き折られるし、旧組合の娘《こ》たちも、塀外からの繊維組合の宣伝マイクが聞えないように、蒲団《ふとん》をかぶせられて、押えつけられたりして、発狂した人がもう五人いるんです」

「誰？」

と弘子が訊《き》いた。

この娘は、快活で汗っかきで、たえず汗を拭《ぬぐ》いながら話した。弘子は合部屋では話しにくい話を、知り合いの患者の個室で話そうと言い繕って、房江のところへ連れて来たので、房江を何者とも知らない娘は、頓着《とんちゃく》せずに語った。

「五人のうちで、あんたの知ってる人は、そう……」と娘は、宙を見上げて、逞《たく》ましい指を折った。「まず、高田はなちゃん。この人は可哀想《かわいそう》だった。旧組合だけど。……それから小泉しげ子ちゃん……」

「まあ、小泉さんも？」

と弘子は忽《たちま》ち涙を滾《なが》した。

「高田はなちゃんなんか、私、見ていたわけじゃないけど、『仕事がしたい』って言い暮して、工場のまわりを離れないで、新組合員に乱暴されてから、今度は、裸になって工場のまわりをうろつくようになって、やっと変だと気附かれたらしいの」

「それで、あんたはどうして国へ帰るようになったの？」

「親が迎えに来たのよ。今、私がここにいるあいだ、京都見物しながら待ってるわ」

「お父さんたちが心配して迎えに来たの？」

「そりゃ心配するさ。会社からこんな葉書が親もとへ行ってるんだもの」と娘は、手提《てさげ》から一枚の印刷された葉書を出して弘子に示し、房江もそれを廻されて読んだ。

『拝啓、今回のストにつき御心配のことと存じます。新聞ラジオでも詳細が御判《おわか》りにならぬと思いますが、御息女は新組合に入られ、職場放棄の為《ため》に会社より給料を支払っていません。（第一組合には従前通り給料を差上げています。）新組合は繊組よりわずかに月末に男千円、女五百円貰《もら》っただけで、毎日これまでの貯金を下ろして暮しています。又、新組合は、男子の寮に女子が宿泊しているほど風紀が紊《みだ》れており、妊娠《にんしん》等の心配もあります。農繁期でもあり、一日も早く連戻しに来られることをおすすめします。スト終了後再び帰場してもらうことは歓迎します。

駒沢紡績株式会社』

「ばかにしてるわ。新組合だって、寝るときは男女別々だわ。その点は、大槻さんが、とてもきびしく言ってるんだから」

この一言ほど、弘子の心に一条の輝きを差し入れたものはなかった。彼の名がさりげなく言われ、しかもきわめて適切な問題について言われたことで、弘子の胸は晴れやかになって、他人の不幸などは忘れてしまった。

弘子の幸福感は誰《だれ》の目にも明らかで、その後の友の話はほとんど耳に入らなかった。その目は喜びに潤《うる》み、唇《くちびる》は柔らかに解《ほど》け、体の中に折り畳んでいたものが俄《にわ》かに弾《はじ》けたように、指は落ちつきなく、あたりのものへかわるがわる触れた。

友だちが帰ったあとで、房江はしばらくのあいだ何も語らず、弘子をそうやって一人の幸福の中へ閉じこめておいた。ややあって、こう言った。

「なあ、わてもこのところ考えていたことやが、もうこうなったら、意地の張り合いで、どこまで行っても解決の見込みはないのと違うやろか。それで、わても考えてみたんやけど、ここは一つ、わてらの力で、あんたの大槻はんと、うちの駒沢とを、一度さしで会わすことはできへんのやろか。わてとあんたが力を合わせたら、できんことないと思うんやけど……」

弘子は幸福感の中で目をつぶり、そこに万能の自分の姿を見た。

「そりゃすばらしいですわ、奥さん。大賛成だわ。私も一生けんめいやってみますから、奥さんもやって下さいね。そうしたら……」と弘子は、すべての和解と平和のかがやく幻を見た。

「そうしたら、みんなの苦労がいっぺんで報いられて、そのときこそ彦根の工場が、明るくたのしく働らけるモデル工場になるんですわ」

＊

八月のはじめに、秋山が上京して岡野を訪ねた。闘争資金が又足りなくなり、追加を要求しても手紙や電話では埒《らち》が明かないので、直談判にやって来たのである。

岡野はこういう客を迎えるときの常で、新橋の「森むら」へ行き、戦争中から親しい仲の老女将に無理を言って、ほかの御約束も抜け出させて好《い》い妓《こ》を揃《そろ》え、一流ずくめの接待をする。戦争中にも、聖戦哲学研究所が軍人を招いたとき、秋山は主人側のお相伴で、一度ここへ来たことがある筈である。そこで岡野は、坐《すわ》るとすぐ、それを思い出させようとして、こう言った。

「どうだい。この部屋を思い出すだろう。今夜は一九四〇年の復活だよ」

「ふん」

と秋山は肩を聳《そび》やかせた。

駒沢紡績問題で十年ぶりに秋山に会ったとき、岡野は同じ旧所員でありながら、正木の久闊《きゅうかつ》の印象とはあまりにちがうのにおどろいた。思想的に隔たったことも大きな理由だが、その思想的な隔たりを潔癖に見せつけるのは、この場合の秋山としては自家撞着《どうちゃく》であるばかりか、却《かえ》って心中の疚《やま》しさを思わせて、軽んじられる因《もと》になることを知らぬでもあるまいに。

そのうちに岡野も秋山の新たな尊大さに馴《な》れ、金を受け取る男の尊大、むかし部下だった男の尊大、組合運動家の尊大などを、一ト纏《まと》めに考えて容易《たやす》く許した。

しかし秋山がこういう席で肩を怒らせれば怒らせるほど、いつわらぬ羨望《せんぼう》はその顔に泛《うか》んでみえる。岡野は労組指導者たちが、大物になればなるほど、保守党の政治家のお座敷遊びをそっくり真似《まね》しはじめるのをたびたび見て来た。

秋山のその肥《ふと》ってひしゃげた顔、安コップの硝子《ガラス》のような厚い近眼鏡を、皿《さら》の料理に鼻も接するばかりに近づけて箸《はし》を取る仕草、又、その歯の洞《うろ》にしばしば立てる「しーっ」という音は、この土地の権高な芸者たちの接待をたちまち冷えさせ、いつしか身近には老妓《ろうぎ》ばかりが残って、岡野は秋山と硬い話をするようになった。そこで駒沢の話が出た。

「ほとんど信じられんほど拙劣なスト対策だね。あの会社をあそこまでにした人が、こうなると何と知恵のない」

と岡野は言った。こういう話題になれば、秋山も乗ってきた。

「最後の共同体《ゲマインシャフト》原理の崩壊かね」

「ゲマインシャフト理念は、実は、超近代的な宣伝技術の産物であるべきなんだ。宣伝が空っ下手じゃ、ゲマインシャフトも糞《くそ》もないやね」

「しかし、どんなに巧妙な宣伝でも、あの泥《どろ》くささを真似《まね》られるだろうか。岡野先生みたいな瀟洒《しょうしゃ》な紳士には、逆立ちしてもあの真似はできんよ。何しろ外国からかえって、いきなり自分の工場へ行って袋叩《ふくろだた》きに会ったら、彦根城の天守閣へ駈《か》け上って、工場のほうへ唾《つば》を引っかけたというんだからね。無邪気なもんさ」

「去年はじめて会ったときに、一寸《ちょっと》印象に残ったのは、あの人の『民衆論』だったたな。

感恩報謝の気持を忘れないのが本当の民衆だと言ってたっけが、こりゃ危険な考え方だと僕《ぼく》は思った。人間を物として利用するときに、一つの徳目を強制するのは当然な考えだが、感恩報謝なんていう自発的な意志を、少しでも当てにすべきじゃない。自由を奪おうとするなら、少くとも論理的に一貫すべきだ。あの人の感恩報謝という概念には、民衆の自由意思という考えが含まれているんだ。これは危険じゃないかね」

「だから、まあ、今度みたいなことになったんでしょうよ。しーっ。まあ、しかし、そこが駒沢善次郎の思想の草の匂い、土の匂《にお》い、泥の匂いさ。岡野先生も今に年をとると、懐《なつか》しくなりますよ。『血と名誉《ブルート・ウント・エーレ》』はいつも不合理だからね」

「ブルート・ウント・エーレは作られた不合理だよ。君らの進歩主義も、作られた合理精神で、われわれはどっちも、マクベスの預言じゃないが、『女の生み落せし者』じゃないわけだ」

「女の生み落せし者は、みんな滅びますよ。死にます。敗北します。とにかく、勝つのはわれわれ、女に生み落されない男だけだからね」

「よし、ひとつ、十年ぶりの握手をしよう」

と二人は酔って握手をし、且《か》つ、あの愛すべき駒沢善次郎のために乾杯した。

「若い妓《こ》はみんなどこへ行ったんだね」

「応接間へテレビジョンでも見に行ってるんでしょ。あんまりお話が難しいから。……私はまた、あんな目のチカチカするものはいやですね。老眼鏡の度が進むばっかりだわ」

折角舶来の冷房機をつけているのに、好みで立てた氷柱に、老妓は年にしては紅《あか》い萩《はぎ》の夏帯を、ほのかに紅く映して坐って、そう言った。そして若い妓《こ》たちを呼びに立つ裾《すそ》の、黒い絽《ろ》縮緬《ちりめん》が氷柱を喪《も》のように翳《かげ》らした。

「大槻という男はどうだね」

と岡野がいきなり訊いた。

「すばらしい青年だ」

と秋山は厚い眼鏡の裡《うち》にほとんど二重に見える目を細めて、咄嗟《とっさ》に答えた。

「君を信頼しているか」

「そりゃもう。しーっ。まるで父親のように」

「つまり駒沢のようにか」

秋山は露骨にいやな顔をした。

岡野はそれを全くの冗談だと言って詫《わ》び、去年の大槻との偶然の出会について語り、今後のこともあるから、いつか機会を見て、「絶対信頼している」秋山のような男の親友として、改めて別の角度から、大槻に紹介してほしいと頼み、秋山はこれを承知した。

岡野がこんな頼み事をする以上は、きょうの話は出来上ったも同様で、果して秋山は、今までに受け取った一千万円に加えて、さらに三百万円の闘争資金を手に入れることができた。

岡野は村川から二千万円を委《ゆだ》ねられていた。争議の解決までに、五百万円ぐらいは残したいものだ、と岡野は思っていた。

第九章　駒沢善次郎の対話

大槻《おおつき》は指定された九月三日の、午前十時の約束のために、早目に工場を出てわざとバスを少し乗りすごし、彦根《ひこね》町を徒歩で南へ下った。きょうの会見は彼の秋山に対するはじめての隠し事で、秋山の同意を得ることは、もともと望まれなかった。

久々に見る町は、争議をよそに、昔にかわらぬ閑《しず》かな姿をしていた。わけて古い三番町通りは人影も稀《まれ》であった。彼は自分がたった一人でそこを歩いていることが、あたかも夢のなかを歩いているような気がした。

丸三月《みつき》のあいだ団体行動は彼の肌身《はだみ》に滲《し》み、自分の心の隠れ家はなくなっていた。もちろん同志の間の小さないざこざや行きちがいは沢山ある。しかしそこでは個人的な感情は、ごく卑小なものになっている。今こうして一人で歩いているのびやかさは、そうして貶《おとし》められた個人感情と適《ふさ》わないのである。

あの瞬間からすべてが変った。争議勃発《ぼっぱつ》の直前、工場のお偉ら方に附添《つきそ》われて便所へ立ったときから、放尿でさえ公的なものになったのだ。彼は役員便所の仄暗《ほのぐら》い明りの下、白く浮き出る朝顔の防臭剤の白い玉をころがすほどに、(それさえ女工員が交代で掃除をしてきたものだ)、強く射た自分の尿の凜々《りり》しい線条の燦《きら》めきをよく憶《おぼ》えている。あのとき、屈辱のどん底と、光栄とがまざり合い、彼はその若々しい力強い放尿で会社側を圧したのだ。あのとき、防臭剤の幾粒の白い玉は、あわてふためいて、煮え立つ音の中を転げまわり、突き飛ばされて汚辱に染ってわなないていた。あの便所の厳粛な匂《にお》いと静けさの裡《うち》に、二人の上役は、彼のうしろから、おそらくこれ以上はないほどまじめなはりつめた表情で、彼のこんな撞球《どうきゅう》の音に耳を澄ましていた。そして突然、戸外の異変に気づいた大槻の尿は止った。……

爾来《じらい》、日常すべてがひろびろと共有される感情に委ねられて、たとえば食慾《しょくよく》や夢でさえ公的なものになった。食堂封鎖をされたときの想像上の飢餓感の怖《おそ》ろしさが、疑いもなく公的なものなら、塀《へい》ごしにさし出された応援の握り飯を頬張《ほおば》ったときの旨《うま》さも、まったく公的な満足だった。

しかし大槻は、ただ一ヶ所、自分の裡に、この争議をずっと早くから夢みていた晴れやかな個人感情を信じていた。すべてがその、久しく名付けられずにいた晴朗な澄んだ心に根ざしているのでなければ、争議全体が無意味に終ってしまうような気がした。今、九月はじめの曇った朝、軒の低い三番町通りをゆくたった一人の自分を、ふたたびあの源泉の感情へ向って鼓舞し、裸かの孤独な粗金《あらがね》の形へ引戻《ひきもど》す必要があると思われた。そうしなければ、駒沢《こまざわ》に会うことはできない。

このあたりは彦根でももっとも古い形をとどめた一劃《いっかく》で、そろった低い二階は櫺子《れんじ》格子《ごうし》に暗み、一階も半ばは櫺子窓で、入口にはふかぶかと暖簾《のれん》を下げている。或《あ》る暖簾の裾《すそ》は、置かれた石につながれて風を孕《はら》み、帆のようにふくらんでいる。通りには風がなくても、家の奥の奥の中庭から土間を通って吹き抜けて来る風があるのだ。

仏具屋の中には暗い金光が散らばり、字のない位牌《いはい》の金いろの顔が並んでいる。死はああいう風に、すべてに鍍金《めっき》をする。それは夢の鍍金よりも剝《は》がれにくく、薄い黄金の層で粗い肌理《きめ》を均《な》らしてしまう。死が浮薄な虚飾のように大槻には思われ、同時に、死についてあまりに永いこと考えていなかったことに気づいて、ぞっとした。

井戸掘屋、骨董《こっとう》屋、名刺屋……。名刺屋は小さい埃《ほこり》だらけの飾窓を持ち、数々の見本の名刺が日に黄ばんでいた。五つも六つも肩書をつらねた名刺がある。英語の名刺もある。ずいぶん英語の勉強をしない、と大槻は思った。

自転車のベルは鋭く笹立《ささだ》ち、電信柱は不行儀に重複していた。まっ白な空は軒先にかぶさっていた。大槻は辻《つじ》を左へ曲り、そこに差入屋が暗い暖簾を下げているところで、道が俄《にわ》かにひらけてカンナの赤い花の咲く広場へ出、その広場に面して、警察署の古いコンクリートの建物が、陰気で仰々しいファサードを向けているのを見た。

——駒沢は団交を拒みつづけて今日に及んでいた。これが少くとも解決を妨げる根本的な原因の一つであった。

弘子《ひろこ》との話し合いの末、駒沢夫人が病院から駒沢へ電話をかけ、これが入院以来はじめての電話であったので、駒沢はおどろいた。

化学療法の後遺症でひびわれたその嗄《しわが》れ声は、地の底からひびくように遠く忌《いま》わしくきこえ、駒沢はその声を怖れた。

「一生一度のおねがいがありますんやけど、死んでゆく者のたのみや思うて、きいておくれやす」

「何やねん」

「それは電話では言われしまへん。その場で断られたら、術《じゅつ》のうおますさかいに」

「何やねん。言うてみい」

「言われしまへん」——声は遠くかすれて、しばらく止《や》んだ。「ただ、死んでゆく者のたのみや思うて、よう考えておくれやしたら、それでええの。手紙で書いて、使いの者に持たせてやりまひょう。その使いの者にお返事をくれはったら、あてに伝えます。承知してさえもろうたら、あて安堵《あんど》して死ねますんね」

「何言うのや。知ってのとおり、忙しゅうて、見舞にも行けへんが、大事ないのやろな」

「はあ、おおきに、あんたはんもお気をつけて。あてが草葉の蔭《かげ》からお護《まも》りしてますわ」

「縁起でもないこと言いな」

「こりゃえらい気の早いこと言うてしもうて」

房江は笑って受話器を置いた。その笑い声に含ませた陰惨な余韻を自ら愉《たの》しんだ。声だけでなら、もう完全に屍骸《しがい》になりきることができるのだ。

現実を変改することの情熱ほど、房江の信条に反するものはなかったのに、今、彼女はこの一つの思いつきにとらわれて、それをよすがに生きていた。争議であろうと何であろうと、房江が解決を望むようなものはこの世にはない。藤蔓《ふじづる》のように解きがたくもつれたものは、ただそのもつれた影を灼《や》けた真昼の地面に落すだけでよく、影はもつれを平らかな黒に融《と》かして、蟻《あり》の定めない動きを阻《はば》みもしない。

しかし房江は、大槻と駒沢を差しで会わせようという思いつきを得たときに、自分の仮想の母性愛の帰結をそこに見たのである。彼女はあの戦死した生さ《な》ぬ仲の善雄《よしお》のことを、格別に愛していたわけではないのに、拒まれたときから、自分の中に母性愛を信じる緒《いとぐち》がついた。拒まれたので愛していることになり、死なれたので、そう信じてはならない理由がなくなった。

満たされないことで、いつまでも渇《かわ》くがままに放置《ほう》っておくことで、その感情を不滅なものにするという、房江の独特の精錬法は、ひとつは自分の醜さから、ひとつは永い病気から得たものだったが、このやり方は、対象を醇化《じゅんか》すると同時に、容易に対象を滅ぼしてしまう。なぜなら不滅はいつも、自分の感情の側に保留されるからだ。医者もおどろく、死にそうで死なないふしぎな房江の保《も》ちのよさは、どんな抗生物質の薬よりも、この心の抗生物質のおかげだったかもしれない。

弘子をとおして、いつしか房江は、大槻のまだ見ぬ面影《おもかげ》に、死んだ善雄の面影を重ねていた。それならば生き返った善雄は、房江の夢みた成就《じょうじゅ》に手を貸さねばならなかった。すなわち善雄が、戻ってきて、すでに死んだ房江の愛を確認すること。父子が手をとりあって、一つの喪に服し、失われた愛について語り合うこと。荒くれた朝、薬の匂いでいっぱいな口の舌苔《ぜったい》の味わいのような、苦《にが》い和解の或《あ》る朝のこと……。

弘子は日がえりの仮退院を医者からゆるされ、すぐその足で彦根へゆき、房江の手紙を駒沢に手渡した。駒沢は弘子を見忘れていたが、房江の枝葉《えだは》の多い手紙は、弘子が大槻の恋人で駒沢に罰せられたことを思い出させたのち、この文意はまったく房江の発意であって、弘子にたのまれたことではないと断わっていた。

駒沢は手紙を読んで永い間考えていたが、こちらの出す日時と場所の条件の下《もと》に、絶対に会見の秘密が保たれる約束の上ならば、特に二人だけで会ってもよい、という返事を伝えた。そしてこれは組合側に対する気の弱りからではなく、まったく瀕死《ひんし》の房江のためだということを、大槻にもはっきり納得させてほしいと言った。

ついで大槻は、弘子の突然の訪問におどろかされた。

「どうしたんだ。前以《まえもっ》て知らせもしないで」

と彼は息せき切って言った。

「日がえりの仮退院なの。夜までに帰らんならんの」

久しく見ぬ弘子の、肥《ふと》って、健やかな色光沢《いろつや》の顔に、大槻はあまり強い幸福を感じたので、そんな弘子が却《かえ》って陽炎《かげろう》のようにはかなく見えた。しかし自分が不幸にばかり馴《な》れた人間だと感じることは不愉快だったから、つとめて自然に、むしろ平然とこの思いがけない幸福を受け容《い》れようと試みた。弘子は弘子で、大槻の意外に冷静な様子を、他の組合員に対する気取りだと思って恕《ゆる》した。

みんなが気《き》を利かせて、男子寮の一室に、かれらを二人きりにしてくれたので、二人ははじめて抱き合ってこの喜びを確かめ合うと、憑《つ》かれたように饒舌《じょうぜつ》になり、争ってお互いのことを話し出した。大槻は息をつく暇もない数ヶ月の多忙と緊張について語り、しかもその間弘子を放《ほう》置っておいた弁解を一つもしなかったことが、弘子には嬉《うれ》しく感じられた。大槻には弁解の必要など一つもなく、それを大槻自身もちゃんと弁《わき》えていることが頼もしく思われたのである。

突然大槻は一つのことに気がついて、びっくりして弘子の体を押しのけた。

「一体君はどうやって生きてきたんだ。そうしてこんなに元気になったんだ。伯父さんたちが和解して、金を送ってくれたのか？」

「そう言えば安心するでしょう。でも、ちがうわ。実は……」

と駒沢夫人に一切の世話を受けていることを、能《あた》うかぎり率直に話した。大槻は眉《まゆ》一つ曇らせなかった。この物に動じない態度を見た弘子は、却っておそるおそるこう訊《き》いた。

「怒らないの？」

「怒るものか。そういうことがあるかと思って感心しているんだ。その金はもともと社長から出ているんだろう？」

「社長は知らんわ。奥さんの純粋な厚意だわ」

「それならそれでもいい。君のきょうの用事は何だったんだね」

「あなたが社長に内密に会ってくれるように、たのみに来たんだわ」

「そうか。それも自然だ」

と大槻は大きく口をひらいて、不敵に笑った。わずか数ヶ月のあいだに、あの熱っぽいいらいらした青年の影は消えて、一人の男が、笑うべきことを正当に笑っている顔を弘子はつらつら眺《なが》めた。

大槻はいつのまにか干潟《ひがた》に潮が満ちるように、必ずどこかから金が来て、必要を充《み》たすふしぎな世間の仕組を知るようになっていた。これは彼の貧困に対する考え方を動揺させ、自分が危険な存在になることの値打を教えた。この世では金を出すのは被害者であり、加害者の資格に於《おい》て受け取る金はいつも安全だった。しかし無垢《むく》な弘子にそんなことを理解させる必要があるだろうか？　多少とも金が動くところでは、彼はいつも怖れられているのだった。

彼はもう命令されているのではなかった。愛する者がそれと知らずに、彼に対する恐怖の仕組に一役買っているということは、上機嫌《じょうきげん》にならざるをえないような事件であり、大槻はもう、かつて弘子が岡野《おかの》からネックレスをもらったときみたいな、貧しい神経質な反応からは遠ざかっていた。

彼は陽気に弘子に接吻《せっぷん》して、こう言った。

「君をこんなに元気にしてくれたからには、俺《おれ》もお礼の一つも言いに行く義理はあるわけだ。あいつらは一旦《いったん》俺たちを打ちのめしてから、今度は怖くなって俺たちを救ったんだ」

弘子はけんめいにその誤解を解こうとしたが無駄《むだ》だった。そして、少くとも駒沢の前では、弘子の病気とその回復については、一言も触れないという約束だけを、辛《かろ》うじて取りつけた。

あとは電話の連絡をつづけることにして、弘子は療養所へかえった。会見の場所について駒沢の出した条件が、房江と弘子をひどく落胆させた。駒沢は警察署の署長室を指定して来たのである。

しかし意外なことに、大槻はこの申出をやすやすと呑《の》んだ。お互いに会見の秘密が保たれるなら、そんなところへ出かけてゆくことは、別に大槻の権威の瑕瑾《かきん》にはならず、又、自分がそれほど怖れられているという快さに加えて、争議に関する今までの警察の態度から、彼は警察が決して駒沢一人の味方ではないことを知っていたのである。

＊

駒沢は二階の署長室から、広場の車廻《くるままわ》しの赤いカンナの花を見下ろしていた。去年の今ごろ堅田の町の橋の袂《たもと》でも同じ花を見たことを思い出した。署長がこう言った。

「私は顔を見せんほうがいいでっしゃろ。大槻の姿が見えよったら、私は隣りの部屋へ隠れます。大丈夫ですよ。あれは信頼のでける男で、無茶はしよりまへん」

「おおきに。何から何まで、えらいお世話になります」

「これが機縁になって解決ができたら、何より助かるのはわしらですわ」

駒沢の胸は、やがて白いシャツ姿の青年が、ズボンのポケットに手をつっこんで、差入屋の角から現われたのを見たとき、われにもあらず動悸《どうき》を打った。

彼の永年築きあげたものが、こんな一人の若僧のおかげで、一挙に崩壊したのだった。あいつの多少の脳味噌《のうみそ》のおかげで、あいつのすばらしい憎悪《ぞうお》のおかげで、あいつの一山十円の若さのおかげで……。

青年はカンナの傍《かたわ》らで立止り、あたりを見廻した。玄関前には数台の自転車が光ったハンドルを並べて止り、交通安全の標語を書いた立看板が立てかけてあるばかりで、人影はなかった。広場は曇った白い円を描いていた。

駒沢は蹤《つ》けられていることを知らぬ一人の若い犯人の心の中を透かし見るように、二階の汚れた窓硝子《まどガラス》ごしに、目に力をこめて、眼下の青年の存在を透視しようと試みた。しかし見えてくるのは、小さな野心、客気、向う見ず、感傷、さかんな欲望、……などのありふれたがらくたにすぎなかった。彼は手をさしのべて、その中にあるものを、のこらずさらい出して調べてみたい気がした。彼がしらぬ間に貴重なものを落した小さな溝川《どぶがわ》をさらい出すように。

夏は終った。見渡す古い家並の奥まった中庭からは、丁度一つ一つが塀で囲った鉢《はち》植《うえ》のように、あふれるほどの緑が繁《しげ》り立っていたが、その旺《さか》んな葉叢《はむら》の底に季節の落盤が感じられ、駒沢は生涯《しょうがい》のうちで一等きびしかった夏が、今朝の今ここで終ると思った。

青年はまだ入って来ない。ポケットを探ってうつむいていたのが、煙草《たばこ》をとり出して火をつけた。気を落着かせようとしているにちがいない。彼は少し仰向《あおむ》き加減に曇り空へ煙を吹いたが、煙が潤《うる》おすその咽喉《のど》の奥はおそらく銀いろで、駒沢は争議のはじまりから、耳にきいたあらゆる悪罵《あくば》の酷薄さの源をそこに想像した。こいつの血の色を持たない咽喉だけが、あれほど言ってはならない言葉を叫びつづけるのに適していた。ついにその言葉は万人の言葉になったのだ。

青年が歩を転じて玄関へ向って来たとき、駒沢の胸は又つまずくような鼓動を搏《う》った。彼は明らかにこの青年を怖れていた。

「お客さんがお見えです」

と案内の警官がドアをあけて言ったとき、駒沢は白麻のカバーをかけた安楽椅子《いす》に、ずっとそうしていたような様子で腰かけて、

「へえ、こちらへ」

と言った。

大槻は入って来て頭を下げたが、その頭の下げ方が深すぎたかどうかが気になった。向い側の椅子に掛けて、はじめて駒沢の顔を窺《うかが》った。駒沢が大そう肥《ふと》ってきたのに大槻はおどろいた。肥った代りに頬《ほお》の色つやのよさがなくなり、彼の顔は不健康な仄白《ほのじろ》い肉に閉じこめられて出口を失ったように見えた。

このときのために駒沢は千万語を用意したのに、弁舌の力はもう彼のものではなくなっていた。烈《はげ》しい夏がそれを枯らせたのだ。駒沢は自分が何も言えずにいることが、相手に与える誤解を怖れた。この青年は、むかしの弁舌と引きくらべて、そこにすぐ

さま彼の心弱りを読むだろう。

爆《はじ》けたように、駒沢は突然不器用な言葉を放った。

「よう来てくれた。今日は二人きりの話やで、記録にも残されへんし、世間にも知られへん。幸い署長さんはわしの旧友で、(これは嘘《うそ》で、彼は争議がはじまってから、はじめて署長の顔を知ったのだ)、秘密は固く守ってくれると約束してくれてはる。わしも何でも言わせてもらうし、あんたも何でも言ったらええで。解決を目的とせんでえのんや。……で、はじめにきくが、あんたは何でこないに大それたことをはじめたんや」

大槻は軽く唇を湿らせて、この予期された質問に身構えた。駒沢は青年の歯の間にひらめく舌尖《したさき》を、最初の嘲弄《ちょうろう》のしるしととった。自分がどうしてそれに対して劇《はげ》しく怒り出さないのかふしぎに思われた。

「最初の動機は、あくまで可哀想《かわいそう》な娘たちの境遇を見て、怒りにかられたからです。自分のことは何も考えませんでした。ただ娘たちが人間らしい取扱いを受けてるとは思えなかったんです」

「要するに、女子《おなご》のためにやったことなんやな」

「この工場の八割は女子工員です」

「人間らしい扱いというが、人間には繭《まゆ》もおれば蛹《さなぎ》もおる。蛹も蝶《ちょう》も同じに扱えいうのは悪平等というもんや。若いうちに苦労せん者は、ええ蝶々になれへん。あんたらの言うのは、蛹にも、羽根をつけて飛ばさなあかんと言うのと一緒や」

「娘たちは二三年でやめて帰郷します。勤続年数四年以上の者は数えるほどしかいません。つまり、あなた方は、女子労働者を蛹のあいだだけ飼育して酷使できるだけ酷使して、たえず新陳代謝をやっているわけですね。彼女らは決して蝶になれません。少くとも工場にいるあいだは蝶になれないように押えられていたんです。蛹のまま熱湯に漬《つ》けられるあの絹紡工場のように、絹はそうやって作られて来たんです」

「じゃ、女子《おなご》に何を与える？　着物《べべ》か？　きれいな着物《べべ》か？　それがつまりあんたらの言う自由と平等と平和か？　……わしは金をやったぞ。宿をやったぞ。飯を喰《く》わせてやったぞ。今度はきれいな着物《べべ》をほしがると、あんたらが、はいはいと女子の言うなりになったわけか。わしはやるべきものとやらいでええものとを弁《わきま》えておったが、あんたらにはその弁えがつかんのや。自由やと？　平和やと？　そないなこと皆女子《おなご》の考えや。女子の嚔《くさめ》と一緒や。男まで嚔をして、風邪を引かんかってええのや」

「あんたはあんなに父親ぶってきたじゃありませんか。女子工員は娘で、私らは息子だと言いつづけて来たじゃありませんか。それなのに、争議が起るまで、あなたはその息子や娘の顔を、一つ一つじっくり眺めたことが一度でもありますか。工場の見廻りの時も、講話の時も、あなたはできるだけ横を向いて、一人一人の顔から目を背けていたんです」

「公平を重んじてやな。公平は平等とちがうわい」

「あなたは娘や息子の顔が疲労に歪《ゆが》み、手のとどかない自由に飢《かつ》えていたのを見ていますか。過重労働のために食慾も失くし、不味《まず》い給食が喰《た》べのこされて捨てられているのを見ていますか。工場ではこれが唯《ただ》一つの咎《とが》められない贅沢《ぜいたく》だったんです」

「父親《てておや》のために工場をでっかくし、ここを日本一の工場にするには、それくらいの苦労が何や。わしかて夜の目も寝ずに働らいて来よったんやで。わしはかねがね、こないな健気《けなげ》な息子娘を持ったことを自慢に思うとった。有難《ありがた》い思うて、寝る前には、毎夜工場のほうへ手を合わせとった。外国へ行く時、羽田の飛行場で、安心して行って来なはれ、あとは引受けた、と力強う言うてくれたとき、思わず涙が滾《なが》れた。これこそほんまの我子や思うた。この気持は今でも変らへん」

「で、あなたはその大ぜいの娘や息子を本当に愛していたんですか？」

これは難解な質問だった。駒沢は胡散《うさん》くさそうに目の前の青年の顔を上目づかいで眺めた。この青年の言おうとしていることは、ひどく観念的な事柄《ことがら》で、駒沢の考える家族とは、愛などを要せずに、そこに既に在るものだった。はじめから一続きの紙に、どうして愛などという糊《のり》が要るだろうか。……その答を素速く言おうとして、駒沢は心ならずも相手の語彙《ごい》を使い、それをとてつもなく下手糞《へたくそ》に言ってのけた。

「むしろわしが愛されてたんや。わしのほうから愛する暇もないほどに。……その美しい絆《きずな》をあんたらがばらばらにしよったんや」

このとき青年の顔にはじめて怒りの血の色が昇ってきたので、駒沢は椅子の上で腰をすぼめた。帰朝匆々《そうそう》工場で殴られたことを思い出したのである。

——レエスの卓子掛《テーブルかけ》の中央に小さな松の盆栽と銀の煙草入れを置いた卓が、駒沢と大槻を隔てていた。その盆栽の松の下蔭《したかげ》は繊細な苔《こけ》を畳んで、瑠璃《るり》いろの陶の縁《ふち》に劃《かく》されて、いかにも安らぎと憩《いこ》いの場所のように見えた。ただそれは小さすぎ、人間がそこに身を横たえるのには足りなかった。大槻はしかし、ずっと昔に、自分がそれと同じ松かげ同じ斜面に寝ころんでいたことがあると感じた。田舎の孤独な少年時代の快い記憶がそれを模写していた。これが彼の怒りをなだめた。

彼の怒り。ほとんど理由のわからない衝動的な怒り。それは多分、駒沢の言葉が展《ひら》いてみせた世界の名状しがたい醜さに発していた。そこでは森のいやらしい樹々《きぎ》は自己満足の瘰癧《るいれき》をいっぱいつけ、沼は心の腐敗のメタン瓦斯《ガス》を吐きつづけていた。『愛されていたって？　この男が？　愛し返す暇もないほどに？』こんな告白に、若い大槻は、滑稽《こっけい》さを見るゆとりもなかった。彼は愛という言葉が、これほど非衛生的な使われ方をするのをはじめて聴いた。

「それじゃあ工場は」と大槻は、冷静を装いながら、やや吃《ども》って言った。「それじゃあ工場は、あれで天国だったというんですね。みんながあなたを愛し、あなたに奉仕し、その苦労を喜んでいた、と。――ちがいます。それは事実とちがう。僕《ぼく》はこの目でちゃんと見て来たんだ」

「わしも見とった。但《ただ》しあんたとちごうて、大所高所《たいしょこうしょ》からや。わしの見とったのも確かな事実や。この目でちゃんと見とったんやさかいに。

そこは正《まさ》しく天国やった、争議の起る前の工場は。女子工員も男子工員も、みんな喜々として働らいておった。進んでわしの一部になり、わしと会社を一つのものと思い、苦しいことや辛《つら》いことは、むしろ進んで受け容《い》れておった。わしに苦労をかけまいとする心づかいは、健気ともいじらしいとも、言いようのないほどやった。工場を見廻るたびに、わしのうしろ姿を追う熱心なまごころこめた目つきを、わしは背中にお天道様《てんとさま》のようにぽかぽかと温かく感じたものや。従業員のみならず、父兄家族もみんなわしに感謝しておった。わしの工場で働らかせてもらうことを、娘の何よりの仕合せと思うとった。……これはすべて間違いのない事実なんや」

「いや、あなたは何も見なかったんだ。盲《めく》らだったんです。僕も工場を天国にする夢を持った。しかしその前にそこをまず、人間世界並みにまで持って来なければなりませんでしたからね」

「天国を人間世界へか？　そら引き下ろしというもんや。あんたらは自分で住んでおる世界の意味もわからないし、その仕合せもわからへんのや。盲らだったんはあんたらのほうや」

　はじめて大槻は駒沢を直視した。ここへ来てから何とはなしに駒沢の顔をまともに見ることを憚《はばか》っていた自分を恥じた。自分のおどおどした青年らしさの残滓《ざんし》を恥じた。若い猟犬が飼主を見上げるような陶酔的な目つき、あれは世間で「好青年」と云われている連中がみんな身に着けているものだ。

　ただ見なければならぬ。男が男を見るようにして、見なければならぬ。見られた人間が自分を決して青空と感じることがないように見なければならぬ。彼は八景亭《はっけいてい》で駒沢と会ったとき、ただの一度も駒沢の顔を見ていなかったのを思い出した。

　そうして見る駒沢はひどく醜くかった。もし大槻が理想を追い求め、駒沢が自ら理想を体現していると信じているなら、そこには何らかの共感があるべきだが、大槻の若い心には、こんな醜い体現の形は、彼の理想に対する故《ゆえ》ない侮辱のように思われた。『こんなことなら、むきだしの功利主義や打算のほうがずっと美しい。駒沢の醜さは不正直なためなんだ』と青年は一途《いちず》に思った。しかしその面皮を剝《は》ごうにも、どこまで行っても駒沢の本質はあらわれず、彼の不正直はずっと奥のほうまでつづいていた。

——青年は険しく眉《まゆ》をせばめ、なぐり書きのようにえがかれた面皰《にきび》の頰《ほお》を引きしめて、真向から駒沢を睨《にら》んでいた。夏の陽《ひ》の下で、屈辱に熟《う》れた旺《さか》んな果実のようなその顔。集団から切り離され、ここにこうして怒っている静物のように置かれたその顔。涼しい朝なのに、咽喉のあたりに、又、鈍く光った額のあたりに、汗は黄繭の照りのようだった。

『どうしてだろう。はじめて八景亭で会ったとき、俺《おれ》はこいつの面皰などには気づかなかった。俺はそのときこいつの顔を見ようともしなかったせいか、それとも、向うが俺の顔を見なかったせいか、どちらかだ』

そして今、この青年が怒り憎んでいることを、駒沢も否応《いやおう》なしに認めた。それはほとんど理解しがたい状況で、彼自身にも、何が起ったのかさっぱりわからなかった。

こうして膝《ひざ》を交えて語りながら、彼の言葉に直接こんな反応を示す人間を、想像することもできなかったのである。

もちろん帰朝匆々工場を訪れて、話し合いを試みながら忽《たちま》ち傷を負わされたときには、彼は怒り猛《たけ》って復讐《ふくしゅう》を考えたが、あれは所詮《しょせん》、対話の可能な状況ではなかった。あれはみんな、直《じか》に駒沢の言葉を聴くことを怠った連中が、「赤」に操られて盲滅法に踊っている暴力的な盆踊りだった。繊維同盟との悪縁を絶ち切らない限り、団交に応じないという態度を、彼が立てとおしてきたのはそのためだ。

従って駒沢は、今までただの一度も、自分の思想が相手の思想に直接に投げつけられ、その反応がまともに自分の顔にぶつかってくるという経験をしたことがなかった。もしそうなった場合の予想は容易に立ち、相手は感動に顔をかがやかせて、彼の球を柔らかく丁重に受けとめる筈《はず》だった。彼の真意を知ったとき、世界は夏の朝のように目ざめる筈で、彼が誤解のままに放置《ほう》っておくときは、つまり彼が恩寵《おんちょう》を吝《お》しんでいるだけのことだったのである。

しかし今、こんな小僧に、駒沢は吝しみなく恩寵を授け、何ら誤解の生じようのない、「腹を割った」話し合いをつづけていた。それなのに、このふくれっ面《つら》はどうしたことだろう！　自分の思想は「赤」の宣伝文書の中でこそ、くそみそに扱われたが、いやしくも人間らしい心を持った生身《なまみ》の人間にとって、その思想が本当に有害と感じられ、まして怒りや憎しみを惹起《じゃっき》しようとは、想像も及ばなかった。

駒沢がたえず「話せばわかる」と口癖にしてきたその確信、面と向って自分の口から言葉が発せられる以上誤解される惧《おそ》れがないという、その独特な確信は、「他人」に対する彼の尽きせぬ夢につながっていた。もし他人が彼を誤解するなら、それには二つの場合しか考えられぬ。すなわち、第三者、たとえば「赤」が、他人を惑わしている場合か、それとも彼自身が誤解を放任している場合か、である。他人の円滑な自由意思の発露は、必ずや彼を正当に理解することに落ちつく筈で、まして彼はわかりにくい高遠な理論を吐いているのではなかった。

駒沢が、決して巧《うま》い表現とは云《い》えないが、云おうとしていたのは、簡単で自明な事《こと》柄《がら》だった。つまり、男が自由や平等や平和について語るのは、自らを卑《いや》しめるもので、すべて女の原理の借用にすぎぬということ。少しでも自尊心のある男なら、自由や平等や平和の反対物、すなわち服従や権威や戦いについて語るべきだということ。男があんなことを言い出したとたんに、女にしてやられ、女の代弁者として利用されるようになるということ。……

——そしてこれほど歪められようのない状況で話しているのに、彼の平明な言葉がちっとも通じない人間がいるとは、信じがたい事態であるが、駒沢は一切の例外を認めたくなかったので、大槻を例外と考えることを自分に拒んだ。こんな頑固《がんこ》さが、彼をさらに悲境へみちびき、今まで夢想もしなかった怖ろしい疑惑を強《し》いた。

『もし、こいつが例外でないとすれば、ひょっとすると、今まで俺の言葉は誰にも通じていなかったのではないか？』

これは突然脳裡《のうり》に生じた腫瘍《しゅよう》のような考えで、その考えが浮んだとたんに、駒沢は自分の頭蓋《ずがい》の隅々《すみずみ》まで、丁度衝突した自動車の前窓のように、こまかい亀裂《きれつ》がいちめんに走ったのを感じた。

彼は苦痛に堪《た》えぬように、弱々しい声で訊いた。それは彼が他人に対して発した人生で最初の質問だった。

「ほんまにわしの言うことがわからんのか？」

「わかりません」

「同じ日本語を喋《しゃべ》っとるのに？」

「それでもわかりません」

「何でや」

青年は目をみひらいて、きっぱり言った。

「あなたは不正直だからです。嘘《うそ》をついているからです」

そのとき開け放した窓に風が起り、白い空の深みで遠雷が軋《きし》んだ。それは夏のあいだしばしば彦根城の天守閣に稲妻《いなずま》を閃《ひら》めかせ、濠《ほり》の水や石垣《いしがき》を蒼々《あおあお》と浮ばせた雷雨の兆《きざし》ではなくて、季節の外れに、遠く衰えて燻《くす》んでいる雷鳴にすぎなかった。

『耳のせいかいな』

と駒沢は思った。これほど駒沢らしくない感じ方はなかった。彼はたとえ耳鳴りだろうと、雷鳴と信じるべきだった。彼は変った。事もあろうに、「反省」をはじめたのである。

駒沢にはもう怒りさえなく、大槻の言うままに、自分の心の中をのぞいてみて、そこに依然として、不正直の影も見つからないのに途方に暮れた。この青年をして、正直と感じさせ、真実と感じさせるのは、実はかなり容易なことだったのかもしれないのだが、それには別種の心、別種の良心が必要で、生憎《あいにく》どちらも駒沢は持ち合せていなかった。この場合、一等わかりやすい真実の表白は、駒沢の心がわなないているその恐怖心の表白だったろう。しかし、見栄《みえ》がそれも拒んでいた。

彼はただ途方に暮れて、青年の顔を悲しげに眺めた。この当ての外れた犬のような表情が、瞬間、大槻の心を搏《う》った。大槻も亦《また》、こんな風にして心を搏たれることを望んでいたのかもしれない。彼が言葉のビスケットを手にちゃんと握っていて……。そうだ。今次の言葉を、おそらく甘い慰めの否定の言葉を、待ちのぞんでいるのは駒沢であって、大槻ではなかった。

永い沈黙があった。それは意外なほどのやさしさに充《み》ちていた。というよりも、永びくにつれてその沈黙の底には、徐々にやさしさが色濃く澱《よど》みはじめていた。

もう少し待ったら、駒沢は久しく待ちあぐねていた言葉を聴いて、大槻との間にひろがっていた淵《ふち》を、青年のほうから、その弾んだ脚力で、やすやすと跳び越えて来るのを迎えたかもしれない。

しかし又しても駒沢は役割をまちがえた。自分のほうから口を切るべきではないのに口を切り、ビスケットを貰《もら》う立場を忘れて、ビスケットを与える気になった。それというのも、自分の原理をすでに放棄したこの男は、柄《がら》にもない反省のおかげでしびれを切らし、もし思想を語ることに於《お》いて彼がどうしても不正直で嘘つきになるなら、事実をありのままに語ればそんな汚名を免《まぬ》かれるだろうと考えたのである。

彼はいきなり、例のなめらかな感傷的な口調で、かつて妻にも打明けた目論見《もくろみ》の真実を語りだした。

「実は、今だからこうしてざっくばらんに言えるわけやけど、八景亭であんたに会うたときから、あんたを養子に迎えたい思うとったんや。あの懲罰のあと、さぞ怨《うら》んだやろ、わしを憎いと思うたやろ。それもみんな、あんたが一人前になる試煉《しれん》や思うて、涙を呑《の》んで課したもんやさかいに、ほんまのところ、あんただけは倅《せがれ》のように思うとったんや。そこであんたが立直ってくれた暁には、弘子はんと二人で夫婦養子になってもろて、ゆくゆくは会社も譲ろ、わしら夫婦の老後も見てもらお、そないに思うて、どないたのしみにしていたかしれへん」

彼が小さな虚栄心から、房江にそれを打明けたことも、房江の反対したことも言わなかったので、これが一そう大きな誤解を作った。

雨が来ると見えて部屋は暗みかかっていた。そのために大槻の心の急速な冷え方は、その表情から窺《うかが》うことができなかった。

「さぞ怨んだろう。わしを憎い思うたろう」という駒沢の言葉こそ、大槻がもっとも聴きたくない言葉に属していた。あれほど怨恨《えんこん》の感情をきびしく拒んだ青年の潔癖な心を、これが深く傷つけた。それにこの言葉が言われた詠嘆的で感傷的な声の流れは、大槻にただちに、八景亭における駒沢の涙を思い出させ、二度とだまされまいという決心を固めさせた。

『養子とは何だ。弘子と夫婦養子とは一体何事だ。今明らかにこの場で思いついた浅薄な思いつきを、こんな風にぬけぬけと嘘の思い出話に作り上げるとは！』

大槻はその嘘、その不正直、その偽善に憤激して拳《こぶし》を固めた。これ以上の心の卑《いや》しさは想像することもできない、と彼は思った。このよく企《たくら》まれた感情の福利施設に、今すぐ爆弾を投げつけてやりたい思いを大槻は耐えた。彼の心は凍っていた。

「もういいです。わかりました」

「わかってくれたんか」

暗い室内で、白く冴《さ》える麻の椅子カバーから起した駒沢の顔に、一瞬、喜びが迸《ほとばし》るのを大槻はすげなく眺めた。

「もうお話を伺わんでもいいと言ってるんです。そんなことを伺いに来たのじゃありません。僕も忙しいですから、これで失礼します」

青年が椅子を立って、ドアのほうへ歩くのを駒沢は茫然《ぼうぜん》と眺めた。

「まあ、そう急《せ》かんでも……」

近づいて来る者をみんな血縁関係に引き入れて理解し、去ってゆく者を他人の範疇《はんちゅう》で考える彼の多年の流儀が、このときふしぎと顚倒《てんとう》して、ドアへ歩む青年の白いシャツの背に、彼はまぎれもなく息子を見た。自分に一瞬の喜びの迷いを与えたあとで、こうして若々しい拒否をいっぱいに浮べて去る白いシャツの背の、その皺《しわ》の一つ一つが、駒沢には、房江の寝ているシーツの熱っぽい湿った皺と、一ト続きのものに思われた。大槻も亦、彼の狂気の家族に加わったのだ。駒沢一人は、心ならずも依然正気で……。

……ドアは閉められ、駒沢一人が雨気のにじんで来る白麻のカバーの椅子に残された。

＊

それから一ヶ月のちに、駒沢がとうとう屈して、中労委の二度目の斡旋案《あっせんあん》を呑んだのには、別段、この朝の何らかの影響があったとは思われない。

銀行筋の圧力がかかって、無理強《じ》いに駒沢にそれを呑ませたのであるが、こうして銀行がわざわざ乗り出して、組合側に有利な解決を計ったわけは、大銀行にまで波及しかねないいくつかの地方銀行ストの火を鎮《しず》めるために、大銀行と社会党右派が取引をしたのである。

会社側も組合側も疲れ切っていたが、組合側は大勝利を博したので、疲れも忘れた。いよいよ争議が終ったその晩は、組合大会をひらいたのち、かつての忌《いま》わしい私物検査のための所持品申告カードを湖畔に堆《うずたか》く積んで焼き、湖に映る焔《ほのお》を囲んで、労働歌を歌ったり万歳を叫んだりしながら夜を徹した。すでに退院していた弘子もこの円陣に加わったが、彼女一人は労働歌の歌詞を知らなかったので、大槻について歌った。

妥結条件の実現には、なおいろいろと交渉が要るだろうが、繊維同盟加盟の組合が認められ、十大紡並みの労働協約の締結が約束され、会社側から組合へ五千万円が支払われることになっていた。これですべては明るい未来へ向ったのだ。

大槻はこの機を逸せず、組合員たちの前で、弘子との結婚を発表した。大槻は以前にまさる忙しい体であるし、新婚旅行は近くの石山寺まで行って一泊するだけの旅にしたのである。

十月九日に二人は秋山の仲人《なこうど》でささやかな式を挙げ、みんなに見送られて彦根駅から電車に乗った。数日前には冬のような冷雨の日もあったが、幸いこの日から天候は回復し、旅は美しい秋晴れを約された。

その晩、観光団体のさわがしい母屋《おもや》からははるかに遠い二間《ふたま》つづきの離れに落ちついた二人は、考えられるかぎり仕合せな一夜をすごした。

都会の娘なら、こんな一夜の男の仕打に、病後の体に対するいたわりの欠けていることを発見して、そのやさしさの欠如を、すぐ自分の自尊心の問題に結びつけたりしたにちがいない。弘子はそうではなかった。都会風のばかげた考えにみじんも毒されていない弘子は、男の形式的なやさしさやギャラントリーなどを求めなかった。一見いたわりのなさと見えるものの中に、男の烈《はげ》しいやさしさを見分けることができたのである。

しかし、大槻をそんなにも兇暴《きょうぼう》にさせたものが、ただ飢渇《きかつ》のためだというのは当っていず、むしろ弘子が、ありきたりな情熱を示さなかったためかもしれない。弘子には、情熱というものがまだよくわかっていないところがあり、彼女の恋心は従順と結びついていた。そして結局これが、大槻にとって最上のものであったことは云うまでもない。

男の飢渇がこんな場合に、その相似形に出会ったなら、どんなに興褪《きょうざ》めかしれないが、弘子の無邪気な受容はついには彼の火を鎮め、すべてが終ったあとで、彼ははじめて本当の幸福に出会った。しかも弘子の前では、自分の不器用を恥じる必要は少しもなく、女の愛らしさの中で、自分の矜《ほこ》りに浸《ひた》っていられた。

争議の指導とその成果について、十分自ら恃《たの》むところのある大槻は、もはやむかしの大槻ではなかった。尤《もっと》も組合員や繊維同盟の役員のあいだでは、彼は傲《おご》らぬ謙虚そのものの態度で好評を博し、みんなから愛されていたけれど、青年のその閉ざされた矜りが、遠慮のない新妻へ向って気楽に開かれたのは自然であろう。口に出しては自慢話めいたことはしなかったが、自分が以前のみじめな若者とはちがって、偉大で重要な人物になったという意識を、彼が多少はその性的態度のなかに匂《にお》わせていたとしてもふしぎはない。彼の命令的態度にひそむ自然な男らしさと、こんな一種の社会的でもあり性的でもある虚栄心との区別は、弘子にもそこはかとなく感じられたが、彼女は青年のこういう虚栄心をも、柔らかく包み込むことができた。むしろ弘子は、しらずしらず母性的なものを身につけていたのだ。

大槻は弘子が、顔に似合わぬ赤みがかった岩乗な手を失っていないのに勇気づけられた。彼は今ではそういう手に、格別思想的な意味づけを発見していたから猶更《なおさら》であった。しかし彼がその手その指に隈《くま》なく唇《くちびる》を触れたとき、弘子があわてて身を退《ひ》いたその恥らいを、どうして咎《とが》め立てすることができたろう。彼女はそんな手が男に嫌《きら》われることを信じていたのである。

そのとき大槻の心は、弘子の手に、安心できる、堅固な、家庭的なもの一切を見ていたので、思想的なこじつけはあとから附《つ》け足されたものにすぎなかった。しかしその手への狂おしい接吻《せっぷん》は、もちろん思想がさせたものだ。

「こんな手好き?」

と弘子はおずおずと愛らしく訊《き》いた。

「ああ、大好きだ」

と大槻は威張って答えた。美も彼の命令するところとなったのだ。

弘子はそれ以上嘘を言わせまいとして、その固い掌《てのひら》で、若い良人《おっと》の口をふさいだ。そうしながら、自分のもう一つの手をそっと盗み見た。そして外国の小説で読んだ女の「優雅な手」を夢みた。不恰好《ぶかっこう》な、安らかな優雅というものもあるだろうか？

弘子は良人がそれ以上自分の手を見ないように、暗い腿《もも》のあたりにある良人の片手を探って、その汗ばんだ手をしっかりと握った。

あくる日の快晴の午後を、二人は石山寺の見物にゆっくりとすごした。

石山寺は千二百年の昔、良弁僧正の開基になる名刹《めいさつ》で、その本堂には、縁結、安産、福徳の霊験あらたかな秘仏を祭り、数しれず供えられた安産御礼の供米《くまい》を、若い夫婦は言いがたい思いで眺めた。

弘子は婦人雑誌で読んだ、初産の中絶は次の流産を招来するという警告を思い出して蒼ざめ、それを察した大槻は、

「ここでよく拝んでおくんだ」

とやさしく言った。『俺はもちろん宗教なんか信じていないが……』――宗教どころか、彼はいろんなものを信じなくなる過程にあって、本堂の中までは射《さ》し込まない秋の美しい日ざしを、この日自分にゆるした最終の信頼のしるしとして、永く記憶に留《とど》めておこうと思った。すると、何故《なぜ》か、部屋を立去ろうとする彼を悲しげに見た駒沢の犬のような目が思い出された。

永代日供の供米は実は寒天で作られていて、白赤白の順に三つの寒天を串《くし》で貫いて立ててある。それが香煙の漂う薄闇《うすやみ》にひしめき並んでいるさまは、安産の祝いというよりは、産褥《さんじょく》の陰惨さを思わせる。それほど多くの女が、少しも苦しまずに血を流したのだ。

弘子がここで永い感慨に沈まずに、紫式部の源氏の間を、早く見に行こうと言い出したので、大槻は心が明るくなって、そのほうへ廊下をいそいだ。そのくせ大槻は、紫式部などには何の興味もなかった。

しかし、源氏物語が書かれたという伝説のその部屋は、廊下より一段低い陰気な小部屋で、明りを取るには華頭窓が一つあるきりである。こんな労働条件のひどさに弘子はがっかりして、

「よくこんな暗い部屋で小説が書けたもんだわね」

と呟《つぶや》いた。

それがいかにも座敷牢《ろう》を思わせるところから、もし伝説が真実で、ここであの長い物語が書かれたことが本当なら、紫式部は狂気だったのではないかと大槻は想像した。そこで彼女をこんなところに閉じこめておく必要があり、それに恰好な参籠《さんろう》の口実を与えることもできたのだ。彼はどんな理由にもせよ、こんなところに住まなければならない生活を朗らかに拒否すべきだと思っていた。それは彼の夢みる明るい自由な生活の正に反対だった。いかなる種類の狂気からも遠く、彼の夢みる部屋は、明るく、快適で、簡浄で、程よく富み、家族の笑い声に充ちあふれていなければならなかった。

さまざまな陰気な見世物を巡ったのち、崖《がけ》にかかる月見亭へ来たときに、二人は戸障子一つないその簡素な東屋《あずまや》から、見はるかす広大な眺めを喜んだ。この帝王の月見の場所は、のびやかな展望を遮《さえぎ》るものとてなく、大槻は妻の肩に手をかけて、瀬田川の彼方《かなた》、秋らしい雲のたたずまいを映す琵琶《びわ》湖のあちこちを指さして地名を教えた。弘子はそのほとんどを知っていたけれど、今はじめてきくように良人の言葉にうなずくと、そこに新らしい未知の土地が、一つ一つ生れ出るような気がした。

空は清く澄み、比良《ひら》、比叡《ひえい》の峯々《みねみね》もさだかに見えた。

「こんなところに家を建てたらすばらしいだろうな」

と大槻は言った。

「みんなが遊びに来るわ。私、おにぎりを作って接待するわ」

と弘子が言ったのを、もう少しましな御馳走《ごちそう》を出すべきだ、と大槻はたしなめた。

——二人はあとで知ったことだが、丁度この日に、駒沢が倒れたのである。

第十章　駒沢善次郎の偉大

岡野《おかの》は駒沢《こまざわ》が倒れてから死ぬまで、わずか十七、八日のあいだに、京都大学病院の特別室へ、都合三度見舞に出かけたが、その三度目は見舞でなくて弔問になった。それを勘定に入れても入れなくても、彼がそんなに一人の病人を、たびたび見舞に出かけたのは異例である。

病気は脳の血栓《けっせん》性軟化であったが、病状は複雑な経過を辿《たど》った。はじめ軽い片麻痺《かたまひ》が、夜、眠っているあいだにはじまり、医師が呼ばれたときは、この症状はかなり薄らいでいた。彦根《ひこね》から車で京大へ運ばれてのち、また片麻痺が起り、左の目が見えなくなった。意識障害はほとんど起らなかった。

岡野は駒沢の入院をきいて、すぐ東京から見舞に行ったのであるが、入院から三日目のこの日は、とりわけ重篤《じゅうとく》な状態に見えた。そこで岡野は病室から菊乃《きくの》を引張り出して、詳しい経過と容態を訊《き》いた。

四階の特別室からは、バルコニーづたいに階段を昇って、屋上へ出ることができた。

不眠不休の看護のさまが誰《だれ》の目からもそれと知られる、菊乃は甲斐《かい》々《がい》しい身なり、やつれ果てた顔つきをしていた。

芸者が理想的な看護婦に化けた例を、岡野は今までも二三知っている。歴史上もクルティザーネが聖女に化身《けしん》した話はそんなに珍らしくはない。そういう女に限って、なりふりかまわぬ姿になるのは、献身的な苦行の陶酔もさることながら、彼女がそこで生涯《しょうがい》にわたる彼女自身の悔恨を一時《いっとき》に演じてみせるせいかとも思われる。

岡野は、先に立って急な階段を昇ってゆく菊乃のうしろ姿を見ながら、そんな感想を抱いた。この姿を見せて、もと芸者だったと云《い》っても、誰が信じるだろうか。もともとの掃除婆《ばあ》さんよりももっとひどい。掃除婆さんにも洒落気《しゃれけ》はあるだろうに、菊乃は全身から洒落気を削《そ》ぎ落してしまっており、それも洒落気に精通していたからこそできたのである。

まっさらの割烹着《かっぽうぎ》のうしろから鼠《ねずみ》いろの名古屋帯が見え、何日も着換えない寝間着同様の弁慶格子《べんけいごうし》のウールの単衣《ひとえ》の裾《すそ》が綻《ほころ》び、襟《えり》は汚れ、櫛《くし》一つ入れない髪は、黒い首筋に靄《もや》のようにほつれ毛を漂わせている。病室で足音を立てぬために羅紗地《らしゃじ》のスリッパを穿《は》いているのはいいが、段を昇る毎《ごと》に、その白足袋のまっ黒な裏が、かわるがわる烏貝《からすがい》のように顔を出す。あれほど足袋の裏に神経を使った女がこうなったのだ。

それで余人をおどろかせ、感じ入らせることはできても、彼女のどんどん値上りする株券や、二カラット半のダイヤの指環《ゆびわ》を預っている男を閉口させることはむずかしい。しかし今の菊乃には芝居気はみじんもなく、岡野の犀利《さいり》な目を斟酌《しんしゃく》するゆとりも失《な》くしていることはよくわかる。岡野はあの「帰　郷《ハイムクンフト》」の、

「神々《こうごう》しきものをば頒《わか》ち与えよ」

という第六節のはじめのほうの句を、口吟《くちずさ》みながら、あとについて昇った。菊乃の髪は昇りつめたところの円い望楼から注《そそ》ぐ光りの中へ、次第に融《と》けて行くように見えた。

それは美しい秋晴れの午後であった。並木路《みち》に大鈴懸《おおすずかけ》の黄ばんだ梢《こずえ》は、望楼のすぐ下まで届いていた。半円の胸壁にいくつかの円柱を立てた望楼からは、大文字山がすぐ目の前《さき》に見え、夏の緑に囲まれているときはありありと劃《かく》されていた頂きの焼跡が、今、ところどころ黄ばみかけた樹容のために目立たなくなっていた。

しかし菊乃はその広大な風景、山ぎわの雲の流れ、左方はるかに澄む比叡の眺めなどには目もくれず、

「あれをごらんなさいよ。あれ」

と眼下を指さした。

見ると夥《おびただ》しい鈴懸の落葉が、煎《せん》じたような色で積み重なる散歩路の南の外れに、色めくものを溢《あふ》れさせた粗末な小屋があったので、岡野は何かを売る店かと思った。目を凝らすと、そうではなかった。その小屋から溢れ出てそよいでいるのは幾房の千羽《せんば》鶴《づる》であった。

それはあんまり微細な色を複雑に織りまぜたので、糸屑《いとくず》のように汚なく見えた。藤《ふじ》いろや紅や白にまじって銀紙の鶴もきらめき、入口の紅《あか》い幔幕《まんまく》や扁額《へんがく》はそれに覆《おお》われていた。

「ここからは字が読めないけど、全快地蔵尊と書いてあるんですよ。ここの病院の名物で、全快した人は、退院するときに、千羽鶴をお札に下げて行くの。私、駒沢が治ったら、千羽鶴を五房作ってさし上げます、って、毎朝あそこへお祈りに行ってるんだけど」

そのとき菊乃の目尻《めじり》にかかる後れ毛は、すでににじんで来る涙に濡《ぬ》れていた。

——菊乃の話からは見事に機智《きち》が失われ、些《いささ》かの文学的教養も失われ、皮肉も失われ、人を小馬鹿《こばか》にした物言いも洗いざらいなくなっていた。使い古した箒《ほうき》みたいな誠実だけがあらわになっていた。

それほど菊乃は、まごころこめて駒沢への愛を語ったのである。白粉気《おしろいけ》がみじんもないその顔は、こういう種類の誠実によく似合い、岡野は菊乃がこんなに退屈な女だったのに興醒《きょうざ》めた。もちろん同時に、それは岡野の、人間を見る目の勝利でもあるのだが。

菊乃の涙も、以前は、関《かか》わりのない遠い山際《やまぎわ》をすぎる時雨《しぐれ》のように見え、又、それなりに虹《にじ》も立ったが、今は路傍の水たまりのように見える。いかにも遅鈍な涙で、むかしの無声映画の字幕みたいに、しかるべき時、しかるべきところで、涙がもう一度駄目押《だめお》しの説明をするのである。疑いもなく菊乃は幸福になったのだ。

不自然に肥《ふと》ってはいても、争議の妥結前ははりつめて破綻《はたん》のなかった駒沢の健康が、妥結後かえって怪しくなり、しきりに不眠を愬《うった》えて薬を常用し、又高血圧を心配しだして、人にすすめられて血圧降下剤を使ったりしていた。十月十日の午前三時ごろ、菊乃はかたわらで寝ている駒沢に呼びさまされたが、枕《まくら》もとの明りをつけると、顔の片側が引きつって少量の涎《よだれ》を垂らしていた。菊乃は医者に電話をかけ、一方、自分の一存で氷枕をいそいで作ったが、この病気のためにはこれが良くなかった。

それから五日しか経《た》っていないが、医者はまだ命を請け合わない。ただ駒沢の意識は濁らず、医者は喋《しゃべ》ってはならぬというが、駒沢は何とか廻《まわ》らぬ舌で喋りたがる。それが人を恕《ゆる》す言葉ばかりなのである。

「今はじめてあの人の立派さがわかったわ。だめなんだわね、女は。二十年殿方を見つづけて来ながら、男の本当の値打を知るのに、これだけ手間暇をかけなくちゃならないなんて」

駒沢のそういう言葉を譫妄《せんもう》だと考えることは容易《たやす》かったが、岡野は菊乃の語るがままの駒沢の姿を信じた。というのは、菊乃にはいつか駒沢のあの狂おしい自己肯定の語り口がのりうつっていて、それが正確な駒沢を描くのに一等ふさわしい筆だと思われたからだ。

駒沢がたびたび岡野の名をも挙げて、感謝を新たにしていると訊いては、さすがの岡野もくすぐったいような、気味のわるいような心地がしたが、駒沢が挙げたのは「恩人」の名だけではなかった。彼はすでに大槻《おおつき》をも、秋山をも恕していたのである。

＊

……或《あ》る朝、駒沢はまだ暗いうちに目をさますと、四肢《しし》がのびやかで、身内はさわやかで、心身がよみがえったように感じた。

やがて彼は鐘の音をきき、それが朝五時に鳴らす黒谷の、金戒《こんかい》光明寺の暁鐘《ぎょうしょう》だと知るのに努力を要しなかった。暗いおぼろげな室内を、自由の利《き》く右の目だけで見究《みきわ》めるには及ばなかった。すぐかたわらには菊乃のあからさまな鼾《いびき》がきこえる。この女は、こんな清浄な響きに充ちた暁闇《ぎょうあん》をも、持ち前の鼾で邪魔をするのだ。

なぜ黒谷の鐘とわかったかと云《い》うと、五、六年前に、彼が光明寺を訪れたとき、一緒に行った男が、京大病院に入院していた朝夕には、この鐘を聴くのがたのしみだった、と語ったことを思いだしたからである。そのとき駒沢は自分がそんな境涯《きょうがい》になろうとは夢想もしていなかった。

あれは真夏のことで、寺院のひろい境内の土は銅《あかがね》のように映え、一つの塔頭《たっちゅう》の塀《へい》から夾竹桃《きょうちくとう》が咲きこぼれていた。二層楼の入母屋造《いりもやづくり》の壮大な山門の周辺には、丈の高い松が競い立っていたが、どれも下枝に葉がなくて、その赤松の肌《はだ》が一そう暑さを感じさせた。本堂へ向う石段の左方にある鐘楼《しゅろう》に、彼もたしかに立寄ったが、鐘の姿かたちについては、とりたてて鮮やかな記憶がない。ただ鐘の下の乾ききった土の色をよく憶《おぼ》えている。撞木《しゅもく》を操る足場にだけ石が敷いてあって、あとは土間なのであったが、その小石だらけの埃《ほこり》っぽい土間は、丁度鐘の下のところが、一そうけば立って、荒れ果てて見えた。それは小さな、赤ちゃけた砂漠《さばく》だった。

何故《なぜ》だろう、と駒沢は、持ち前の風雅の心を妨げられて、疑問を感じたのをおぼえている。いつも鐘の音が、直下の土を擾《かきみだ》して、そんな風に土を波立たせ、小石を散らし、埃を舞い立たせ、荒れた姿に変えてしまったものだろうか？　それとも、四方へひろがる鐘の音は、実は直下にはきこえなくて、そのために土も耳をそば立て、身を起し、焦躁《しょうそう》にかられて、乱れた形をえがくようになったのだろうか？

ともあれ、音はたしかに、自分が一度目近《まぢか》に見たあの鐘からひびいて来るのだ。それは前《さき》の余韻の消えきらぬうちに、秋の暁闇の澄んだ大気の中へ、次の大どかな一杵《いっしょ》を打ち鳴らし、やがてすべてを鐘の音で充《み》たしてしまう。その充たし方は、隠微で、狡猾《こうかつ》なほど周到で、……世界がまだ目ざめきらぬうちに、丸ごとそこを領略してしまうのだ。この水にひろがる墨のような響きを、誰が拒むことができるだろう。誰がよく禦《ふせ》ぐだろう。時を告げるその鐘は、今の時を告げるのではなくて、遠い確実な時、未来のどこかしらに定まっている確実な時を告げ知らせているかのようだ。

鐘の響きは、音の波をじわじわと壁の汚点《しみ》だの亀裂《きれつ》だのに及ぼして、そこを塡《う》める。どんな小さな隙間《すきま》も、こうして黒々と打ち寄せる波に塡《う》められる。

駒沢は古びた特別室の天井や壁や、鉄のベッドばかりか、蒲団《ふとん》の皺《しわ》、枕の皺、自分の突然衰えた肉体のすみずみまでが、この響きに犯されるのを感じたが、それに少しも抗《さか》らわないたのしさがあった。暗い、重い、澱《よど》んだ響きのようでありながら、この鐘音の底には、澄みやかな銀の精髄があり、古い樹々《きぎ》の根方に滲《にじ》み出す泉に似たものがあった。鈍痛の底に目ざめた患部のきらめく刃先が感じられるように、黒谷の鐘の音《ね》の奥には、何か或る鋭い閃光《せんこう》がひそんでいた。それが重ねて、繊細な銀を叩《たた》いて顫《ふる》わせ、まるで一つの大きな鐘のなかに別の小さな鐘の精霊が隠れているように思わせた。

それは何だろう、と駒沢は茫漠《ぼうばく》と考えを追った。何かが隠れている。ひどく繊細で、きらめくものが隠れている。それが怖《おそ》ろしく人を魅する。この病床から立上って、追って行って、すぐさまそれを手につかみたい気を起させるほどに魅するのだ。……

鐘の音がようやく絶えて、余韻がなお微粒子のように空に立籠《たちこ》め、そこで空気は一そう張りつめて、壊れやすくなり、……そうして暁闇がひびわれるのを、駒沢は閉じた目にさえ感じた。白みかかる空は、彼の瞼《まぶた》の裏に白い光りをひろげた。そのとき突然、駒沢は遠い悲痛な叫びを聴いた。

人が殺される叫びかと彼は思った。あるいは病院の別の棟《むね》で、怖ろしい叫びをあげて今患者の一人が、急激な死に襲われる瞬間かと思われた。

暁の大気を突いて迸《ほとばし》り出たその悲しい叫びに、やがて駒沢は、人間らしくない響きを聴き分けた。それでもなお、彼の心がえがくしらしら明けの覚めやらぬ町のけしき、近衛通《このえどおり》、聖護院《しょうごいん》、西福ノ川町、東福ノ川町など、黒谷へつづく木立の多い町の空に、高く翔《た》った叫びの悲しみは鮮やかだった。

だが、それが猛獣の咆吼《ほうこう》だとわかったのは、つづいてさまざまな獣の声、禽《とり》の声がこれに和して起り、昼間はきこえる由《よし》もない距離の、岡崎の動物園の方角が読みとれたからである。すると、大学病院の一角からも、呼びさまされた実験用の犬どもの吠《ほ》える声が、病棟《びょうとう》の壁に谺《こだま》してきこえてきた。

『生きものはみんなああして吠えよる』と駒沢は考えていた。『吠えよるのも無理はない。生きてるさかいに、吠えて、吠えて、吠えつづける。吠えるほかに、何をすることがあるかいな。逝《い》んでしもうたら、吠えることもでけへんのやよって』

吠えることがこんなに力の要る、こんなに鋭い悲しみを感じさせるものなら、恕してやらなくてはならぬ。奴《やつ》らはついに駒沢の吠えることをゆるさなかったが、駒沢のほうでは今ゆるしてやることができる。もう駒沢は吠えることができないから、ともかく誰《だれ》かが、その声を代って続けてゆくことが必要なのだ。

彼は一瀉千里《いっしゃせんり》に恕し、ローラーのように均《ひと》しなみに恕した。近江《おうみ》八景を案内した駒沢の生涯の盛りの日に、大社長たちの目の中にあらわに浮んでいた蔑《さげす》みの色をも恕した。彼の留守にみすみす争議の起るのを防げなかった無能な重役たちをも恕した。それから顔を見たこともない秋山という仇敵《きゅうてき》をも恕した。大槻にいたっては！　ああ、あいつを恕せなくてどうしよう。たった二度の出会を通じて、駒沢に青年の愚かしさを残る隈《くま》なく示したあの男を恕せなくてどうしよう。

彼だけが知っている真理と、彼だけが大切にしている心と、その二つに二つながら盲《めく》らな人々を、駒沢はなぜあれほどまで憎んだのか、自分でもわからなくなった。今、こうして先のわからぬ病床で、駒沢がその自分一人の知恵を、湯たんぽのように抱いて身を温《ぬく》めてゆけるのも、みんな人々の無智《むち》がそれを護《まも》ってくれたおかげではないか。無理解は理解よりも、こんな風に相手をよく護ることがあるのだ。

かれらも亦《また》、かれらなりの報いを受けている。今かれらは、克《か》ち得た幸福に雀躍《こおどり》しているけれど、やがてそれが贋《にせ》ものの宝石であることに気づく時が来るのだ。折角自分の力で考えるなどという怖ろしい負荷を駒沢が代りに負ってやっていたのに、今度はかれらが肩に荷《にな》わねばならないのだ。大きな美しい家族から離れ離れになり、孤独と猜疑《さいぎ》の苦しみの裡《うち》に生きてゆかなければならない。幸福とはあたかも顔のように、人の目からしか正確に見えないものなのに、そしてそれを保証するために駒沢がいたのに、かれらはもう自分で幸福を味わおうとして狂気になった。そうして自分で見るために、ぶつかるのは鏡だけだ。血の気のない、心のない、冷たい鏡だけ、際限もない鏡、鏡……それだけだ。

『それもええやろう。苦労するだけ苦労したらええ。その先に又、おのずから道がひらけて来るのや』

そして存分に、悲しそうに吠えるがよい！　人間どもは昔からそうして吠えてきたし、今後もそのように吠えつづけるだろう。だから駒沢は、自分をも含めて、かれらをみな恕す。

彼は米国で見た北斎を思い浮べたが、北斎は風景ばかりか人間まで怖ろしいほどよく知っていた。それを存分に描いて後世に伝え、外国人にまで愛された。何という相違だろう。駒沢はそれを知っているということを、北斎同様、公然と示したのであるが、一人は栄光にかがやき、一人はそのために悲境に陥った。駒沢は画家ではなかったのだから、その秘密を公言すべきではなかったのだ。北斎にしろ広重にしろ、あんなに逆巻く波や噴火する山や横なぐりの雨を描き、そこに小さく点綴《てんてい》される人間の貧しい重い労働を描き、それをすべて世にも幸福な色彩で彩《いろど》ったのだが、駒沢のやったことも同じで、

『結句お前らはみんな幸福なんや』

と言いつづけて来たのだった。色彩は罰せられず、言葉は罰せられるのは何故だろう。

だが今、彼を嘘《うそ》つきと言い、不正直と言い、狂人と言い、悪徳資本家と言い、企業を私物化した時代おくれの石頭と言った、すべての人を彼は恕す。かれらの憎悪《ぞうお》と、それに触発された駒沢の憎悪が、今はからずも、一会社の枠《わく》をこえて、

『四海みな我子やさかいに……』

という心境に彼を辿《たど》りつかせた。それこそは正に、彼が彦根の署長室から立去ってゆく大槻の白いシャツの背に見出《みいだ》したものだった。

やがてかれらも、自分で考え自分で行動することに疲れて、いつの日か駒沢の樹《た》てた美しい大きな家族のもとへ帰って来るにちがいない。そここそは故郷《ふるさと》であり、そこで死ぬことが人間の幸福だと気づくだろう。再び人間全部の家長が必要になるだろう。

……

――東の窓はすでに旭《あさひ》に照らされ、薄い金巾《かなきん》のカーテンを透かして天井が明るんでいるらしく、閉じた瞼の裏は、明るい柾目《まさめ》の白木《しらき》の板に目を寄せているような感じがしだした。

自分は柩《ひつぎ》の中にいて、その柩の内部が光りに充たされているような気がした。柩の

まわりにざわめきがきこえるのは、人間の街が目ざめかけ、戸をひらき、自動車や電車を走らせ、電話をかけ、お喋りをはじめているらしかった。まだ子供たちは来ないのか？　彼の柩のまわりで輪踊りを踊ることになっている子供たち。日本の諸方の寒村から呼び寄せられ、白い絹の馬の旗を手に手にひるがえし、

「品質本位！　日本一の製品を作りましょう！」

と、一せいに目標を唱えながら、輪踊りを踊ることになっている子供たちは？

駒沢は尿意を催おして、そのまま何のためらいもなく放尿した。すべては許されていた。襁褓《むつき》が当てられていて、それは尿を、柔らかな草地のように受け容《い》れた。尻《しり》のあたりに尿はあたたかくひろがった。そのすばらしい、子供たちの永遠の日曜日のあたたかさ。駒沢は恵みを感じ、全身がそのあたたかさの中へ融《と》け入ってしまう心地がした。

恵みはいつもこんな風にして来る。考えてみれば、自分は人に恵みを施すばかりで、受けた恵みは一生にただ一度、この自分のあたたかい尿からばかりである。第一、おのれのために金を儲《もう》けるということなど、考えたこともなかった一生だから。……

彼はうつらうつらし、目ざめ、又眠った。たとしえもなく快い気持で、病人の身も忘れてしまった。それを思い出させるのは、断続的に起る菊乃の鼾だけだった。この

女は、何のためかして、思い出したくないものだけを執拗《しつよう》に思い出させる。彼についに取りついて、彼のいちばん煩《わずら》わしい器官のようになってしまった女。

耐えかねて駒沢は、利《き》くほうの右の目をうっすらとあけ、附添《つきそい》のベッドに眠っている菊乃の横顔をぬすみ見た。

菊乃は鼻梁《びりょう》を旭に光らせて、口をうつろに空けて眠っていたが、時折瞼が小刻みに痙攣《けいれん》し、鼾はあたかも鎖を引きずり出したり入れたりするようにつづいていた。濃い白粉に包まれていると、気品さえ備わってみえる秀でた鼻梁が、浅黒い地肌《じはだ》の脂《あぶら》を光らせているさまは、一つには献身の表示であるが、一つにはもはや病人の男の目を少しも怖れていない証拠でもあって、駒沢の癇《かん》にさわった。

それよりも、この鼾には、病人に対してあまりに無礼な、猛々《たけだけ》しい生命力があって、菊乃がどんな辛酸ものともしない無神経な農村風の活力を保っていることを示していた。

それを見ると駒沢は自分の風雅な繊細さをしみじみと感じ、これに耐えられないのも尤《もっと》もだとわれながら思った。そして、この女も恕すことができるかどうか試そうとして、一度閉じた目を又ひらこうかと考えたが、とてもその勇気はなかった。

＊

岡野の二度目の見舞。

岡野はそこに狂おしいほど幸福そうな菊乃を見た。駒沢の容態は一見好転していた。もちろん面会謝絶はまだ解かれていなかったが、岡野は特にゆるされて病室へ入り、病んだ駒沢の顔をはじめて見た。

雨の午後で、仄暗《ほのぐら》い病室に枕の白ばかり目にしるく、駒沢は側臥《そくが》して、菊乃はかたわらの椅子《いす》に掛けて、毛布の下へ手をさし入れて、左側の足腰を揉《も》んでいた。菊乃は朗らかな顔をこちらへ向けると、

「今日はとてもいいんですよ。お蔭様《かげさま》で。……駒沢もぜひあなたにお礼を言いたがっているし、この分なら本当に安心できそうだわ」

と不必要な大声で言ったが、それは鶏頭の花みたいに鬱陶《うっとう》しい女房《にょうぼう》気取の表示でしかなかった。岡野は一瞬菊乃が、彼に対して反抗的に女房気取を誇示したのかとも思ったが、それは思いすごしで、彼女はただ感情に於《お》ても「なりふりかまわぬ」ようになっていただけである。

駒沢の顔は蔭になって、ほの白く膨らんで見えた。それを見るとき、岡野には多少

の努力が要ったが、望遠鏡を逆さに覗《のぞ》くように、現実を遠くへ押しのけて、それと一緒に、それを覗く自分の感情をも、手許《てもと》から遠くへ押しやる手続が要った。しかしそれは一秒にも充たぬ些少《さしょう》の時間、人間のやることのうちで最も少ない努力で済んだ。あの傲岸《ごうがん》だった唇《くちびる》は綻《ほころ》びて、岡野へ明らかに微笑を向けているのだが、その微笑と感情との焦点がうまく合わず、岡野は駒沢があるいは苦痛をこらえているのではないかと思った。

怒《いか》った小鼻だけはそのままだが、それは駒沢の顔のなかからみじめに置きざりにされた圭角《けいかく》の部分で、絹の肌はやや浮腫《むくみ》を帯び、皺一つない頰《ほお》の照りは、霜解けの路面の照りによく似ていた。

こういう病人に接すると、むしょうに煙草《たばこ》が喫《の》みたくなるものだが、岡野は我慢して、菊乃が毛布から片手を出してぞんざいに指さした小椅子を、菊乃のうしろへ引き寄せてそれに掛けた。すると病人の匂《にお》いにまじって、菊乃のさかんな体温が肌に感じられた。

「おおきに……岡野はん……おおきに」

と駒沢は言った。

「これをどうしても自分の口から言いたかったんですね」

とうしろ向きのまま註釈《ちゅうしゃく》をつける菊乃の声に、過去にまつわる皮肉の響きが、何一つ聴かれぬのにむしろ岡野はおどろいた。

「おおきに……ほんまにようしてくれはって」

と病人は重ねて言った。

「ごたごたもすっかり片附いてよござんしたね。もう安心して、ゆっくり養生ができますね」

と岡野が言うと、

「お蔭さんで……おおきにな」

と駒沢は目に感謝をこめ、涎《よだれ》の垂れそうな口調で言った。

雨をとおして南の病棟の、同じ四階の出窓のいくつかが煙って見えた。その出窓の一つに置かれている植木鉢《うえきばち》の花は枯れて、素焼の鉢の煉瓦《れんが》いろが雨にあでやかに濡《ぬ》れていた。

菊乃がマッサージをやめ、毛布の裾《すそ》を軽く叩いてから手水《ちょうず》に立った。手洗いのドアを閉めて彼女の姿が隠れると、駒沢のすぼめた口が、岡野の耳を呼んだ。

「岡野はん、あんた、あの女をどこぞへ始末してくれへんか」

岡野は一瞬この囁《ささや》きに耳を疑った。それはほとんど殺人の依頼のようにきこえたからだが、忽《たちま》ち菊乃の引いた活栓《コック》のすさまじい水音が駒沢の声を奪った。再び見ると、駒沢は今言った言葉を置き忘れたように、もとの微笑の顔に戻《もど》って、枕に頰を埋めていた。

岡野は咄嗟《とっさ》に、これを決して菊乃の耳へは入れまいと決心した。もし駒沢がどう思っているかを菊乃に告げれば、菊乃のような女の性格は、今度は病人の耳に、岡野が駒沢をどう思っているかを告げるであろう。こういう真実の告知は、死にかけた病人の口から出て、その口もとで消えてしまえばそれでよいのだ。岡野は駒沢の病状の好転などを少しも信じていなかった。

――岡野が辞そうとしているとき、ドアのガーゼを巻いたノッブがためらいがちに動いて、顔をのぞかせた女がいる。弘子《ひろこ》の顔を認めて、菊乃はドアをあけに立った。レインコート姿の弘子は、セロファンをかけた丈の高い鉢植の花を抱え、片手には青い傘《かさ》を持っておずおずと入ってきた。戸口で帰るというのを、無理に菊乃が入れたのである。

彼女はたしかにおずおずと入って来たのだが、岡野はそれをどうしても威風堂々という風に感じた。清純さと、レインコートに光っている雨滴と、濡れたセロファンに貼《は》りついている外国種《だね》の浜菊の白一色《しろひといろ》の大輪の花と、結婚したての若い女の無遠慮な荒々しいほどの美しさと、体からコートをもぎ取るときの場ちがいの快活さと、一ト ふるいした髪の俄《にわ》かに大人びた形の流れと、その雨に湿った白い咽喉元《のどもと》と、……すべてが、(小柄《こがら》な弘子であるのに)、威風を感じさせたのである。菊乃も何か気押《けお》されて黙り、不必要にこまごまと世話を焼いて、傘を露台の隅《すみ》へ置きに行ってやったりしていた。

一度帰りかけた岡野は、丁度駒沢の寝台を足のほうから眺《なが》める位置にある供部屋の椅子に坐《すわ》り直し、鉢植の花を抱えた弘子が、さわやかに病人のほうへ近づくのを見ていた。

それは人生の裂け目に時折ちらと姿を見せる儀式的な瞬間で、あとからもそれを現実と信じるのは難かしいほどだ。慰めではあっても世にも厳《いか》めしい慰めであり、人はひざまずいてそれを受けなければならない。駒沢はその軟化して衰えた脳のありたけで、こんな瞬間の到来を予期したらしかった。

彼が枕から辛《かろ》うじて顔をさし出し、自由の利く右手をさしのべ、いわば光栄にうっとりしたほどの表情で、もとの一雇人、一女子工員を迎えるのを岡野は眺めた。

「社長さん、早く快《よ》くなって下さいね。私たちみんな、社長さんの御全快を祈ってますわ。……これね、この春、社長さんがヨーロッパから送って下さった花の種子《たね》なんです。私が療養所で育てて、こんなになったんです。どうしても社長さんに見ていただきたい思て、持って来ましたの。枕もとに置かせてもらってていいですか？」

「あの種子が、ほう、こないに……」

駒沢は指をすこやかな花びらに触れた。

駒沢の顔には、何かの遠い反映のような、喜びの色がさし入った。病んで潰《つい》えた脳が、紫いろの海胆《うに》のように海底に漂っている。そこへ遠く海上の夜明けの一閃《いっせん》がさし入って来る。そういうときはこうもあろうか。

弘子は一心に社長の目を見つめ、丹精の花をさし出し、二人は花を央《なか》にして、かつてないほどお互いに近寄っていた。近寄りすぎることの人間関係を、結局いつも避けて来た駒沢だが、体の自由を失った今になって、却《かえ》って他人がこんなに顔を寄せて来たのである。しかしそれは菊乃とちがって、実に匂いやかな、望ましい他人の顔であった。

百万遍から祇園《ぎおん》へ向う一番線の市電の響きが、仄暗い病室の空気をしめやかに引裂いた。岡野は、彼の存在にすこしも斟酌《しんしゃく》なく、目の前で現実に起った純情の勝利、忠実の勝利に、すこし呆《あき》れた。それは岡野に対しては、この世の整然たる仕組も時には故障を起すことを示すような、多少礼儀に外れた行いだった。

西洋浜菊は弘子の手で、菊乃がさらに手つだって、病人の枕もとのナイト・テーブルに飾られた。岡野のいる供部屋や、露台の隅に片寄せてある多くの贅沢《ぜいたく》な見舞の花に比べれば、その一つ一つの一重《ひとえ》の白い大輪は、子供の描いた花の絵のような、明快なわがままな美しさに充《み》ち、その単純な花序が蘭《らん》などの複雑な花序に打ち克ち、その白一色がほかのけばけばしいこれ見よがしの色彩に勝《まさ》っていた。

やがて駒沢の目からはとめどもなく涙がしたたり落ちた。それはかつて岡野が琵琶《びわ》湖《こ》の船上で見た、一秒にも足らぬ効率的な涙とちがって、流れだしたらいつまでも止らぬ豊かな涙である。菊乃がタオルを持って来てその涙を拭《ぬぐ》おうとするのを、駒沢は子供のように「いやいや」をして拒んだ。

「どや。こないにして、あの種子が花を咲かせたんや。見てみい。やっぱり無駄《むだ》やなかったんやなあ。弘子はん、おおきに」

と駒沢は途切れ途切れに言った。弘子も手巾《ハンカチ》を出して、目頭を拭《ふ》き、

「社長さん、早う快くなって！」

と咽《むせ》ぶような声で言った。この情景のうるわしさを、菊乃は意味もなく動きまわって立働きながら見、岡野はただ凝然と眺めていたが、その完全な感情の球体に彼がち

っとも亀裂を見つけ出さないのはへんなことだった。

とうとう岡野は耐えきれなくなった。そういう人間性に反する場面があまり永くつづくと、立会っている岡野の皮膚に、何か湿疹《しっしん》に似た痒《かゆ》みが俄《にわ》かにひろがって来るような気がする。

彼には駒沢の恍惚《こうこつ》が手にとるようにわかる。今や再起の覚束《おぼつか》ない病床に在って、彼が久しく願っていた花を、その人間の感恩報謝の心の明証を、確実に手に入れた喜びがひしひしとわかる。しかし岡野には、人間の生涯《しょうがい》がそんなに丸くすんなりと治まることへの云《い》いしれぬ嫌悪《けんお》があり、又、彼自身も、こんなありそうもない至高の瞬間を成就《じょうじゅ》するために働らいたわけではない。岡野は弘子をほとんど憎んでいた。

彼は遠くから弘子へ朗らかな声をかけた。その甚《はなは》だニュアンスに欠けた声が、さきほど彼を迎えたときの菊乃の誰憚《はばか》らぬ大声に、少なからず似ていることに彼自身気づかなかった。

「大槻《おおつき》さん、あなたの御主人にこの間会いましたよ。実際このごろの彼は、人間が一段と成長して、今時《いまどき》あんなしっかりした若い人を見たことがない。一晩ゆっくり語り合ったんだが、私は全く敬服しましたよ。あんたは本当に立派な御主人を持って仕合せだ」

そう言った岡野には、いつもに似ぬ焦躁《しょうそう》がひそんでいて、たとえ病人とはいえ駒沢の前で、大槻に最近会ったと公言する危険を冒し、そればかりか弘子が持ち前の無邪気さで、「そうですってね。秋山さんと三人でお逢《あ》いになったんですってね」と口をすべらすことまで望んでいたのである。

菊乃から駒沢があらゆる人間を恕しているときいた以上、こういう試みは駒沢の本心を瞬時につかみ取るのに役立つであろう。岡野は駒沢の顔を遠くから注視しながら言ったのだが、事は又もや不本意な結果におわり、ぼうっとした弘子は秋山のあの字も言わず、何ら利き目のある合槌《あいづち》も打たず、却って駒沢がその答を奪った。

「そや。そや。岡野はんの言やはるとおりや。大槻君はほんまにええ青年やで。おお、あんた、嫁に行かはったのか。そりゃ知らなんだ。あんたほどの果報者はあらへんで。早速祝いをせなならん。何ぞ見つくろうて、祝い物を送ってあげて」

と菊乃に命じ、菊乃も亦賑《またにぎ》やかに祝いの言葉を述べた。

岡野は争議終結匆々《そうそう》、秋山の手引で、大槻と三人で飯を喰《く》った晩を思い出した。それは実は岡野が二人を祇園へ呼んだのであるが、表向きは秋山の招待ということにして、大槻を招いたのだ。実に稔《みの》りの多い一夕で、岡野は大槻が昔に比べて如才のなくなったことにおどろき、今後何かにつけて大槻の協力を得る目算が立った。

――弘子が辞そうとするとき、丁度附添看護婦が帰って来たので、菊乃は岡野と共に、弘子を送りがてら、廊下へ出ることができた。岡野は弘子のために、四階の昇降機の釦《ボタン》を押してやった。病院の格別のろい昇降機はなかなか上って来なかった。廊下の突き当りにヴェランダがあって、そこに多くの植木鉢が置かれている。枯れかけた萩《はぎ》の鉢がある。ベゴニアの鉢がある。秋の七草の鉢がある。グロクシニアの鉢がある。……

それを見ているうちに、岡野の顔が急にかがやいた。そして躊躇《ちゅうちょ》なくこう言った。

「大槻さん、さっき君の持ってきた西洋浜菊の種子は、いつ送られて来たんだっけ」

「五月ごろだったと思いますわ。社長がヨーロッパから工場へ送って来たのを、すぐ友達が療養所へ届けてくれたんですから」

「夏蒔《なつま》きだね」

「そうです」

「シャスタ・デージーとあれを言うんだが、あれはいわゆる宿根草で、五月に蒔いて、同じ年の秋には決して咲かない筈《はず》だ。開花までに一年かかる。そうするとあの花は……」

弘子は狼狽《ろうばい》のあまり真赧《まっか》になった。何か言訳をしようと思うが、いい遁辞《とんじ》はおいそれと口から出ない。この嘘を言い馴《な》れない唇は、小さく歪《ゆが》んで、歯にきつく噛《か》まれて、こうしてともかくも偽りの花を届けた大根《おおね》のやさしい気持に居直ることも忘れてしまった。救いがたい罪を見破られたような目つきになり、それが弘子の美しさを台なしにした。そのとき折よく古ぼけた昇降機が、鉄の打違格子《うちちがいごうし》のなかに、ひどく震えながら、疵《きず》だらけの明るい壁面を迫《せ》り上げてきた。

——弘子が挨拶《あいさつ》もそこそこに昇降機で降りてしまうやいなや、岡野を見上げた菊乃の目には、やっとむかしの皮肉な讃嘆《さんたん》の色が浮んできた。これこそは菊乃の目だった。

「やったわね」

そう言われると岡野の心も解《ほど》け、心の動きが自在になった。これで世界は、再び彼が命ずるがままの形をとったのだ。

「急ぐの？」

と菊乃がしどけない口調で追った。

「ああ。急ぐ」

「いいわ。手短かに話すから。そこのヴェランダのところでいいでしょう。積る話があるのよ」

二人が雨の飛沫《しぶき》がかすかにかかるヴェランダから、又廊下へ退《しりぞ》きかけたとき、前庭の一角にけたたましい犬の吠え声が起った。

菊乃の話には、こうして、やがて殺される実験用の犬どもの、雨をつんざく険しい甲高い叫びが、縦横に織り込まれた。

「私、駒沢夫人のところへとうとうお目見得《めみえ》に行ったわ。もちろん駒沢が発病する前だけれど」

「どうだった」

「ありゃまるで化物ね。けんもほろろの挨拶だったわ。三味線の桴《ばち》みたいな爪《つめ》を蒲団《ふとん》のへりにかけて、私の顔をじっと見たまま、にこりともしないでこう言ったわ。『駒沢はわて以外の女を愛することはあらしまへん。こりゃもうたしかなことどす。あれは操《みさお》の高い人ですさかいに』」

岡野はこれをきいて笑ったが、菊乃は笑われるのが不服そうな顔をした。話というのはまだあった。誰が知らせたのか、駒沢が入院したあくる日、房江から病院へ電話がかかって、菊乃を呼んだのである。

声は痰《たん》がからまって暗く響き、菊乃は電話を伝わる言葉が、ひとつひとつ芥《あくた》だらけの暗渠《あんきょ》を通って来るように聴きづらく聴いた。

「駒沢をよろしゅうおたのみします」と房江は言ったのである。「あんたはんの看病で生きのびさせておくれやす。わてらは七夕の夫婦やさかいに、年に一度、正月だけしか見舞に行かんことになってます。正月までわてが生きてたら、這《ほ》うてでも見舞に行かななららん。それまではどないしても生かしといておくれやす。どっちみち、先に逝《い》くのはわてや思てますけんど」

菊乃はこれに註釈をつけて、あの女は百や二百までは必ず生きのびるにちがいない、と請合った。

昇降機のところで別れようとすると、下まで送ってゆきたいと菊乃が言うので、結局一階の受附の前で別れ、岡野は渡り廊下へ踏み出そうとした。そこで振向いたとき、見送っている菊乃が、割烹着《かっぽうぎ》の脇《わき》ポケットに手を入れて、昼なお暗い病棟の廊下に立っている姿から、岡野はふと、駒沢が死んだらこの女も死ぬのじゃないか、という非常識な直感に搏《う》たれた。

渡り廊下のブリキの屋根を雨がしたたかに鳴らしていた。病棟の間の中庭のヒマラヤ杉《すぎ》は、全身に雨滴を含んで銀のようである。雨気のなかを消毒薬の匂いが立ち迷い、彼の前後に、すれちがう病人や看護婦の湿ったスリッパのはたはたと床をはたく跫音《あしおと》がしていた。

菊乃の姿は、去年の初秋、彼女の最後の芸者の姿を見て岡野が夢みたグロテスクな変容の、さらにその先を行っていると言ってよかった。それほど迅速に、しかも時代や社会の力をほとんど借りずに、女一人の心に生れた夢や打算が、こんな変貌《へんぼう》を成し遂げたことを思うと、岡野の心にくすぶりつづけてきた一つの夢、かりにも一人の鬱《うっ》屈《くっ》した男の心に生れた夢が、いつか形を結ばぬとは信じられない。

彼はふと「芸者の友達」らしい感情に目ざめ、今までついぞ覚えなかった菊乃に対する同胞の思いに目ざめた。こんな女を、たとえ当人は好《い》い気持でも、徒《あだ》に死なせてはならなかった。それを防ぐための方法は唯《ただ》一つ、菊乃が夢にも知らない駒沢の彼女に対するやりきれない嫌悪を、そのまま伝えてやることである。駒沢が岡野に囁いた言葉を、そのとおり告げてやることである。思えば駒沢は、あらゆる人間を恕《ゆる》しながら、ただ一人恕せない人間に、ぴったりと寄添われて、看取《みと》られているわけだ。

見返る岡野に、菊乃は二三歩進みかけた。どんなになりふりかまわぬ姿をしていても、客が見えなくなるまで見送る作法と、その見送りの態度物腰が、多少は菊乃のその不動の形に、艶《あで》やかなものを残していたのかもしれない。岡野のとらわれた一種哀切の感は、もしかすると、そこから起ったのかもしれない。

だから、歩き出した菊乃が、ぞんざいな疲れた口調で、眉《まゆ》さえひそめて、

「何か御用？」

と尋ねたとき、岡野の心はもう変っていた。

「いや、別に……」

と言うと、そんな軽薄な仕草のほうが菊乃の心をとらえることを存分に知っている男の態度で、

「握手を忘れた」

と菊乃の手を握った。その手がひどく固く、寒餅《かんもち》のような感触をしているのに岡野はおどろいた。そんな感触を相手に与えていることへの怖《おそ》れも、

「変な人ね。あいかわらず」

と笑う菊乃の声には窺《うかが》われなかった。

＊

岡野の三度目の見舞は十月二十七日の午後のことである。

桜紡績大阪支社に来ていた社長の村川が、一日だけ京都に来るのがその日で、岡野は村川と京都で落合うことになっていたが、その落合い方については、村川がいかに

も村川らしい指図をした。すなわち、村川は現在只今《ただいま》の駒沢の容態を知りたいのであるが、村川が見舞に行くのは不自然であるから、岡野に行かせる。適当な時刻に、村川が岡野を京大病院へ拾いにゆき、車中ですぐ報告を訊《き》きたいのだが、どんな見舞客に出会《でく》わさぬとも限らぬし、病院の門内へ車を止めて待つのは好ましくない。時刻を打合せて病院の裏手の、鴨川《かもがわ》の川端《かわばた》へ拾いにゆくから、そこで村川の車を待つようにとの指図があった。

岡野は御大層なことだと思ったが、病院の面会時間がはじまる午後一時ごろに駒沢を見舞い、菊乃や主治医に病状をきいてのち、午後二時に鴨川べりで村川の車を待つということに打合せた。

そして、午後一時に岡野が京大病院の四階の特別室を見舞ってみると、病室は只ならぬさわぎで、人々が右往左往し、駒沢はつい今しがた死んだところであった。彼は泣き伏している菊乃にも会わず、そのごたごたに取り紛れ、駒沢の顔がすでに白布に覆《おお》われているところを確認して引揚げた。それで時間が大そう余ってしまった。

岡野が自分にとって大切な場所に「たまたま」居合わせることになるのは、いつもの手口であったが、こんなに真実の、純粋な「たまたま」ははじめてだった。作られた偶然を世にも巧みに演じる男が、自然な偶然には為《な》す術《すべ》を知らず、あわてて逃げ出す始末になった。予期された死ではあっても、見舞がそのまま弔問になるとは思いがけなかったのである。

彼はよく晴れた秋の午後を、いそぎ足で、京大病院の古い塀《へい》ぞいに、春日通《かすがどおり》を西へ歩いた。車の数は少なく、時代祭がすんだあとの京都は、時雨《しぐれ》の季節が来るまで、こういう小憩の日和《ひより》がつづき、路上には、大学構内からの鈴懸の落葉が微風にころがる影さえ克明に印《いん》された。古い木造の洋館を右に見て歩くほどに、すぐ川端へ出てしまったが、時計を見ると、村川との約束までまだ四十分あまりある。

川端には人影がなく、枯れかけた草が温かそうに見えたので、岡野は堤を越えて川岸に腰を下ろした。そして煙草に火をつけ、この旧制高校生のようなパセティックな草上の閑暇をたのしもうと心がけた。

岡野が腰を下ろしたところは、右に見る荒神橋と左の丸太町橋との丁度中程の、あたかも堰《せき》の前であった。川上はるかの空には鞍馬貴船《くらまきぶね》の山々が鮮明に浮び、すぐ対岸の堤の上には、汚れたコンクリート塀をめぐらした鴨川母子寮の紅殻塗《べんがらぬり》の二階建や、古びた数軒の旅館が連なっていた。しかしそういう家並も、鬱蒼《うっそう》とした常磐木《ときわぎ》の大樹に囲まれ、又早い桜紅葉をのぞかせていた。

気の遠くなりそうなうららかな秋日和で、岡野は川辺の蒲《がま》の穂や、芒《すすき》や蘆《あし》、身の丈にちかい荻《おぎ》などの、煩瑣《はんさ》な繁《しげ》みの中に半ば身を隠して、足は石垣《いしがき》の斜面へ垂らしていた。荒神橋をわたる車のひびきよりも、目の前の堰の水音が耳を占め、すでに衰えた虫のまばらな鳴音《なきね》は、ほとんど耳に届かなかった。

頭の尖《とが》った細身の河原飛蝗《ばった》が、彼のズボンの折返しのところに止った。その神経質な緑一色の様子に苛立《いらだ》って、彼は体を熱くして、非常な注意をこめて身を折り曲げ、首尾よく指につまんだ飛蝗を、靴底《くつぞこ》の石に踏み躙《にじ》った。虫の体液がその靴底に、小さな黒ずんだ緑の斑《まだ》らを薄く残し、やがて消え去るのを岡野はぼんやりと夢みた。

彼はハイデッガーが死について要約している三つの提言を思い出した。それはこれまで死について究明されたことの全部なのであるが、その第三の提言は、「終ってゆくことは、自分のうちに、その都度の現存在にとって全く代理できない、存在の様態を含んでいる」と云《い》うのである。「自分の死を回避しながら、終りへの日常的存在もまた、……死を確信しているのである」

岡野はたしかに駒沢を、未済の箱から既済の箱へ移したのだが、今彼は駒沢の死から必死に遁走《とんそう》しようとしている自分を感じていた。生きているあいだの駒沢は、決して岡野と相犯すことのない、笑うべき遠い人格だったが、死が突然駒沢を不気味に普遍化し、駒沢の存在を、岡野の内部にも外部にも、日常生活のいたるところに滲《し》み込んでゆく悪い香料のようなものにしてしまった。駒沢の匂いは、このまわりの風景の隅々《すみずみ》にさえ染《し》みついていた。堤の上の並木にも、黄ばんだ草にも、川面《かわも》をわたる微風にそよいでいる蘆にも。

岡野はハイデッガーがあの「帰郷」に註《ちゅう》して、「宝、故郷のもっとも固有なもの、『ドイツ的なもの』は、貯《たくわ》えられているのである。……詩人が、貯えられたものを宝（発見物）と呼ぶのは、それが通常の悟性にとって近づき難《がた》いものであることを知っているからだ」と書いたときに、見かけは清澄《せいちょう》な言葉で語りながら、実はもっとも不気味なものに行き当ったのではないかと疑った。

「されどわが心にいやまさる楽しみは、

聖なる門よ！　汝《なれ》をくぐりて故里《ふるさと》へ帰りゆくこと」

そういう「帰郷」の詩句自体が、至高の晴れやかさの裡《うち》に、言いがたい暗さ、恐怖、不安、愚かしさ、滑稽《こっけい》さの総体を秘し蔵《かく》しているように思われる。

駒沢の死はきっと伝染《うつ》る、というような気が岡野にはした。菊乃が死ぬという突拍子もない直感も、せめてその死を菊乃に托《かず》けて安心したい彼のひそかな願いかもしれなかった。もっとも駒沢の伝染《うつ》す死は、必ずしも肉体的な死ばかりではあるまい。岡野の心のほんの一小部分でもそれに犯されたら、彼の得る利得はただ永久に退屈な利得につらなり、彼の思想はただ永久に暗い深所の呟《つぶや》きにおわって、二度とその二つが輝やかしく手を握ることはないだろう。……

へんな、いつわりのよみがえりの時代がはじまっていた。彼は一度はその蘇生《そせい》の印象にだまされたが、生きのびたものも蘇《よみがえ》ったものも仲よく轡《くつわ》を並べて歩き出すこんな時代に、何事も起らないだろうということはほとんど確実だった。つい先月は洞爺丸《とうやまる》が沈んで千人以上の旅客が死に、つい先日はカービン銃強盗が大分《おおいた》で捕まった。……しかし何事も起らないことは確実なのだ。彼はふと白衣に袴《はかま》をつけて今日も祈禱《きとう》をしているにちがいない正木の姿を思い浮べた。『あいつの占《うらな》いは一部分は当り一部分は当らなかった』と岡野は思った。すると甘いやさしい友情に充《み》ちた蔑《さげす》みが湧《わ》いてきて、彼の唇《くちびる》の端に微笑を点じた。

ふと、堰の水音に呼びさまされた岡野は、目の前の堰へ目をやった。

堰を越える前の水は一際《ひときわ》まどやかで、対岸の木叢《こむら》を色深く映していた。その水が平坦《へいたん》で滑らかなまま速度を早めて堰の上まで来て、堰の石組のかるい凹凸《おうとつ》を、羅《うすもの》のようにはっきりと透かして見せ、さて揃《そろ》って端麗になだれ落ちるのだが、枯葉や小さな芥《あくた》や、フィルムの空箱や、割箸《わりばし》の片方などが、ゆるゆると移って、少しも予感のない姿で堰に近づき、いよいよ近づくときに自分でも何故《なぜ》かわからない速度を急にわがものにし、忽《たちま》ち滝に引き入れられてゆくのは、いつまで見ていても見飽かなかった。

しかも水は上流の友禅染に染められて、堰を落ちるときはわけてもその藤紫《ふじむらさき》の色を、白い飛沫《ひまつ》と共に鮮明にあらわした。秋の雲を映すなめらかな黒い水面が、堰を越えると共に急にその本性を示すところを、飽かず眺めているうちに、岡野は自分の心までもその色に染められるような、不快な、それと共に抒情《じょじょう》的な酔いに充ちた、危険な眩暈《めまい》を感じた。色と光りと、ものうい静けさと、すべてを収斂《しゅうれん》する水音のうちに、この藤紫の水の流れのうちに、社会も思想も人間もみんな吸い込まれるこんな感覚的体験は、岡野にとってはじめてのものではなかった。

彼の眉《まゆ》をかすめて飛ぶ蜻蛉《とんぼ》。蘆の葉末によろぼう小さな蝶《ちょう》。対岸に深い木蔭《こかげ》をつくる考え深い樹々《きぎ》。紫の水。その水の斑紋《はんもん》。この世界には、帆影もなければ、何らかの憧《あこが》れもなく、……自分が征服したものに忽ち擦《す》り抜けられる無気味な円滑さしかない、と岡野は思った。

「やあ、ここにいたのか。大分探したよ」

と堤の上から若々しい声がした。見上げると村川が、仕立のよい三つ揃《ぞろ》いの背広の背筋を正して、秋の雲をうしろに立ちはだかっている。その姿勢のよさに、いつに似ず岡野は軽い嫌悪《けんお》を感じた。

ズボンについた草の実を払って立上る岡野に、村川は愉《たの》しげに、女の噂《うわさ》でもするような調子で訊いた。

「駒沢はどうだった？」

「死にましたよ」

「え？　本当かい」

「本当にも嘘《うそ》にも、ちゃんと顔に白い布をかけたのを見て来たんですから」

「まあ、車に乗ってからゆっくり話そう」

村川が笑わなかったのは随分上出来だったが、そのたしなみのよさに隠された喜びは、乱暴に草を踏み分けて先に立って歩いてゆくうしろ姿から十分に察せられた。

川端通には、美しい黒塗りのベンツが止っていた。そこまで下りてゆく十歩か二十歩のあいだに、村川は大切なことをひどく瀟洒《しょうしゃ》にかるがると言った。

「今朝は大阪で三友銀行の頭取に話してね、駒沢紡績の次の社長に君を推薦してきた。頭取は賛成だよ。これで駒沢が死んだとなれば、君は銀行筋の圧力で明日からでも社長になれるわけだ」

岡野のほんの短かい沈黙が気に入らず、村川は声を振り立てるようにして更に言った。永らく待ちのぞんでいたその言葉を、岡野は耳にしっかりと嚙《か》みしめて聴いた。

「これを機会に、君もそろそろ世間の表面へ出ることを考えたらどうなんだ」

解説

田中美代子

作者はこの作品の意図について、次のように語っている。

「書きたかったのは、日本及び日本人というものと、父親の問題なんです。二十代には、当然のことだが、父親というものには否定的でした。『金閣寺』まではそうでしたね。しかし結婚してからは、肯定的に扱わずにはいられなくなった。この数年の作品は、すべて父親というテーマ、つまり男性的権威の一番支配的なものであり、いつも息子から攻撃をうけ、滅びてゆくものを描こうとしたものです」（「著者と一時間」朝日新聞・昭39・11・23）

昭和二十九年にはじまる近江絹糸《おうみけんし》のいわゆる〝人権スト〟に取材し、昭和三十九年に発表されたこの小説は、その間高度経済成長にひた走りしつつあった、シンボリックな日本の社会風俗絵巻であり、さらに来るべき波乱の時代と、その文化状況を予告しているのに驚かされる。

戦後、全国的に頻発していた労働争議、各産業の組合紛争は、経済成長が軌道にのり、貧困が克服されるとともに次第に終熄《しゅうそく》に向かう。「大企業のほとんどにアメリカ流の経営学がしみわた」って、繁栄の道がひらかれる。当時はちょうどその交替期であり、やがて、革新運動が過激化し、最後の炎を燃やし尽くして、絶望的な自己崩壊をとげるのも、また経済の成長が頂点に達し、危機的な爛熟期《らんじゅくき》に入るのも、遠くはない。

そうした状況を背景に、作者は三十代最後の年、数年来のテーマである〝父親〟の問題を総決算して、自己自身の精神的転機とした、これは重要な作品である。

大局的にみて〝父親の時代〟とは？　それはおそるべき喜劇の時代であり、ここで葬《ほうむ》り去られたはずの駒沢《こまざわ》の亡霊が、近代化の果ての富み栄える日本に取り憑《つ》いて、奇怪な支配力をほしいままにする、……やがてそんな時代がやってくる。〝青春〟は敗北するのだ。

人は時としてあまりあからさまに自分に似すぎた肖像画に不快をもよおし、諷刺画《ふうしが》はしばしば人々を怒らせる。この小説が当時の青年たちに歓迎されなかったのは当然であろう。読者の大半が青年であり、物語の主人公が彼らの願望の投影であるべきだとすれば、駒沢のようなアンチ・ヒーローを好まないだろうことは当然である。

それにしても駒沢に象徴される父性像は、ここでは徹底的に滑稽《こっけい》化され、揶揄《やゆ》され、愚弄《ぐろう》されている。

昼夜なりふりかまわず働きぬいて事業に全精力を注ぎこみ、大企業の経営者に成り上った男。彼がどれほど唯我独尊《ゆいがどくそん》のワンマンであるか、想像にあまりあるが、私たちは世間のいたる処《ところ》に、その小さな類型を見出《みいだ》すだろう。

たとえば近所の町工場主、会社の上役、現場監督、商店会会長、町内世話役などなど……一国一城の主《あるじ》として、社会の実権を握っているこうした父親たちは、息子の目からみれば、うっとうしく、繊細さを欠き、自己満足にふんぞり返っており、その分だけ道化じみた、笑うべき存在とならざるをえない。だがそんな息子の視線には逆に、裏返された若者の恐怖の感情が露《あら》われているのではないだろうか。

俗世間の中にどっぷりと身を浸し、日常性に胡座《あぐら》をかいている男。それは、息子にとって明日の自分自身の姿であり、好ましからぬ近未来の自画像にほかならないからだ。それ故《ゆえ》これは、古代から変ることなく続いてきた、世代間の権力抗争の物語であることを暗示しつつ、作者はさらにこう述べている。

「駒沢を批判するものとして、父親に対する息子が大槻《おおつき》ですが、これだけでは足りない。もう一人批判者がほしい。それが岡野《おかの》です。岡野は人間の善意の底の悪をよく知っている。ドイツの哲学を学んで、破壊の哲学をつくったつもりの男です。日本の土壌には根を下ろしていない知識人の輸入思想の代表です。岡野は駒沢の中に破壊すべきものを発見する」(同)

両者の対比については、まず冒頭の人物描写に注目するとよい。駒沢が、もっぱら微に入り細をうがつ肉体的特徴によって紹介されるのに、岡野には肉体描写が全く省かれている。それは彼が、良くも悪《あ》しくも現実的な実在性を欠いた精神的な存在だからであろう。彼は社会の裏面に暗躍する陰の人物であり、実業をコケにしながら、ひそかにこれを羨望《せんぼう》し、侵略する虚業の人である。

西欧哲学に学んだ行動的な知識人であり、同時に日本の精神風土への帰郷を志すこのロマンティケルは、たしかに作者にもっとも近い人物であり、作者の創造意志を代行しているが、他方では作者の容赦ない諷刺精神の矢面《やおもて》に立たされてもいる。

岡野は、「駒沢の死によって決定的に勝つわけですが、ある意味では負けるのです。〝絹〟(日本的なもの)の代表である駒沢が最後に〝明察〟の中で死ぬのに、岡野は逆にじめじめした絹的なものにひかれ、ここにドンデン返しが起るわけです」(同)

と作者はさらに解説している。

こうして当初は〝明察〟の権化《ごんげ》のようにみえた岡野は、駒沢が倒れた不気味な沼の中に沈没してゆくのである。つまり、この時点で勝者となった岡野の遠からぬ敗北は、すでに大団円において、しっかりと予言されているのだ。

この作品はまた、それ以後激化する経済戦争を背景に、流行する〝企業小説〟のはしりのような趣きをもっている。即《すなわ》ち当時、アメリカ流の合理主義的な経営学をいち早く採用し、最先端をいっていた大企業の村川らによって嘲笑《ちょうしょう》されていた駒沢流の旧弊な日本型経営は、いわば攻守ところを変えて、世界を制覇《せいは》してしまう。

この後二十年を経ずして西欧諸国がヒステリックな敵意をむき出しにする、……なぜ駒沢的な日本型経営が〝勝つ〟のかといえば、それは、北斎や広重がその核心をつかんでいたように、苛酷《かこく》な〝自然の理法〟を会得《えとく》し、これを具現していたからであろう。それこそ彼我《ひが》の自然観の相違、ひいては文明の相違であろう。

それとも〝禍福は糾《あざな》える縄《なわ》のごとし〟といったらいいのだろうか。当時の理想だった近代個人主義の破産をすでに見透かしたかのように、作者はこんな風に予言しているのである。

「今かれらは、克《か》ち得た幸福に雀躍《こおどり》しているけれど、やがてそれが贋《にせ》ものの宝石であることに気づく時が来るのだ。折角自分の力で考えるなどという怖ろしい負荷を駒沢が代りに負ってやっていたのに、今度はかれらが肩に荷《にな》わねばならないのだ。大きな

美しい家族から離れ離れになり、孤独と猜疑《さいぎ》の苦しみの裡《うち》に生きてゆかなければならない。（中略）

やがてかれらも、自分で考え自分で行動することに疲れて、いつの日か駒沢の樹《た》てた美しい大きな家族のもとへ帰って来るにちがいない。そここそは故郷《ふるさと》であり、そこで死ぬことが人間の幸福だと気づくだろう。再び人間全部の家長が必要になるだろう」

しかしこの「美しい家族」の内奥には、「言いがたい暗さ、恐怖、不安、愚かしさ、滑稽《こっけい》さの総体を秘し蔵《かく》している」という事実も決して見逃されてはいない。数々の興味深い象徴的な人物像の中でも、とりわけ鮮烈に印象的に刻まれているのは、駒沢の病妻房江《ふさえ》であろう。

彼女は傍役《わきやく》というよりもむしろ、マクベス夫人にも似た夫の操り師であり、その意味では真の主役であろう。それはとりもなおさず、日本の〝父性〟を背後から支えているのが、強靭《きょうじん》な女性的な精神風土だということだ。

今や最新式の機械が立ち並び、ぴかぴかに光った大工場——だがそこに到るまでの気も遠くなる道程には、苛酷な労役の犠牲となり、その下積みとなりつつ、声も言葉もない無数の無名の人々の屍《しかばね》が埋《うず》もれているのである。女工哀史の思い出はいまなお新しく生《な》まなましい。房江はその生き証人を自任している。……

「昔から、うちの工場で、胸を悪くして、国へかえって、若死しやはった女工はんは数知れずおったさかい、今あてが、一身に同じ病を享《う》けて、罪亡《つみほろ》ぼしをしとるのんや。そないな娘たちの怨《うら》みを、一身にさずこうてるのが、あての役目や。いわばあての宿業《しゅくごう》や」

というわけで、彼女は虐《しいた》げられ、非業《ひごう》の死をとげた魂たちの媒介となり、沼底から呪《のろ》いをおくる地獄の女神へカテーであり、復讐《ふくしゅう》の女神ネメシスといった役廻りを引受けている。

永い封建時代を経て、日本人の心の奥処《おくか》に澱《よど》む怨恨《えんこん》、悲嘆、血涙、諦観《ていかん》などなどはそのまま立身栄達、忠孝、義理、自己犠牲など、捻《ね》じ曲げられた古めかしい道徳にかたちを変え、浄瑠璃《じょうるり》や歌舞伎《かぶき》、さらには演歌の嘆き節に、脈々と伝えられ、依然として人々の心情に息づいているのではないだろうか。

一方作者は、しぶとく生き続ける、その古い沼地のような現実から、労働争議によって脱出をはかる若者たちの意欲と力とを描き出した。純粋な行動に賭《か》ける青春の心情を、晴れやかに謳《うた》い上げる作者自身もまた、この時切実に、ある解放への憧《あこが》れに衝《つ》かれていたのではないだろうか。

「実際、冒険と愛とがあったら、他《ほか》に何が要ろう」

「大槻はもはや自分の悲境に煩《わずら》わされぬようになった。幸福の観念がたえずその若い心に湧《わ》いた。同志は彼を信頼しており、彼も亦《また》、自分のなかの未知の透明な力を信じた」

「大槻はこの瞬間の自分の充実が、人生で何度でも飽かず思い出される、澄み切った独楽《こま》の充実だとはっきり感じた。今の自分には卑《いや》しさも怨恨もなく、一つの感情の正義だけがあった」

その情熱の純潔は、背後に錯綜《さくそう》する人々の利害も、左右の政治的イデオロギーの対立も超越して輝やいている。

そして物語は、人それぞれの終結点に向かう。駒沢の死によって、岡野は狙《ねら》い通り、〝表舞台の人〟となる。新しいタイプの経営者の登場である。だが彼にとってそれは「退屈な利得」につらなり、その「思想は永久に暗い深所」に身を潜めることにほかならなかった。

この翌年、四十代に入った三島由紀夫は、ライフ・ワーク「豊饒《ほうじょう》の海」の執筆にとりかかるとともに、実際に政治的な行動——とくに「楯《たて》の会」を通して日本の防衛問題に身を投ずることになる。それはまさに作家の内奥に活動していた芸術上の創造意志が、現実に向って奔出し、具体化する前ぶれだったのではないだろうか。

この作品には、若者の行動の歓喜を通じて作者の新しい出発のはじまりが暗示されている。つまり虚構《フィクション》の天井に風穴があき、作者の精神は、現実に向かって飛翔《ひしょう》してゆくのである。

（昭和六十二年八月、評論家）

解説

酒井順子

駒沢《こまざわ》紡績の社長である駒沢善次郎《ぜんじろう》の「国見」のシーンから始まる、「絹と明察」。同業他社の社長達や、政財界のフィクサーである岡野を招いて自社の工場を案内し、チャーターした遊覧船で近江《おうみ》八景を見物するという行為は、王が領土を巡り、その君臨ぶりを他国の王に見せるかのようです。

駒沢の臣民である千人余の女子工員達が、桟橋《さんばし》で旗を振って社歌を歌いながら船を見送る姿は、岡野達からは異様に見えました。しかし駒沢からすると、それは自身に捧《ささ》げられる愛を証明する姿。両者の感覚のずれ幅は時が経《た》つにつれ広がり、やがては破滅につながっていくのです。

この小説は、昭和二十九年(一九五四)に近江絹糸《けんし》で発生した労働争議に材をとっています。昭和二十三年(一九四八)にあった女子京大生殺人事件を、短編「親切な機械」に仕立てたように、三島は若い頃から事実をベースとして小説を書くという手法を、自分のものとしていました。

「宴のあと」、「金閣寺」といった作品も同じ手法で書かれていますが、しかしモデルとした事実と三島の向き合い方は、トルーマン・カポーティ「冷血」のようなノンフィクション・ノベルとは異なるスタイルです。実際にあった事件は、三島にとってあくまで骨格であり、素材。三島は、事件の当事者の心理に分け入りたいわけではありませんでした。卵の殻に小さな穴を開け、中身をすっかり出してから別の何かを充塡《じゅうてん》するかのようにして、三島は事件に基づいた物語を書いています。

田中美代子氏の解説にもあるように、「絹と明察」を書いた頃の三島にとっての重要なテーマは、「父親」でした。近江絹糸の労働争議は三島にとって、描きたいテーマを充塡するのにちょうど良いケースだったのでしょう。擬似的家族関係を当てはめて理不尽な搾取《さくしゅ》と支配とを浸透させるという戦前のような会社の様子は、女形が本当の女よりも女らしく見えるように、三島にとっては本物の家族よりも家族らしく見えたのではないか。

敗戦後の日本では、父親的な権威が大きく揺らぐことになります。神であった天皇は、人間に。男女は平等となり、若者の力は強まって、「父親」は安心して君臨することができなくなってきたのです。

しかし駒沢は、そんな中でも君臨を続けます。日本における父親的権威は、父親側と子供側の相互理解によって確立されるものではありません。むしろ互いの真の姿を知らなければ知らないほどに権威は高まるのであり、だからこそ駒沢は、君臨を続けることができた。彼は、自宅で一人晩酌《ばんしゃく》をする時には「何百人の息子娘」と差し向かいで盃《さかずき》を傾ける気分に酔ったけれど、個としての工員を実際に見ることはないのです。

工員達もまた、駒沢を熱狂的に仰いでいるかのように信じ込みながら、実際の駒沢のことは、何も知りません。大槻《おおつき》と弘子《ひろこ》という若い二人が岡野と菊乃《きくの》に会った時、大槻は駒沢を父と仰ぎながらも、

「……話したことは別にありません。遠くから見るだけです」

と、言うのです。

物語の冒頭で国見をする駒沢の姿は、敗戦後、日本各地に行幸した昭和天皇を思い起こさせます。見る側と見られる側が、互いに近しい存在であると信じる努力をしながらも、両者の視線が、そして気持ちが交わる瞬間は無い、という意味において。

そんな擬似親子のあり方を怜悧《れいり》な視線で見ているのが、岡野でした。西欧的知識人である岡野は、駒沢と労働者の間でやりとりされる擬似的愛情と擬似的熱狂のやりとりの背後にある脆《もろ》さを、察知します。そして大槻の目の中に見た「解放の欲望」に点

火して、駒沢の「無意味な根深い公明正大な情緒」を打ち砕くべく、暗躍するのです。

駒沢は情緒の目で「見る」人であるのに対して、岡野は理性の目で「見る」人でした。近江八景巡りで堅田の浮御堂《うきみどう》を訪れた時も、岡野の目は違和感を覚えています。平安時代、湖上の安全と衆生済度を発願して恵心僧都《そうず》が建立したのが、浮御堂。湖に向かって立つ千体の阿弥陀仏《あみだぶつ》を見て岡野は、『仏教というのは妙なもんだ』と思っています。

『慈眼で見張れば、湖上の船も人も難から救われるという考えなんだ。こんな死んだ金いろの目で』

と。

「見るということは岡野にとって、本来、残酷さの一部だった」

とあるように、慈眼とは反対の視線を持つ岡野。そんな岡野は、見ることで湖を支配するとされる阿弥陀仏の目に、駒沢の目にも通じるものを見たのでしょう。駒沢は、工員達の幸福のために慈悲の目で彼らを見ていると信じたのであり、それは西欧的感覚で捉《とら》えるなら「妙なもんだ」となるのではないか。

岡野の姿は、私に「豊饒《ほうじょう》の海」における本多繁邦《ほんだしげくに》を思い起こさせます。松枝清顕《まつがえきよあき》の親友として、第一巻「春の雪」に登場する本多は、清顕から飯沼勲《いいぬまいさお》へ、さらにはジン・ジャンへの転生を、近くで見続けます。最終巻「天人五衰」で、ジン・ジャン亡《な》き後にその魂が宿ったと思われた安永透《やすながとおる》を養子にする本多は、三島文学における「見る人」の系譜の掉尾《ちょうび》を飾る人物。

「豊饒の海」の第二巻「奔馬《ほんば》」では、本多は東京帝国大学に進学した後に裁判官となったことが記されています。大阪の裁判所の高塔に登りながら、

『俺は高みにいる。目のくらむほどの高みにいる。しかも権力や金力によって高みにいるのではなく、国家理性を代表するばかりに、まるで鉄骨だけの建築のような論理的な高みにいるのだ』

と思っている本多。理性の視線をもって、高みから底を見るその視線に、「残酷さの一部」として事物を見る岡野が、重なってはきまいか。

岡野は、そして本多は、最終的には見ることの虚無を伝える存在として描かれます。行動こそが最も尊いという晩年の三島の意識からすると、岡野や本多のような存在は、道化へも転ずる悲しきヒールという役どころなのです。

岡野は間諜《かんちょう》役として、菊乃を駒沢紡績へと送り込みました。元芸者である彼女は、「他人の情熱と他人の野心の観察家」となる他はないという気持ちで、駒沢紡績の寮母となります。彼女もまた、自分と同じ「見る人」の資質を持っていたからこそ、岡

野は菊乃を駒沢に紹介したのでしょう。

工員達の私生活も覗《のぞ》き見る寮母は、見ることを業務とする女の集団でした。そこで見ることの空虚を募らせた菊乃は、最初に「こんな時には、急に、少しも愛していないものへ、身体《からだ》ごと引きずられて行く危険がある」と予見していた通り、駒沢と関係を持つようになります。

駒沢の方へと「引きずられて」いった菊乃は、やがて見る側からの足抜けを果たしました。争議の後に倒れた駒沢を、なりふり構わず看護する菊乃の姿に岡野は興醒《きょうざ》めしますが、その変化は岡野が想定していた通りのもの。菊乃の変化は、「岡野の、人間を見る目の勝利」だったのです。見ることをやめた菊乃は「幸福」でしたが、岡野はその手の幸福に、何ら意味を感じてはいません。

三島は幼い頃から、自身が岡野のような、そして本多のような目を持つことを熟知していたでしょう。近景から遠景にまで自在にピントが合い、理解してしまう自身の「明察」の才に飽いていたからこそ、三島は行動する人へと変成したのではないか。

大槻と弘子を岡野が駒沢に引き会わせた時、岡野は大槻の目を「高く評価」します。

「こういう目はすばらしい。一生のうちに何人もこんな目の持主には会えないだろう」

と。

岡野は、そんな大槻の目を利用して、駒沢の「無意味な根深い公明正大な情緒」を粉砕することに成功しました。しかし三島は、岡野のような目を持っていながら、大槻のような目を、自身が持とうとします。高みから「見る」側、「理解する」側から、「見られる」側、「理解される」側へと、ダイブしたのです。

「絹と明察」は、駒沢の死後、駒沢紡績の社長の座に岡野が就くことを予見させて、終わります。それは情と理不尽という強い麻薬で国民をうっとりさせることによって国が国民を支配した時代が敗戦によって終わり、西欧的な理知による支配の時代になっていったことを示すかのよう。

敗戦から長い時が経ちましたが、とはいえ日本人は未だ、西欧的理性を自分のものにしてはいません。見て、理解することを自らに課しながら、情緒と理不尽による陶酔を、どこかで求め続けているのです。どちらも自分のものにしたようでいて、どちらも手に入れていない我々は今も、「見る人」であり続けることを拒否して反対の方向へと身を投じた三島由紀夫の真の姿を見ようと、そして理解しようと、もがき続けているのでした。

（令和二年十二月、エッセイスト）

この作品は昭和三十九年十月講談社より刊行された。

三島由紀夫著

盗賊

死ぬべき理由もないのに、自分たちの結婚式当夜に心中した一組の男女——精緻微妙な心理のアラベスクが描き出された最初の長編。

三島由紀夫著

鏡子の家

名門の令嬢である鏡子の家に集まってくる四人の青年たちが描く生の軌跡を、朝鮮戦争直後の頽廃した時代相のなかに浮彫りにする。

三島由紀夫著

美徳のよろめき

優雅なヒロイン倉越夫人にとって、姦通とは異邦の珍しい宝石のようなものだったが……。魂は無垢で、聖女のごとき人妻の背徳の世界。

三島由紀夫著

永すぎた春

家柄の違いを乗り越えてようやく婚約にこぎつけた若い男女。一年以上に及ぶ永すぎた婚約期間中に起る二人の危機を洒脱な筆で描く。

三島由紀夫著

獣の戯れ

放心の微笑をたたえて妻と青年の情事を見つめる夫。死によって愛の共同体を作り上げるためにその夫を殺す青年——愛と死の相姦劇。

三島由紀夫著

美しい星

自分たちは他の天体から飛来した宇宙人であるという意識に目覚めた一家を中心に、核時代の人類滅亡の不安をみごとに捉えた異色作。

三島由紀夫著

近代能楽集

早くから謡曲に親しんできた著者が、古典文学の永遠の主題を、能楽の自由な空間と時間の中に〝近代能〟として作品化した名編8品。

三島由紀夫著

音　楽

愛する男との性交渉にオルガスムス＝音楽をきくことのできぬ美貌の女性の過去を探る精神分析医——人間心理の奥底を突く長編小説。

三島由紀夫著

岬にての物語

夢想家の早熟な少年が岬の上で出会った若い男と女。夏の岬を舞台に、恋人たちが自ら選んだ恩寵としての死を描く表題作など13編。

三島由紀夫著

鹿鳴館

明治19年の天長節に鹿鳴館で催された大夜会を舞台として、恋と政治の渦の中に乱舞する四人の男女の悲劇の運命を描く表題作等4編。

三島由紀夫著

花ざかりの森・憂国

十六歳の時の処女作「花ざかりの森」以来、巧みな手法と完成されたスタイルを駆使して、確固たる世界を築いてきた著者の自選短編集。

三島由紀夫著

愛の渇き

郊外の隔絶された屋敷に舅と同居する未亡人悦子。夜ごと舅の愛撫を受けながらも、園丁の若い男に惹かれる彼女が求める幸福とは？

絹《きぬ》と明《めい》察《さつ》

新潮文庫　み－3－37

昭和六十二年九月二十五日　発行
平成二十九年十月五日　十刷
令和三年四月一日　新版発行
令和三年十一月五日　二刷

著者　三《み》島《しま》由《ゆ》紀《き》夫《お》

発行者　佐藤隆信

発行所　株式会社　新潮社

郵便番号　一六二―八七一一
東京都新宿区矢来町七一
電話　編集部(〇三)三二六六―五四四〇
　　　読者係(〇三)三二六六―五一一一
https://www.shinchosha.co.jp

価格はカバーに表示してあります。

印刷・錦明印刷株式会社　製本・株式会社植木製本所

ISBN978-4-10-105052-2 C0193